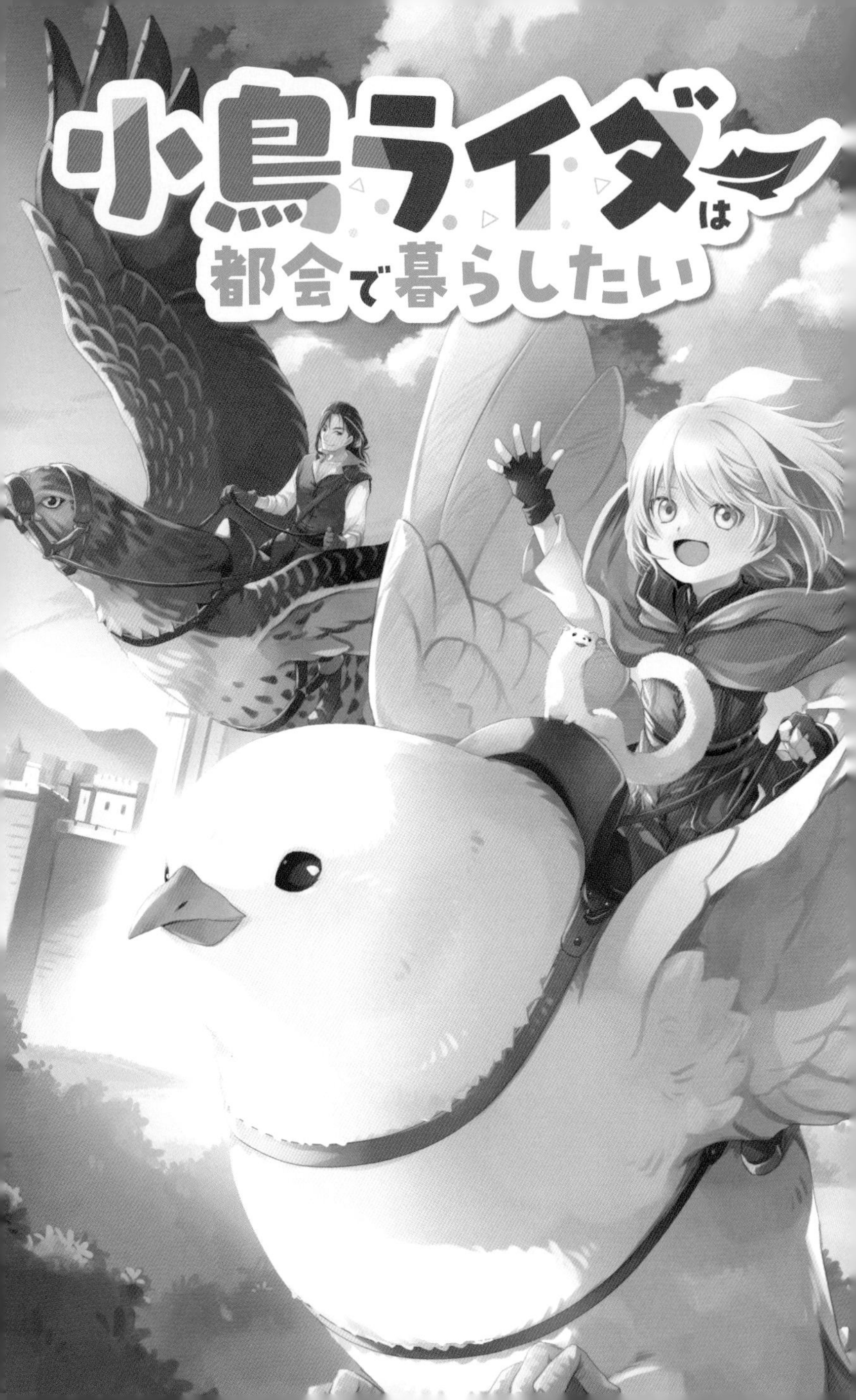
小鳥ライダーは
都会で暮らしたい

サムエル
家政ギルド長の息子。カナリアが泊っている宿で働く従業員。
カナリア＝オルコット
騎鳥チロロと一緒に冒険する少年。可愛いものが大好きで都会の暮らしに憧れている。
主な登場人物

ニコ＝ユリアンティラ
ならず者に追われているところをカナリアに助けられた騎士。人懐っこい性格。
クラウス＝サヴェラ
騎士隊シルニオ班の副班長。目が笑っておらず一見冷たそうだが、根は良い人。
エスコ
傭兵ギルドに所属する騎鳥乗り。カナリアに優しくしている先輩的な人物。
ヴァロ
傭兵ギルドに所属しており、カナリアの実技試験の対戦相手。
チロロ
カナリアの相棒。白雀型の騎鳥で、騎鳥としては小さいが機動力は高い。

Contents

小鳥ライダーは都会で暮らしたい

小鳥屋エム

イラスト
戸部淑

プロローグ

僕は基本的には善人だ。

たとえば用事があって目的地に向かっている時、不意に「助けてくれ」と悲愴《ひそう》な声が聞こえてきたらどうする？　僕なら立ち止まって周りを確認し、何もなければ「裏道の方かな」と覗《のぞ》く。そこに悪人と被害者っぽい姿があれば、自分にできる手助けはするよね。

それぐらいの道徳性はある。ただ、その時は覗いてから動きが止まった。一瞬だけ迷ったんだ。幼い頃に「お前は天族《てんぞく》の面汚《つらよご》しだ」と言われた記憶が蘇《よみがえ》ったから。でもさすがに人攫《さら》いに遭《あ》いかけている半分同族の人を見捨てるわけにはいかない。

あちらは、僕を同族とは思っていないだろうけど。

「人攫いは重罪だよ」

声を掛けると、いかにも悪人顔といった男たちが怪訝《けげん》そうに振り返る。

「ああん？　おっ、こっちの方が上玉じゃねぇか。幼い方が売れるしな」

「艶々《つやつや》してるな。確かに、まだガキだが『女』だ」

「けどよぉ、天族の方が金はいいぜ？」

「ひぃっ、た、助けてくれ！」

「こんな貧弱な男より女の方が絶対にいいけどな。あ、そうだ、どっちも攫おうぜ」

いや、僕は女じゃない。

なんて言っても、そもそも誰も話を聞いてないんだよな。犯罪者からすれば僕なんて赤子《あかご》同然だ。成人したばっかりの若造だもんね。そうでなくとも僕は細身で、童顔《どうがん》の自覚もある。母さん譲《ゆず》りの美人顔は女の子に見えないこともない。弱っちく見えるんだろう。

被害者らしき男性はパニックを起こして、助けようとしている僕が誰かなんて気付いてもない。こちらは見覚えがあるのにな。もう10年も前のことだから忘れているのかもね。大抵の加害者は自分のやったことを忘れるらしいし、そんな程度なんだ。

僕は溜息《ためいき》を吐《つ》き、腰に手をやった。やっぱり辺境の町はいろいろ手薄だ。大通りに近い場所でこれだけ騒いでいるのに衛兵が来ない。最初の町に着いたからって浮かれていたけど、さっさと次の町に行こう。その前に人助けだ。

「犯罪者に『攫おう』って言われて、素直に捕《つか》まると思う？」

「威勢のいい嬢《じょう》ちゃんだぜ。おい、行け！」

「へい、兄貴」

それを待つ人間がいるかっての。僕は男たちを無視し、頭上に向かって声を掛けた。

「チロロ、荷物を振り落として」

「ちゅん！」

上空から様子を見ていた相棒《あいぼう》が、掴《つか》んでいた魔物を落とした。この町に入る直前に狩った「新鮮な魔物」だ。僕が先に町へ入り、手続きを済ませてから運び込む予定だった。

チロロは騎鳥《きちょう》と呼ばれる大型の鳥だ。人を乗せられるから騎鳥と呼ぶ。チロロの見た目は丸い白雀《はくじゃく》みたいで可愛い。その見た目に反して力はある。魔物を数匹掴んで飛べるぐらいにね。

今も魔物を町の中に運び込む途中だった。

その魔物をチロロが落とすと、ぶち当たった悪人どもが叫《さけ》んだ。

「うぎゃぁっ！」

適当に縄《なわ》で縛ったただけのオオトカゲが5匹。体液の処理なんてしていない。それ以前に魔物は重いし、慣れない人にとっては気持ち悪かろう。魔物程度に怯《おび》えるか不安だったけど、町の中でしか悪さができないタイプだったみたい。ギャーギャー騒いで逃げようとする。そうはいかない。チロロが退路を塞《ふさ》ぐ形で荷物を落としているからだ。

「騎鳥がいるなんて聞いてないぞ！」

「くそ、魔物の血がかかっちまったじゃないか。毒持ちだったらどうするんだ」

「重いっ、誰か引っ張ってくれ！」

慌《あわ》てる奴等《やつら》の近くには、腰を抜かしたままの天族がいる。彼はようやく気付いた。

「『面汚し』が何故《なぜ》ここに……」

「この期《ご》に及んで、そう呼ぶか～」

助けてあげた恩も忘れてよく言うよね。僕が半眼《はんがん》になると青年は目を逸《そ》らした。

「今のうちに立ったら？　仲間のところに逃げなよ。買い出しに来たんだよね？」

「あ、ああ」

「待てっ！　くそ、お前ら許さないぞ！」

「ほら、さっさと行かないから」

僕は自分を善人だと思っている。でも、やられたことは忘れないタイプだ。自分を嫌いだと言う人のことを好きになれるほどお人好しでもない。ましてや、助けてくれた人に対して「面汚し」と言っちゃうような奴を相手に、優しく接する必要も感じない。

青年は不可思議なものを見るような目で「なんて奴だ」と見上げてくるけれど、それはこっちの台詞《せりふ》だよ。助けなきゃ良かったって後悔したくないから、さっさと終わらせる。

「【拘束《こうそく》】と、ついでに【沈黙】」

僕は特製の伸縮式指示棒を魔法杖《まほうじょう》代わりに使っていた。先端が相手に向けられた途端《とたん》に魔法が放たれる。男たちは近くの雑草から伸びた蔓《つる》によって拘束され、ついでに強力糊《のり》を付けられたかのように上唇と下唇がくっついた。これぐらいなら簡単だ。

天族の青年にとっては驚きだったよね。目を丸くしてる。それもそうだ。天族は魔力が多くて自力で空を飛べる。その代わりに細かい魔法の制御が苦手だ。神様は二物《にぶつ》を与えなかった。あ、二物は与えてるかな。天族には綺麗《きれい》な人が多いのだ。そのせいで町に行けば絡まれると聞いた。今回もそうかな。最悪なことに相手は犯罪者だった。
町中で攻撃魔法をぶっ放《ぱな》せずに初手を打ち間違えたのか、あるいはコミュ障の天族あるある
でボーッとしているうちに捕まったのか。魔力を吸い取る奴隷《どれい》用首輪を付けられてしまった間
抜けな半分同族を、たぶん僕は困った顔で見下ろしていたと思う。

幸先の悪い旅立ちの初日だった。

1章　都会を目指す旅の間に

騒がしさに気付いた町の人が衛兵を呼んだらしい。駆け付けた衛兵は悪人面の男たちと僕を見て、捕まえるべき相手を一瞬で悟《さと》った。早々に男たちを引っ立てていく。

そこまではいい。問題は残った衛兵だ。僕に「事情を聞かせてくれるかな？」と優しく聞くわけ。被害者はへたり込んでいる青年の方です。僕はあの程度の男たちに捕まるようなヘマはしない。という意味を込めて天族の青年を見下ろすと、当の本人が気まずそうに項垂《うなだ》れた。その細い首には奴隷用首輪が填《は》められている。衛兵は事情を察した。

青年に大きな怪我《けが》がないと分かると、今度は僕の番だ。衛兵が聴取への協力を申し出た。もちろん構わない。先に魔物を運ばせてくれるならね。幸い、詰め所までの道中に魔物の引き取り所がある。僕だけ寄り道させてもらった。

魔物は引き取り所で解体され、必要とする店が買い取る仕組みだ。魔道具の素材にもなれば、騎乗用の部材、あるいは道具類や衛兵の脛当《すね》てなどと幅広く使われる。

魔物というのは人を襲う生き物だ。爬虫類《はちゅうるい》のような見た目をしている。ほとんどが地を這《は》い、魔力を纏《まと》うからか体が頑丈だった。ただの獣《けもの》は音や火を恐れて逃げるのに魔物は逃げない。頑丈さゆえか何も考えていないのか。普通の人からすれば怖い存在だ。だから魔物を狩れる人はありがたがられる。僕も引き取り所で褒《ほ》められた。素材を卸《おろ》すことはもちろんだけど、やっぱり狩ってくれるというのが安心なのだろう。

取り引きが終わると、急いで詰め所に向かった。到着早々に聴取が始まる。青年の姿はなかった。治療を受けているのかもしれない。担当者は「これも規則だから」と頭を下げ、質問を続けた。手間が掛かると嫌がる人もいるんだろうな。お疲れ様です。幸い、聞かれるままに答えていたら意外と早く終わった。最後に調書を見直してサインする。

「せっかく協力してもらったのに申し訳ないけど、予算がなくて手当てが出ないんだ。被害者に請求するかい？　君の場合、人攫いから助けたんだ。文句なく請求できるよ」

「え、そんなの可哀想《かわいそう》だよ。被害者が襲われ損《ぞん》になる」

「そうでもないよ。加害者の財産を差し押さえできるし、奴隷として売れば金になる」

「だとしても要《い》らない」

関わりたくなかった。天族に睨《にら》まれようと恨《うら》まれようと今となってはどうでもいい。ただただ、彼等に時間を取られたくない。

「欲がないな。じゃ、聴取は終わりだ。ところで、今日はどうするんだ？」

宿を取ったのか、知人の家に泊まるのかと聞いてくる。僕は首を振った。

「買い出しを済ませたら町を出るつもり」

「今から外に？」

「野宿《のじゅく》には慣れているから」

それは本当。でも、夜に町を出るのは危険だと引き留めてくる。気持ちはありがたいよ。ただ、「第一村人ならぬ第一町人を発見～」って楽しんでたところに人攫い事件があったんだ。気分はだだ下がり。どうせなら次の町で最初からやり直したい。

衛兵たちは顔を見合わせ、「くれぐれも気を付けるんだぞ」と言って解放してくれた。買い出しにお勧《すす》めの店もこっそり教えてくれる。これぐらいしかできなくてごめんね、だってさ。そんなことない。ちゃんと優しい人もいるって分かったからね。

天族に関わるのが嫌だから町を出るってだけ。実際、駆け付けてきた天族の姿を見て、宿を取らなくて良かったと思う。見覚えのある天族だったからだ。僕の記憶が正しければ、里長《さとおさ》の息子で間違いない。僕たち一家が里を出るに至った原因だ。その立場を存分に使う卑怯《ひきょう》な奴だった。普段から偉そうに振る舞い、あの時もそうした。

◆◇◆◇◆

事件の前日は僕の5歳の誕生日だった。

お祝いに、同年代の子が何人も来てくれた。皆で楽しく遊んでいたんだ。それなのに、1人の女の子が癇癪《かんしゃく》を起こして僕の服を破いた。母さんが僕のためにと作ってくれた服だった。男の子の服にしては可愛かったと思う。皆も「似合うね」「カナリア可愛い」と褒めてくれた。女の子はそれが悔《くや》しかった。「あたしの方が似合う！」と引っ張ったんだ。脱がせて自分が着ようとしたのかもしれない。結果として服は破れた。

母さんは困った顔で女の子を諫《いさ》め、僕にも我慢しようねって言った。こっちも嫉妬《しっと》を煽《あお》ったような気がして怒るに怒れなかった。褒められて喜んだのは事実だったから。

そこで話が終わっていれば良かったのに、女の子の方は納得していなかった。そして家に帰ってから思い出した——あるはずのものがないことに——。

それは天族であれば誰もが持つ背中の羽《はね》。

破った服の合間から見えなかったことを、女の子は自分の兄に告げた。兄とは、里長の息子だ。彼女は元々僕のことが嫌いだったんだろう。天族には15歳まで家族以外に背を見せないという風習があった。けれど、子供は遊んでいるうちに服が捲《めく》れて肌を露出してしまう。ところが僕ときたら絶対に肌を見せない。幼馴染《おさななじ》みの中には「本当は女の子だから隠すのかも」と思う子もいたようだ。僕に告白する男の子もいた。

里長の子として少々我儘《わがまま》に育った女の子は、可愛いと褒めそやされる僕が目障《めざわ》りだったみたいだ。兄の方にも思惑があった。奴は父さんが嫌いだった。

2人は翌日にやってくると、留守番中の僕を強引に家から引きずり出した。そして、何事かと集まる近所の人たちの前で服を脱がせたんだ。奴は僕の背中を見て「ほら、やっぱり」と嬉《うれ》しそうに笑った。あの顔は忘れない。

5歳とはいえ恥じらいはあったから、好き勝手に振る舞う2人に腹が立った。その上、

「こんな小さな羽、天族とは呼べないだろ！」

と、僕を突き飛ばしたんだ。奴の悪友たちも来て、僕を指差す。腹が立って当然だ。

同時に冷静な自分もいた。まずい状況だと気付いたからだ。

両親の留守中に起こった事件だった。奴は狙《ねら》って来ている。僕を守ってくれる存在がいないというだけでなく、今ここで私刑《リンチ》に遭うかもしれない。僕は不安な気持ちのまま耐えるしかなかった。

怖いのは私刑だけ。天族である母さんに僕の背中を隠す理由を聞いていたからだ。天族にとって空を飛べない者は「天族ではない」。飛べないからダメなんじゃない。天族の血を引いているのに飛べないのがダメなんだ。バレたら罵《のの》られるのは分かっていた。

とはいえ、面と向かって「天族の面汚し」と罵られ、「小さな羽しか持たないのなら飛べないだろう、自力で空を飛べない者は里から出ていけ」と言われるのは辛《つら》い。

幸い、両親は予定より早く帰ってきた。真っ先に家へ戻ったのは僕に会いたいからだ。ところが肝心《かんじん》の僕は多くの人に囲まれ、小突かれていた。両親の怒りたるや、凄《すさ》まじかった。それが逆に安心できた。我慢していた涙も零《こぼ》れたぐらい。父さんが「こんなところ、追い出される前に出ていってやる」と言ってくれたのも嬉しかった。

だって、誰も助けてくれなかったんだ。騒ぎに気付いた隣人は僕の背中を見て目を背《そむ》けた。中には忌《い》むような視線を向ける人もいた。前日に「カナリアちゃん、おめでとう」と言ってくれた人まで目を逸らした。罵詈雑言《ばりぞうごん》よりショックだった。

その後、両親の行動は早かった。1日とかからずに引っ越しの準備を終えたのだ。

里長の息子は、本当は僕と父さんの2人だけを追い出したかったのだと思う。里全体としては父さんに残ってほしかったはずだ。何故なら、父さんは人族ながら賢者と呼ばれるような人で、豊富な魔力を使って自力で空を飛べた。賢者としての魔法知識に里の皆も頼っていたそう。だから、人族といえども「お客様」扱いだった。

母さんはもっと強く引き留められた。空を誰よりも速く上手に飛べるからだ。天族にとって憧《あこが》れの存在だった。里長の息子は母さんに執着していた。何度も「人族と結婚するなんて」と文句を言っていたほどだ。奴は父さんが憎かったのだろう。息子の僕も。

里の皆は「せめて、あなただけは残って」と母さんに縋《すが》った。彼等は僕さえいなければ上手《うま》くいくと考えた。けど、優しい両親がそんな選択をすると思う？　自分たちに置き換えてみればいい。子供を捨てろと言われて素直にハイと答えるはずがない。

両親はあっという間に里を出た。2人が選んだ新天地は、天族が「恐ろしい神の山」と呼ぶような場所だった。でもなんの問題もない。なにしろ規格外な2人だ。

僕は2人の大きな愛と力に包まれて、15の歳まで平和に生きてきた。

15の誕生日を迎えた翌日に家を出たのは、自立のためだ。

父さんが「俺が諸国漫遊《しょこくまんゆう》の旅に出たのは15の成人を迎えた日だ」と話したのを覚えていて、「僕も15で旅に出る、いいよね？」と説得した。過保護な父さんは大反対だ。母さんが「久しぶりに2人だけの生活になるのね」と援護《えんご》射撃してくれたから成功した。速攻で手のひらを返す父さんには笑うしかない。まあ、仲が良くて何よりです。

そんなこんなで、僕はチロロ連れでの自立を許された。騎鳥への信頼が厚いのは、この世界の事情による。ここでは飛行能力のある生き物が何より尊《とうと》ばれた。理由は幾つかある。分かりやすいところだと道路の悪さだ。町や都市内は整備されているのに外は酷道《こくどう》である。一般的な移動手段の馬車ではなかなか進まない。体も辛い。

一番の理由は魔物の存在だった。奴等はちょっとした森にも棲《す》んでいる。多くが地を這うため、人々は「森を避けて空を飛べば襲われない」と考えた。人間同士の喧嘩《けんか》でさえ怖いのが普通だ。魔物に立ち向かえる人なんてそうはいない。

そんな恐ろしい魔物が、辺境に行けば行くほど多くなる。大型種もいた。安全に移動するには飛行手段がないと難しい。天族からすれば自分の羽で飛べない者が疎《うと》ましかった。有事の際、足手纏いになるからだ。弱者の排除、という考え方は村社会で起きやすい。

ただ、空を自在に飛べるからといって天族に弱みがないわけじゃない。空を飛ぶために進化したのだろうけど、あまりに細身すぎた。華奢《きゃしゃ》な体は魔物討伐《とうばつ》において弱点になる。軽すぎて決定打に欠けるから、止《とど》めも刺せない。更に魔力はあっても細かい魔法の制御が下手だった。種族の進化で飛行部分に全振りしたんじゃないかと思うほどだ。

希少種の上、美人ばかりときたら悪い奴にも目を付けられる。だからこそ天族は辺境の地に隠れ住んだ。たまに傭兵《ようへい》として戦いに出るのは要請があるからだ。主に連絡係や荷物運びとして働く。細くても1人ぐらいは運べるから便利なんだろう。外貨を稼《かせ》ぐ手段でもあるから、若手が交代で出ていく。それ以外は引きこもる生活を好む一族だった。

「カナリアは俺ほど魔力の扱いが上手くない。魔法で飛ぶより、チロロに乗っていく方が安全だ」

「カナリアちゃんは防御魔法が上手だからいいのよ。風も読めるわ。わたしより上手よ」

天族の誰よりも空を飛ぶのが上手いと言われた母さんだ。褒められると嬉しい。

風読みが上手なのは、たぶん視《み》えているから。魔力もだけど、僕には風の流れが視える。ちょっとだけ自慢できる能力だ。魔力の多い父さんと母さんの血を引いた割には魔法使いとしてのセンスがなくてパッとしないけど、目だけは良い。

実は、僕には前世《ぜんせ》の記憶があった。それが足りない能力をフォローするのに役立った。

前世の記憶については、引っ越し後のどさくさ紛《まぎ》れで両親に話してある。

物心つく頃から変だなーとは思っていた。幼い自分では思い至らないような知識が溢《あふ》れてくるからね。でもそこは子供、深く考えなかった。「変なの」止まりだった。

ところが、生活が様変わりしてストレスが重なった僕は、里長の息子に何をされたのか話しているうちに「まえのときのきおくがあるの」と零した。

母さんは驚いたのに、父さんは「へぇー、本当にあるんだなぁ！」と無邪気《むじゃき》だった。なんでも世界の本が集まる大図書館に、「記憶持ちの人」について書かれた本があるらしい。だから驚かなかった。それでも「異世界からの転生者は初めてじゃないか」と言う。

そう、僕は違う世界からの転生者だった。日本という国で暮らしていた会社員の男だ。当時の記憶はあるけれど「過去の情報」でしかない。国も文化も違う世界から、魔法のある世界にやってきたってだけ。しかも社会人で一人暮らしをしていた頃の記憶ばかりだ。家族の顔は覚えていない。

そのせいか、深刻さはない。僕より父さんの方が興味津々《しんしん》だったし、面白がった。「これは貴重な体験なのでは？」と気付き、「カナリアの記憶が薄れないうちに」と詳《くわ》しく話を聞きたがった。その結果、父さんの研究が捗《はかど》り、たくさんの魔道具ができた。「家電」より便利な魔法の道具だ。おかげで僕も母さんも助かっている。


そんなすごい魔道具の数々が、僕の腕輪型の魔法収納庫に入っていた。

「ちゃんと入れたのか、忘れていないか？」

「昨日、確認したよね。忘れたの？　見た目は若くても45歳だし、そろそろ――」

「年齢は関係ない。それに魔力が高いんだ、寿命は延びる」

「寿命と脳の老化現象に関する研究はほとんどされてないんだよね？」

「魔法の勉強はイマイチだったくせに、そこは覚えているんだな！」

「もう、あなたたち？　出立《しゅったつ》の日ぐらい、じゃれ合うのはやめなさい」

「じゃれ合ってないよ」

「そうだぞ、これは父親として子供に説教をだな」

「はいはい。似たもの親子ねぇ。さあ、チロロちゃんが待ちくたびれているわ。そろそろ行きなさい」

母さんに背中を押され、僕は振り返ってまた抱きついた。

「甘えんぼさん。わたしの可愛いカナリアちゃん。気を付けるのよ。たまには帰ってきてちょうだい。いいわね？」

「うん。母さん、大好き」

「……父さんは？」

「父さんも好きに決まってる。ていうか、子供みたいに拗《す》ねるの、やめなよ」

分かりやすく拗ねる父さんに、僕は呆《あき》れながら抱きついた。

「はい、これでいいよね」

「俺に対する扱いがローラと違いすぎる」

「シドニー？　いい加減になさい」

あ、まずい。母さんは怒ると怖いのだ。僕は父さんを突き放すと急いでチロロに乗った。

「ちゅん」

「うん、出発しよう。母さん、父さん、じゃあね！」

「いってらっしゃい。さあ、シドニーも笑顔で見送ってあげて」

「カナリア、無理はするな。もし、どうしても無理だと思ったら――」

「分かってるってば！」

こんな感じで大好きな両親に見送られて家を飛び出た。


神の山は誰も辿《たど》り着けないと言われるほど急峻《きゅうしゅん》で、しかも風が強い。魔力も複雑に渦巻《うずま》いている。これが山を守っているのだと言われていた。そんな場所だけど、僕は大丈夫。流れが視えるからね。チロロも一緒に暮らしていたから問題なし。

山を守るように渦巻く風の中を、あっという間に通り抜けた。

旅立ちにピッタリのいい天気だった。

振り返ると、雲のような靄《もや》がかかった神の山が見える。これが天族にはおどろおどろしく見えるらしい。彼等が恐れるのも分からないではないんだ。風は読みづらいし、魔力の渦がバラ

バラに発生しているからね。魔力が高い生き物ほど、法則性のない魔力の渦に感覚を狂わされる。たとえて言うなら「蝙蝠《こうもり》を超音波で惑《まど》わす」ようなものだろうか。

「チロロ、あそこにいい風が続いてる。あれに乗っていこう」

「ちゅん！」

もふもふっとした羽が大きく動いた。方向転換し、大きな流れを作る風に向かう。こういう風を「精霊が作った波」と言う人もいるらしい。魔力の渦から派生した余りもの、生き物の使用した魔法の名残《なごり》のように僕は感じる。まあ、ファンタジーっぽいので精霊案もアリだと思ってる。父さんに話すと「裏付けの取れない不可思議現象を、すぐに精霊のせいにして誤魔化《ごまか》すのは良くない」と怒られそうなので言わない。

でもいいじゃん、ファンタジー。僕は前世で「可愛い」ものが好きだった。ふわふわファンタジーの世界でぽわぽわ過ごす、妖精の日常スローライフ物語が愛読書なぐらい。

そう、だからこそ旅立ちを決めたんだ。

「ふっふっふ。これでようやく、可愛いもの探しができる！」

「ちゅん？」

「可愛いものは都会に集まるもんね。王都ならいっぱいあるよ。楽しみだ～」

父さんと母さんには言えなかった。２人とも田舎《いなか》暮らしのスローライフが好きだからね。スローライフのために頑張っちゃう人たちだった。僕はほどほどがいい。可愛いものに囲まれ、便利さに頼って時々贅沢《ぜいたく》するんだ。そして何より人の気配を感じていたい。だから、都会を目指す。

張り切る僕とは反対に、強い風に乗ったチロロが力を抜いた。この流れに身を任せていれば勝手に進むと彼は知っている。僕たちはこういうところが似ていた。普段は省エネで、いざって時だけ頑張ればいい。そんな感じで、まずは町を目指した。

◆◇◆◇◆

期待の高かった初めての町は、可愛いものに出会う間もなく出発となった。

急いで買い出しを済ませて町を出る。門兵《もんぺい》には「騎鳥に夜の飛行は無理だ」と引き留められたけど、一流の騎鳥は夜も飛べるんだ。さては知らないな。

――まあ、チロロが一般的な騎鳥より下に見られてしまうのは仕方ない。見た目が可愛いすぎるもんね。

そもそも白雀型の騎鳥は珍しい。チロロとの付き合いは、彼が幼鳥時代に1羽でいたところを発見したのが始まりだ。たぶん、風に流されて群れからはぐれたんだと思う。神の山に迷い込み、死にかけていたのを僕が拾って育てた。

両親は空を自在に飛べる人たちだから騎鳥に乗る必要はない。当然だけど調教の経験もなかった。父さんの知識だけが頼りなのに、彼の知識には偏《かたよ》りがある。興味のない事柄にはとことん興味がないのだ。そのせいでチロロの育て方が多少大雑把《おおざっぱ》になったかも。でも無事に成長したし、僕を乗せて飛べる。命令も違《たが》わず実行に移せる賢い子だ。

このチロロの騎鳥登録も最初の町でやるべきことだった。可愛いもの探しが一番じゃない。なにしろ登録しておかないと野良《のら》扱いされるのだ。だから町を出る前に駆け込んだ。

「珍しい種類だ。子供のアウェスじゃないんだね。これで大人か。小型だと荷運びも難しそうだし、速度も出ないだろ。君が乗るにはちょうどいいのかな」

本人に悪気がないのは優しそうな笑顔からも伝わる。とはいえ、ムッとしちゃうよね。僕はチロロをフォローする意味もあって言い返した。

「鷲型《アウェス》じゃないけど、オオトカゲを5匹も運べるんだ。速く飛べるしね」

「そうかい、そうかい」

軽くあしらわれた。もっと自慢しようとしたのに、銀色のタグを渡される。

「名前が彫れたぞ。この脚環《あしわ》が認識票だ。これがないと町の出入りに毎回お金がかかる。野良だと勘違いされて捕まる場合もあるからな。普通は教習所で教わるもんだが――」

「騎獣鳥管理所で発行するのは珍しいの？」

「認識票が壊れたり、なくしたりした時の再発行がほとんどだからな。野生を捕まえて登録する奴もいるが、君みたいに調教済みを登録にくる一般人はいない」

都会には騎乗教習所なるものがあって、騎乗訓練と調教訓練を行う。認識票もそこで発行できるそう。といっても、いつどこでイレギュラーが発生するか分からない。なので、どこの町にも騎獣鳥管理所はある。

騎獣鳥とは騎鳥と騎獣をまとめて呼ぶ言葉だ。騎鳥はアウェスと呼ばれる鷲《わし》型が一般的。地方の町にある預かり所も、アウェスサイズが標準になっているらしいよ。チロロは小型だから余裕で入れる。で、騎獣は地を駆ける獣のことだ。人が乗れるサイズで、ルックスという種類が多い。サーベルタイガーと狼《おおかみ》を合わせたような生き物だ。

他に、牛や馬といった生き物も人を乗せられはする。魔物に怯えるから外には出せないけどね。魔物に怯えない頑強な生き物として騎獣鳥は好まれた。

ついでに言えば、魔物は爬虫類タイプになる。レプティルというのが総称だ。学術言葉だったかな。その辺りはどうでもいい。問題は魔物がすごく凶暴《きょうぼう》だってこと。肉食なので人間だって襲う。魔法も使うのだから恐ろしい。

人間は自分たちの住む場所を守るために高くて頑丈な壁を作った。辺境にある町もそうだ。むしろ辺境の方ほど壁がすごい。何重にも建てたり堀を作ったり。当然、出入りも厳しい。生きた魔物を持ち込んでいないか荷物のチェックもある。

身分証があればチェックは早い。たとえばギルドに所属した際に発行される会員証だ。ギルドは各業種ごとに作られた組合のこと。こんな辺境の町には窓口なんてない。代官や役人が会員登録の手続きを代行してくれる。チロロの登録も役人がしてくれた。

僕もどこかに所属して認識票ならぬ身分証明書が欲しかった。ただ、僕の場合はそこまで急がない。地方の町で仮登録証を作るぐらいなら、都会の方が発行も早いし便利だ。むしろ王都の方が良い。何よりモタモタして天族のあいつに会いたくなかった。

というわけで、僕らはとっとと町を出た。


今日はズルをしちゃうから、夕食を摂《と》る直前までチロロに飛んでもらった。

「チロロ、そろそろ休もっか。いい感じのところに下りて〜」

「ちゅん！」

鳥だけど夜目《よめ》が利《き》くチロロは、僕と同じく父さんから魔法の使い方を覚えさせられた。彼が小型タイプの騎鳥なのに大荷物を載《の》せたり運べたり、はたまた夜目が使えるのは魔法のおかげだ。そこらの人よりよっぽど使える。

「今日は父さんの作った箱型テントだよ。夕飯も母さんのお弁当にしようっと」

「ちゅん」

昨日は張り切って普通のテントを張ったし、食事も山の恵みを採って自分で調理した。キャンプみたいで楽しかったけど、そういうのは初日だけだと思う。

僕は便利なものがあるならそちらを取る派。便利グッズは父さん作だ。収納庫にせっせと入れてくれた。母さんもずっと調理三昧《ざんまい》で、もしやと収納庫を覗けば山ほどのお弁当。ありがたいよね。

まずはテントを出す。自動で広がって、あっという間に設置完了。

「お弁当はこれにしよ。あ、なんちゃってコゴミの煮物がある。チロロも好きだよね」

「ちゅん！」

「チロロの食べ物もいっぱい入ってるからね～」

騎鳥は雑穀《ざっこく》をメインに食べる。果物《くだもの》や葉物《はもの》を混ぜると更に喜ぶそう。新鮮な果物がない場合は干したのでもいい。ちなみにアウェスは肉も食べるよ。チロロは白雀だからか個体差か、好んでは食べない。体に影響はないため、チロロの好きなようにさせている。

僕は父さんの作った野営セット内でゆったりと食事を済ませた。中央には焚《た》き火用の囲いと、闇を照らす明かりもある。ついでに言うなら結界も作動中。めっちゃ便利。

昨日は完全な自力キャンプだった。当然、魔物避《よ》けの薬草は焚くし、それがまた臭《くさ》い。自力の結界は危うくて熟睡《じゅくすい》もできないときた。それと比べたら雲泥《うんでい》の差。

「温度が下がってきたね」

「ちゅん」

「まあ、上空よりは暖かいか」

季節は春。朝晩は冷えるけれど昼間はポカポカして、ちょうどいい季節だ。旅立つのなら春がいい。僕の誕生日も春だし、だから良い旅立ちになるはずだった。

「はぁ。考えても仕方ない。ちょっと早いけど寝ようっと。チロロ、おいで」

「ちゅん〜」

箱型テントの中は暖かい。適温になるよう調整されている。チロロは端《はし》にある騎鳥用の寝床に潜《もぐ》り込んだ。

僕は奥にある寝室へ向かった。奥といっても、テントの中はそれほど広くない。入ってすぐが小さな居間で、横に簡易キッチンがある。テント内だけで生活できるように作られた。騎鳥の寝床から離れた場所にトイレとお風呂《ふろ》、その間に寝室とクローゼットがある。

「今日はお風呂はやめて【清浄《せいじょう》】っと」

魔法で簡単にしてしまう。そのままベッドにダイブと行きたいところだけど、母さんの小言《こごと》が脳裏《のうり》に浮かんだ。もそもそとパジャマに着替える。布団の中に潜り込むと、ほうっと息が漏《も》れた。体は疲れてない。でも心がね。今日はいろいろあった。久しぶりに他人と接触したし、嫌な奴の顔まで見てしまった。

「ダメだダメだ。よし、楽しいことを考えよう」

僕は可愛いものが好きだ。前世からそうだった。前世では大っぴらに言えなかった。男のくせにって言われてた気がする。だからかな。もしくは小心者だったのかも。

もっと堂々と好きでいて良かったのにね。本当は素敵なホテルでアフタヌーンティーを楽しみたかったし、通販じゃなくてイベントに出向いて可愛い小物を手に取ってみたかった。あの頃、僕はどうしてあんなに人目を気にしていたんだろう。転生しても覚えている記憶がそこなのは、きっと後悔していたからだ。

今生では自分の心に素直でいたい。そう思うとワクワクが止まらなくなった。

◆◇◆◇◆

それからの旅は順調に進んだ。時々は町にも寄った。狩った魔物を売り払うためだ。時間停止の収納庫に入れてあるから死骸《しがい》とはいえ新鮮で、とても喜んでもらえる。大きな町では魔物の引き取り所があちこちにあるんだよ。

素材はなんにでも使えて、肉も騎獣鳥の餌《えさ》になる。チロロはそんなに好きじゃないけど、アウェスなんかは倒したその場で食べることもあるそう。アグレッシブだ。

魔物の需要があるおかげで旅費はプラスに傾いている。町の出入りに必要なお金と、食料の買い出しを済ませても余るのだから順調と言っていい。日々の支出の中に宿代が入っていないのには理由がある。辺境で宿屋に泊まる人は大抵が商人と、その護衛。更に辺境まで来てくれる商人は少ない。つまり、宿屋自体も少なくなる。競合相手はいない。

とある小さな町では「町長に頼んで空き家を間借りしろ」と言われた。見せてもらった空き家は掃除がされていなくて埃《ほこり》だらけ。しかも「途中で誰か増える場合もある」と言われてゾッとした。知らない人と一緒に雑魚寝《ざこね》なんて無理。それなら町の外で野営した方がいい。いや、町の中にも野営がＯＫの場所はある。だけど通りに囲まれた広場だ。プライバシーなんてない。勝手に調理は禁止、共同の竈《かまど》使用、作れば振る舞え、といった細かいルールが多すぎる。もういいってなるよね。それなら、清潔で可愛い宿屋が現れるまで待つ。

前世で観た「ラグジュアリーなホテルステイ動画」のようにとはいかなくとも、オシャレで非日常なホテルに泊まってみたいじゃん。

それもこれも、父さんの作った便利な魔道具があるからこそだ。

そんなある日のこと、朝から雨が降る中を僕らは飛んでいた。地図によると、次の町までは4日かかる距離だ。街道じゃなくて森の上空を突っ切れば3日、チロロが飛ばせば1日で着く距離かな。別に急ぐ旅じゃないからと、のんびり速度で飛んでいた。

本当は騎鳥は雨の飛行が苦手らしい。でもチロロは雨が平気で、僕も嫌いじゃない。視界は悪いし濡《ぬ》れちゃうけど妙に楽しかった。ふんふんと鼻歌混じりで飛んでいたほどだ。

ふと、風の流れに違和感があった。魔力の揺らぎも感じる。

「……チロロ、あの辺りで旋回《せんかい》してくれる？」

「ちゅん！」

伸ばした指示棒で行き先を伝えると、チロロが素早く方向を変えた。雨合羽《あまがっぱ》のフードは結んであったけど、ゴーグルをずらして押さえにする。速度も落ちて見やすくなった。

「魔物じゃないね」

目を凝《こ》らして地上を窺《うかが》うと、争い事の気配だ。一瞬だけ話し声が聞こえた。人間だ。大型獣に追われているのかもしれない。

チロロに周囲の警戒を頼むと、急ぎ飛び降りる。雨が降ってて風を読みづらいけれど、問題ない。たとえ飛び降りた位置が木々より高い上空だろうと、僕ならいける。

まずは常緑樹の枝でワンクッション置く。僕のブーツは先端にも底にも薄い鉱板《こうはん》を貼《は》ってある。素足側には足を保護するクッション材も入っていた。岩に下りても響かない。クッション材には竜の硝子軟膏《がらすなんこう》が入っている。父さんのお宝素材が使われている。道具が良いだけではダメ。耐えられる体が必要になる。教えてくれたのは母さんだ。

「よ、っと！」

膝《ひざ》を曲げ、体全体を使って衝撃を和《やわ》らげる動作は慣れたもの。幼い頃から教え込まれた体は何も考えずとも動いてくれる。続けざまに枝をクッションにしてトントンと下りていく。飛ぶように、跳《は》ねるように。自分の思うままに動く体が楽しい。

あっという間に地面に降り立った。

そこで気付いた。大型獣に追われていたんじゃない。騎獣に乗った、ならず者だ。逃げていたのは騎鳥と若い騎士。彼が騎士だと分かったのは、父さんに聞いた通りの格好だったから。その格好良いはずの騎士服が泥《どろ》だらけだ。僕は急いで駆け寄った。

「何やってんだ！」

「うぉっ、なんだ、いきなりどこから現れたっ」

慌てる男たちは見るからに悪人顔だ。だけど念のため聞いてみる。

「どういう理由でたった1人を追いかけているのか教えてよ。騎士さんが何か悪いことでもした？」

「へっ、なんだこいつ」

「お頭《かしら》ぁ、こいつ、フードを被《かぶ》ってやがるが若い女じゃねぇですか？」

「マジかよ！　こんな森の中に女か！」

ニヤニヤ笑う男の顔はどこからどう見ても悪人だ。「若い女」相手に下卑《げび》た発言をするぐらいだし、ろくな奴じゃない。よし、これで心置きなく騎士の方を助けられる。

それにしても、旅に出てまだ一月《ひと》と経ってないのに人助けが2回目だ。この世界、大丈夫かな。日本が平和すぎたんだっけ。海外旅行と同じ感覚でいた方がいいのかも。そうだよね、両親があれだけ口酸《くちず》っぱく注意していたんだ。警戒は大事。

僕は指示棒を振って伸ばした。ジャキンと音が鳴る。戦闘開始の音だ。

ならず者は全部で7人。それぞれが騎獣に乗っている。ホルンヴォルフという名の、角《つの》がある狼っぽい形の騎獣だ。ホルンヴォルフは協調性がなく、人気がない。個人で飼うのに向いているそう。今も統率が取れているとは言い難《がた》い。真面目《まじめ》に立っていないというか、興味の矛先《ほこさき》が別々に向いてるっていうか。

そんなデメリットはありつつも、やっぱり7人と1人じゃ圧倒的な差がある。若い騎士の服は破れていた。騎鳥は成鳥前なのか、まだ飛べないみたいだ。必死で守ったんだろう。その騎鳥も泥塗《まみ》れだ。動きがぎこちないから怪我を負った可能性もある。

「ダメだ、こっちに来るんじゃない。危ないから逃げるんだ！」

若い騎士が僕に気付いて叫んだ。ありがとう、でも大丈夫だよ。両親を相手に何度も訓練してきたんだ。相手の力量は大体分かる。それに騎獣乗りが相手なら面で対処できる。騎鳥だと立体的な動きになるから難しいけどね。いざとなれば父さんが作った強力な魔道具もあるんだ。危なくない。何よりも。

「僕は理不尽《りふじん》な目に遭うのも見るのも嫌なんだ！」

男たちはニヤニヤ笑ったまま、数人が騎獣から降りて近付いてこようとする。まずはそこを狙う。駆け寄ると、1人目の足を指示棒で横薙《よこな》ぎだ。簡単に倒れた。一瞬だったから残りの奴等は何が起こったのか分からずに呆然《ぼうぜん》としている。その間に2人目を蹴《け》って転ばせ、もう1人の膝を指示棒で叩《たた》く。これで2人分の足がやられたことになる。

ここにきてようやく、リーダーらしき男が声を上げた。

「止まれ！　その女に近付くんじゃねぇ！　【魔法攻撃の防御】」

僕の攻撃が魔法によるものだと勘違いしたらしい。リーダーは魔法攻撃に対抗すべく、防御魔法を発動した。立派な杖《つえ》を持っていても詠唱《えいしょう》が遅い。ていうか、そもそもが見当違いだ。僕は転んだ男の足首を狙って踏みつけた。鉱板入りの靴でね。

「ぎゃーっ！」

打ちつけ方や力の加減でどうなるかぐらいは分かる。僕の体重じゃ折るのは厳しいかもね。でもヒビは入ったと思う。これで3人がアウトだ。残りは4人。

リーダーが慌てて踵《きびす》を返そうとした。騎獣に鞭《むち》を打つ姿に腹が立つ。逃がすもんか。

「【混乱】」

騎獣が暴れ出し、2本足で立った。たまらず男たちが転げ落ちる。

「これ、魔法じゃないんだよ」

人間の体には多くの弱点がある。一点集中、したたかに打ちつけると大男でも動けなくなるほどだ。その一瞬で止めを刺せば、小柄だろうと女であろうと倒せる。母さんにみっちり教わった。相手役を務めた父さんと僕はしばらく恐怖に震《ふる》えた。

「最後に【拘束】と【沈黙】で、終わり」

全員を捕らえた。

そう思った時だった。不意に大きな気配を感じて空を見上げた。

「え？」

「どうかしたのか、君、大丈夫か」

騎士の不安そうな声に「しっ」と返す。何かがいる。そんな気がした。

ぶるっと体が震えて我に返った。チロロは？　空に待機していたはずだ。どうしてこの大きな気配に気付かなかったんだろう。チロロを呼ばなきゃ。あの子に何かあったらどうしよう。

「……っ、チロロ、大丈夫っ？　どこにいるの！」

返事が届くまでの間がとても長く感じられた。でも、すぐだったのかもしれない。

「ちゅん！」

チロロは返事をしたあと、すいっと木々の間を縫《ぬ》うように飛んできた。

「よ、良かった。チロロ、無事だったんだね」

「ちゅん？」

「さっき、変な気配を感じたんだよ。チロロは気付かなかった？　森の上を何かが通った気がするんだけど――」

今はもう何も感じない。僕は体が震えるのを止めたくてチロロに抱きついた。表面は濡れているけれど、内側はもふっとしている。チロロの温《あたた》かさと匂《にお》いにホッとした。

「あれはなんだったんだろう？」

「ちゅん」

「生き物だったのかな。よく分かんないや」

「ちゅんちゅん」

「うん、落ち着いた。ありがとう、チロロ」

そういえば、こんな呑気《のんき》にしている場合じゃなかった。慌てて振り返ると、拘束していた男たちは全員白目を剥《む》いてる。

「えっ、なんで？　そんなに強く拘束してないよ」

僕は自然と男たちの向こう側にいる騎士に視線を向けた。彼は自分じゃないと首を横に振った。

「君がやったんじゃないのか？　ああ、いや、違うか。君が上を向いて、俺もそっちに視線を向けたら変な空気が流れてきたんだ。風かな。次に地上を見たらこうなってた」

「さっき、ものすごく大きな気配を一瞬だけ感じたんだ。それかな？」

「魔物、じゃないよな。一体なんだ？」

「分からない」

「まさか、精霊とか？」

あ、そうか。こういう訳の分からない時に、人は「精霊の力」が働いたと思うのだ。前世で言うところの「神様」になるのかな。不可思議な現象をまるっと何かのせいにしてしまえる便利な言葉だ。それなら尚更《なおさら》、この場に留《とど》まるのは良くない気がした。

仮に精霊が本当にいたとして、彼等の力がこちらにまで作用したら困る。今回はたまたま悪者の意識を刈り取った。だけど、もしも神様のような偉大な存在が相手だったとしたら、彼等に区別は付けられないだろう。次も僕たちだけが助かるとは限らない。

「とにかく、この場を急いで離れないと」

「あ、ああ」

森は危険だ。魔物が多く生息している。今は雨が降っていて匂いが消えているものの、騒ぎは伝わっているはずだ。


まずは騎鳥が動けるかどうか確認しないといけない。

「その子、怪我をしているのなら先に診《み》たいんだけど」

「薬を持っているのか？　助かるよ」

「ところで『悪人に追われていた人』で合ってる？」

「合ってる。ていうか、ごめん。名乗ってなかったな。俺はニコ＝ユリアンティラ、騎士団第8隊に所属している。ニコって呼んでくれ」

「僕はカナリア、こっちがチロロだよ」

答えながら騎鳥の様子を診る。無理に縄を掛けられたのか、首周りの羽が抜け落ちていた。

足指も泥に塗れて傷があるようだった。必死に抵抗したんだろうな。可哀想に。

早速、泥だらけの騎鳥に【清浄】魔法を掛ける。

「もう大丈夫だから。怪我もすぐに診る、よ……？」

綺麗になった騎鳥をよく見れば、血が止まっている。傷跡はあるけれど薄膜が張った状態だ。つまり、止血されたばかりというか、治《なお》りかけという状況。首も足指もだ。いくら騎鳥が「魔法も使える獣」とはいえ、こんなに早く治るわけがない。

「どうかしたか？　傷跡が深すぎて治療できないのか？」

覗きに来た騎士に、羽を掻《か》き分けて傷を見せてみる。彼も目を丸くした。

「君が止血を？」

「ううん。体を綺麗にしただけ」

「特殊個体がいるとは聞いてなかったなぁ。お前、自分で治したのか？　って聞いても分からないか」

騎鳥に向かって話し掛ける内容は、まるで自分の騎鳥じゃないと言っているようだった。僕の不審《ふしん》な視線を受け、騎士は「ああ、ごめん」と事情を説明してくれた。

「最近、王都に納品予定の騎鳥が立て続けに盗《ぬす》まれるという事件があってな。捜査《そうさ》で繁殖業者の周辺を見張っていたら、妙な動きをする一団を見付けたんだ。しかも牧場に入り込んで盗み出した。こりゃ応援を待っていられないと思ってさ。１人で追ってきた」

この人、騎鳥が傷付けられるのを恐れたんだ。良い奴かもしれない。ニコは説明が終わると、腕を組んで考え込んだ。

「どうかした？」

「いや、数日前の聞き込みでは、牧場に特殊個体がいるなんて話はなかった。特殊個体は売値が跳ね上がる。牧場主なら絶対に『最優先で守ってくれ』と言うはずだ」

「もしかして、命の危機に瀕《ひん》して魔法が突然使えるようになったとか？」

「かもな。そうだ、表面しか治っていないのなら痛みはあるよな。我慢できるか？」

「きゅぃ、きゅぅ」

「あ、ちゃんと治療するよ。包帯もあるし、任せて」

ニコはまた「助かる」とお礼を言った。そこで気付いた。びしょ濡れだった。慌てて、バスタオルと雨合羽をニコに渡す。それから騎鳥の治療を急いだ。

男たちは拘束したまま放り出している。雨に濡れて風邪《かぜ》を引こうがどうでもいい。

「雨がひどくなってきたからテントを張るね。こんな状態じゃ、怪我を負った騎鳥を連れて町まで進めない。ニコさんも疲れたんじゃない？」

「ありがたい。それにしても、君の収納庫は容量が大きいんだな。良い鞄《かばん》だ」

「父が独《ひと》り立ちの際に奮発《ふんぱつ》してくれたんだ」

ということにしておこう。腕輪型収納庫は規格外すぎるし、売り物でもない。だから一般に出回っている鞄型収納庫をダミーとして使っている。

ちなみに、それまで鞄型収納庫の容量が六畳一間《ろくじょうひとま》程度だったのを、一軒家レベルにまで引き上げて売り出したのは父さんが最初だ。かなり儲《もう》かったらしい。もっと大きなサイズの収納庫もお偉いさんに頼まれてオーダーメイドで作ったとか。本人が「ウハウハだ」と自慢げに語っていた。

「奮発って、すごいな。収納庫はまだまだ高価だぞ。……待てよ、カナリアは成人しているのか？」

「そうだよ。この間、15歳になったばかり。父も15歳で家を出たって言うから、じゃあ僕もってゴリ押ししたんだ」

「はは。そりゃ、お父さんも失敗したな。だから収納庫か。それだけ心配してるってことだよ。君みたいに小さな子がこんな森の中を進むのは危険だもん。俺だって心配だ」

「そのおかげでニコさんを見付けられたんだけど？」

「うっ、そうだったな」

話をしているうちに段々と打ち解けてきた。ニコさんなんて呼ばれたくないと言うし、途中からは呼び捨て。敬語も使わなくていいらしい。気楽でいいから助かる～。

実際、ニコは良い奴だ。自分の騎鳥でもないのに一緒のテントで看病してる。父さんによると、騎士は騎獣鳥の世話を自分ではやらないらしいのに。従者任せなんだってさ。騎士は爵位《しゃくい》で、平民より地位は高い。僕も最初はニコに対して身構えていた。ところが想像と違って人が好《い》い。だったら、助けてあげたいと思うよね。

「簡単な料理で良ければ作るよ。食べられる？」

「もちろん！」

「きゅぃ！」

「ちゅん〜」

「チロロもお返事したんだ？　ふふ〜、ちゃんとあるからね」

ニコと騎鳥はがっつくように食べ始めた。釣《つ》られたチロロも慌てて食べる。

「あっつ、でも美味《うま》い、最高！」

「きゅ、きゅっ」

「ちゅん！」

「分かったから、落ち着いて食べなよ」

冷たい雨で体力を削《けず》られていたニコは熱々《あつあつ》のスープに喜んだ。肉もかぶりつく。騎鳥も怪我をしたばかりとは思えない食欲だ。ガツガツと肉を食べた。チロロも釣られて興奮状態。といっても、ゆったり感はある。競争相手がいないまま育ったもんね。がっつき具合が全然違う。

僕も一人っ子だから基本的にのんびり屋だ。マイペースだしね。

食べながら、僕はニコに質問した。

「お仲間は森まで捜《さが》しに来てくれる？」

「うーん、難しいな」

「じゃあ、雨が少しマシになったら信号弾を打とうか」

「いや、奴等の乗ってきた騎獣を使って町に戻るよ」

「騎獣かぁ。でも、あの子たち結構遠くまで行ってしまったよ？　散らばってるもん」

「マジかよ。呼び戻しの訓練は受けて、るわけないよなぁ。てか、カナリアは騎獣鳥の気配を読み取れるのか？　すごいじゃん」

「魔力の流れを読むのはできるね。だから気配は探れるよ。他の人がどうなのか知らないから、すごいかどうかは分かんない」

「いや、読めるってだけですごい。で、そんなカナリアを見込んで頼みがあるんだ」

「嫌な予感」

「口に出して言うなよ。そういう時は『助けたついでだ、よっしゃ引き受けよう』って返すところだろ」

「はいはい。とりあえず、話は聞いてあげよう」

僕のぞんざいな返しにも動じないというか、全然気にしてないところが本当に騎士っぽくない。もしかしたら平民出身なのかな。生粋《きっすい》の貴族出身だったらタメ口利いただけで怒られそう。

その場合は助けるだけ助けて、さっさと離れたかな。

まあ、ニコはお礼も言えるし、良い奴だってのも分かった。だから「町まで連れていってくれないかな、もちろん仕事として。依頼料も支払う」という頼みを僕は引き受けた。

◆◇◆◇◆

悪党どもは木の下に移動させ、油紙を被せる。ついでに魔物避けの香を焚いた。雨が少し収まってきた今なら1日ぐらいはもつ。

騎獣は戻ってこない。きちんとした調教をされていないのは明白で、このままだと野良になる。町の近くに現れたら捕獲《ほかく》してもらえるはずだ。どちらにせよ、騎獣鳥は人間より強いのだから問題ない。彼等は森の中でも生きていける。厄介《やっかい》な人間がいない分、のびのびと過ごせるかもね。

牧場から連れ出された騎鳥はまだ人を乗せられるほどじゃない。羽の様子からも、やっぱり成鳥前の個体だ。調教も終わっていない。それ以前に怪我を負ったばかりで乗れるわけもなく、引いていくしかなかった。自力歩行できるだけまだいいか。

ニコは手ぶらだ。荷物がない分、こちらの負担は少ないのだからチロロに乗せてあげても良かった。ただ、なんとなくチロロが嫌そうなんだよね。そういえば、僕以外を乗せたがらなかった。

ニコも小さな騎鳥に2人で乗る、という考えは頭にないようだった。最初から自分の足で歩いて戻る算段でいる。僕とチロロは1人と1頭の誘導兼、護衛だ。

「じゃあ、上空を警戒しながら先導するね」

「頼む」

休憩と食事を終え、雨が小降りになったのを見て出発する。ただ、歩きだと結構かかるよなぁ。最短距離かつ安全なルートを選んで進もう。魔物がいればサクッと倒す。そのまま収納すれば証拠を隠滅できる。護衛の身でありながら魔物狩りをしているってバレたら何か言われそうだもんね。


そんなこんなで数時間。そろそろ暗くなってきた。休憩ポイントを見付け、早速ニコに教えてあげようと戻りかけたところで人の気配に気付いた。雨のせいで気付くのが遅れたな。ミスを反省しながら、地上で休んでいるニコに声を掛けた。

「お仲間が迎えに来てくれたっぽいよ！」

「えっ、マジで？　どうしたんだろ」

「同僚を心配して捜しに来たんじゃないの〜？」

「いや、うちの班にそんな優しい奴はいない」

「なんだそれ」

僕はチロロから飛び降りて地上に立った。チロロは上空の警戒だ。

「うお、すげぇな。あんな高さから飛び降りるとか、どんな訓練積んだらできるんだ」

「ふふん」

褒められると嬉しい。僕は胸を張った。だけどすぐ、本題に入る。

「じゃなくてさ。あと1、2時間ぐらいで合流できるよ。どうする？　こっちに来てもらう？　それとも、僕が先に話をしてこようか」

騎獣を余分に連れているなら、その子だけを最短距離で誘導してやれる。人間が乗っていると行けない場所でも僕とチロロの組み合わせなら通れるからね。

「いや、いいよ。合図だけ出して、ここで待つ。カナリアだけ行かせたら何を言うか分からない。失礼なことを言いそうな奴がいるんだ。俺と一緒の方がまだいい。マジな話をすると、俺の体力がそろそろ限界でさ。少し休ませて。そうだ、水でも飲んでりゃ『仲間が助けられた』と見て分かるだろ。バカでも気付く。ちょうどいいな」

「はは、分かった。いろいろ大変なんだね」

ニコは同僚に恵まれていないらしい。前世の会社員時代を思い出しそうになって、僕は頭を振った。どうせなら楽しい記憶を思い出したい。

「じゃ、テントを張って、いかにも今から野営しますって感じにしておこうか。はい、テープルと椅子《いす》を先にね」

「ほんと助かるわ。カナリアが同僚だったら良かったのにな。騎鳥の操縦《そうじゅう》も上手いし」

「ありがとうなんだけど、ごめんね？　僕は王都でのんびり暮らすのが夢なんだ」

「速攻で振られた！」

そんな話をしながら、飲み物や軽食を提供する。もちろんテントも張った。チロロも呼んで全員で休憩する。騎士の一行に合図はしなかったけど気付いてもらえたようだ。チロロに高高度を旋回してもらったからね。風や魔力の流れ的に、こちらへ向かってきているのが雨の中でもなんとなく伝わってきた。


騎士の一団と合流したのは2時間半後のことだった。予想より遅い。雨だからかな。

それより騎士の乗る騎獣だ。専用の鞍《くら》や装備が格好良い。騎士服もそうだけど、更に装備が揃《そろ》いの格好だと2倍増しで良く見えるな。ちょっぴりコスプレ風に感じるのは汚れがないからだ。さすがに足元は濡れている。そこだけがリアルだった。

ニコは作った笑顔で手を振り、訝《いぶか》しそうな顔をする一団に説明を始めた。そういえばニコは「班」だと話していた。それにしては人数が多い。騎獣だけじゃなくて、騎鳥に乗る騎士も後ろに見えた。不思議に思って聞き耳を立てると、途中で別の班と合流したらしい。どうも３つぐらいの班が別々の町を捜査していたようだ。

僕は「ふーん」と何気ないフリで盗み聞き続行。

「――では、その犯罪者どもを置いてきたというのか！」

「この子はまだ成獣じゃありません。調教もできていないから人を乗せられないし、俺も怪我を負ったので無理だと判断しました」

「だったら、あそこにいる騎鳥を使えば良かっただろう」

「いえ、あれは、あの子の騎鳥です」

「非常事態だ、取り立てればいいだろう！」

へぇ～？　僕は聞いていない体《てい》でいるから不自然な動きはしなかった。だけど、むかっ腹が立つ。彼等に淹《い》れてあげようと思っていたお茶の葉をそっと仕舞《しま》う。沸《わ》かした湯も調理に使おうっと。もちろん、彼等にお裾《すそ》分けする気はない。

すると、騎鳥に乗っていた別の班の人たちが口を挟《はさ》んだ。

「フルメ班長、それは許されない」

「そうですよ。接収許可を出せるのは隊長職以上と決まっています。しかも緊急で、かつ人助けのためといった理由が必要です」

「僕は隊長代理を任されている。黙っていてもらおうか、シルニオ班長」

「悪いが見過ごすわけにはいかない」

おお、大人同士の静かな喧嘩が始まった。静かでもないか。

よくよく見ると、首元の階級章っぽい徽章《きしょう》の隣に総刺繍《そうししゅう》で作られたワッペンが付けられている。あれが班を表しているのかな。ベリベリ剥《は》がせそう。徽章は金属だな。

僕が興味津々で眺《なが》めていたら、1人の騎士が気付いて目を釣り上げた。

「そもそも、そいつは一体何者だ！　こんな森の中を1人で移動していただと？　有り得んだろう。普通の人間には無理だ。怪しすぎる！」

おっと、火の粉《こ》が飛んできたよ。善意の第三者に喧嘩を売るとは騎士らしくない。

ちなみに、怒鳴《どな》っているのはフルメ班の人だ。ニコがムッとして「ヤロ！　その言い方はないだろ」と言い返した。それを止めたのがシルニオ班長と呼ばれた人だ。

「ニコ、君はフルメ班だから言いづらいだろう。この場は僕に任せてくれ。それとお嬢さん、申し訳ないがお礼は後《のち》ほど必ず――」

「シルニオ班長、わたしが代わりに。犯罪者の居場所も教えていただきたいですしね」

話を変わったのは、シルニオ班長の隣にいた人だ。目が全然笑ってなくて冷たそう。怖い上司のイメージだ。けど、騎鳥に対する手付きは優しかったんだよな。シルニオ班長のフォローに速攻で入るところを見ても、根は良い人っぽい。

「初めまして。わたしはクラウス＝サヴェラ、騎士隊シルニオ班の副班長です。まずは、仲間を助けてくれてありがとうございます。犯罪者の捕縛《ほばく》についてもお礼を申し上げます」

「人を助けるのは当たり前のことだから。それより、置いてきた場所を教えますね。早く行った方がいいんじゃないかな。魔物避けが効いているとはいえ『こんな森の中』です。生きた状態で捕縛しないと事情が聞けませんよね」

クラウスさんは「おや？」といった表情で僕を見た。

「なるほど。ああ、申し訳ありません。ところで、お礼を兼ねて食事をご馳走《ちそう》させてもらえませんか。町までご一緒できるとありがたいのですが」

「あ、事情聴取ですね」

「とも、言えますね。もちろん、あなたを犯罪者のように扱うつもりはありません」

「はい。確かに僕が森の中にいたというのは、さっきの人でなくとも気になりますよね」

紳士的な対応をしてくれるのなら別に構わないんだ。そりゃ、急いでいる時に事情聴取したいって言われたら「やだなー」とか「面倒」って思うけど。


とりあえず、場所を口頭で教える。捕縛に行くのは別の班らしい。シルニオ班長の部下は残った。フルメ班の人が残っているから、牽制《けんせい》目的かな。

「じゃあ、待っている間に飲み物でもどうですか。僕も座ります。ニコにも淹れるね」

「やった。カナリアのお茶、美味《おい》しいんだよ」

「おや、君はもうすでにいただいたのですか」

「はい。俺もこいつも追いかけられて汗みずくだったんですよ。泥だらけで喉《のど》も渇《かわ》いていて。

それを綺麗にしてもらい、飲み物もいただきました」

「大したものじゃないよ。副班長さんも良ければどうぞ」

さっき別に避けておいたポットのお湯を注ぐ。母さん特製のハーブ茶だ。甘味《あまみ》が出るハーブもブレンドされているので、ハーブ茶が苦手な人でも美味しく飲めるはず。

ハーブ茶って好き嫌いが分かれる飲み物だと思う。酸っぱかったり苦かったりして飲みづらいと感じる人や、草っぽい匂いが嫌だって言う人もいる。合わないのは仕方ない。ただ、半分ぐらいはブレンダーが悪い。初心者にエグいのを飲ませちゃダメだ。実は僕も、前世では苦手だった。好きになったのは母さんが美味しくブレンドしてくれたからだ。

「おや、これは……」

「ねっ、サヴェラ副班長、美味しいでしょ！」

「ええ。とてもスッキリします。後味《あとあじ》も良く、ほんのり甘味を感じますがくどくありません。とても爽《さわ》やかです。複数のハーブをブレンドしているようですが、1つ、いえ2つほど分からない原料がありますね」

「すごい、このブレンドで分からないのが1つ2つなんだ」

僕は教えられるまで全然分からなかったのに。この人よっぽどお茶が好きなんだな。ちょっとインテリっぽい見た目と喋《しゃべ》り方だし、こういう人はこだわりが強そう。

「残りのハーブもかなり良質なものでしょう？　このように高価なお茶を森の中でいただける

とは思いませんでした。ありがとうございます」

「ひぇ、そんなに高価なんですか。ヤバい。俺、いっぱい飲んだよな」

「いいよ。薬代わりでもあったから」

「えっ、そうなの？」

「疲労回復に効くんだ。頭もスッキリするしね。ほら、町まで行くには体力だけじゃなくて気力も必要でしょ」

「へぇ、なるほどな～」

と、僕たちはのんびり語り合っていたのだけれど。

少し離れた場所では、シルニオ班長とフルメ班長がやり合っていた。途中でフルメ班の1人がこっちを指差して口をパクパクする。「お前ら何してる！」的なことだろう。声が聞こえないのは誰かが遮断《しゃだん》しているからだ。風が不自然に途切れている箇所《かしょ》があるので結界魔法かな。魔法杖は見えず詠唱も聞こえなかったので、魔道具かもしれない。

父さんが教えてくれたんだけど、ほとんどの人は魔法が使えない。魔力はあっても、それを魔法として形にする術《すべ》を学べないからだ。仮に学べる環境があったとしても覚えるまでには時間がかかる。お金もね。結局、それなりの家の子しか学べないってわけ。そもそも生活魔法を使えたら万々歳《ばんばんざい》、他の魔法が使えるほど魔力のある人は少ないのだ。

平民に魔力の多い子が生まれると養子にする貴族もいるらしい。魔力の高さは血筋によるというから、そうやって貴族たちが取り込んで増やしているんだろうな。

平民は魔法が使えなくても問題ない。なくたって生きていけるからだ。魔道具もある。魔道具は便利家電のようなもので、僕も父さんの作ってくれた便利魔道具には大変お世話になっている。そこまで高性能じゃなくても、一般に出回っている魔道具は普通に便利。専用の燃料があるだけで使えるんだもんね。

とはいえ、だよ。結界の魔道具って高いんじゃないかな。さすがは騎士団だ。

「どうかしましたか」

「あ、結界の魔道具を使っているのかなと思って」

「ほほう。よく気付きましたね」

「だって声が聞こえないし」

「おや？　普通はこれだけ距離が開いていれば聞こえないものですよ」

「えっ、そうなんですか？　だけど、あの辺りが不自然です。何かで区切ってる感じがする。だから結界の魔道具だと思ったんだけどなぁ」

クラウスさんの目がきらんと光った気がした。ニコが変な顔になる。苦笑いかな。

「サヴェラ副班長、ダメですよ。カナリアは一般人なんですからね」

「ああ、そうでした。しかし、騎鳥にも乗れて頭も良いとは、いやはや」

「だから、その目が怖いんですってば～」

「おかしいですね。女性陣には『その冷たい視線が素敵』と言われるのですが」

「カナリアは普通の女の子なんですよ」

僕が「えっ」と口を挟んだのにニコは気付いていない。クラウスさん、というかサヴェラ副班長がチラッと視線を寄越す。妖《あや》しい笑顔で見つめるのやめて。

「カナリアさんは『普通』でしょうかね？」

「え、ひど！」

「そうですよ、サヴェラ副班長。ていうか、らしくないですね？　どうしたんすか」

「君は役職が上の人間に対してでも君らしくありますね」

「うっ」

「フルメ班で随分としごかれているようなのに、変に歪《ゆが》まないのも君らしいです」

「それ、褒めてませんよね？」

「ニコは根っこが強いんじゃない？　芯《しん》があるから自分らしさを貫《つらぬ》けるというか。まあ、鈍感なのかもしれないけど」

思わず口を挟むと、サヴェラ副班長がニヤリと笑った。

「おや、良いことを仰《おっしゃ》いますね。ふむ」

と言いながら、チラッとシルニオ班長の方に視線を向けた。そろそろ言い争いに決着が付きそうだからかな。ちょうど、フルメ班長が踵を返したところだった。ずんずん歩きながら周りの人に怒鳴り散らしているっぽい。慌てた周囲が騎乗の準備だ。めっちゃ急いでる。そして、フルメ班一行は去っていった。ニコを置いて。

僕は唖然《あぜん》としながら、ニコに事実を告げた。

「置いてけぼりだね」

「あー、嘘だろ、なんだよもう！」

「こっちの騎士さんたちも仲間だよね？　とりあえず町まで乗せてもらいなよ」

肩を叩いて慰《なぐさ》めると、サヴェラ副班長が笑った。

「これでは、どちらが年上か分かりませんねぇ」

そこにシルニオ班長がやってきた。同時に空気の壁も消える。手に持っているのが魔道具だろう。しげしげ眺めていたら、シルニオ班長が軽く持ち上げて「これが何か？」という顔をする。

「他人の作った魔道具を初めて見たので」

シルニオ班長の眉《まゆ》が片方上がる。他人の、ってところが気になったみたいだ。

「うちは父が器用で、なんでも作ってくれるんです」

「へぇ、カナリアの父親は魔道具職人なのか？」

聞いたのはニコ。シルニオ班長が来てから立ったままだ。

「うーん、そんな感じ」

嘘じゃないよ。父さんは魔道具の設計や術式を考え、それら丸ごとを売っていた。今も時々「お願いだから作って」という催促《さいそく》の手紙が届くもの。職人と言えなくもない。

ニコと魔道具について語っていると、シルニオ班長が手にしていた魔道具をテーブルに置いた。

「良ければ見てみるかい？」

「ありがとうございます！　あ、席にどうぞ。お茶を淹れます」

「それは嬉しい。部下たちには悪いが先に休ませてもらおうか。ああ、ニコは座っていなさい。君は大変な目に遭ったばかりだ」

「あ、はい。あの、シルニオ班長、すみませんでした」

フルメ班長の件かな。嫌な役目を請《う》け負ってくれたことに対する謝罪《しゃざい》なんだろうな。仕事をしていればいろいろあるよね。なんだかんだで対人関係が一番大変だと思う。シルニオ班長は苦笑いで小さく手を振った。

僕はサッとお茶を用意し、ついでにサヴェラ副班長にもお替わりを淹れた。ニコがしょんぼりするけど、飲みすぎだからダメ。理由もちゃんとある。

「ゆっくり少しずつ飲んで体にしっかり吸収させた方がいいんだ。一気に飲むと、せっかくの良い成分が排出されちゃう」

「うう、分かった」

「本当にどちらが年上か分かりませんよ」

呆れ顔のサヴェラ副班長に、シルニオ班長が「ははは」と爽やかに笑った。

「ニコは随分と良くしてもらったようだ」

「いやぁ、カナリアがすごくしっかりしてて。助かりました」

「ニコが普通に接してくれるからだよ。騎士だからって偉そうにされたら僕も警戒したもん。ニコの良いところは、誰に対しても自分らしくいられるところじゃない？」

「カナリア、お前ほんと良い奴だな！」

「はいはい。良い奴の僕は騎鳥を見てきます。お水をあげても構いませんか？」

「もちろんだ。助かるよ」

実は木の枝に繋《つな》がれた騎鳥たちがずっと気になっていたんだよね。それに魔道具も見ただけで大体のことは分かったし、何より手持ち無沙汰《ぶさた》になりそうなんだ。目交《めま》ぜの様子から、きっと彼等だけで話したいことがあるのだろう。部外者の僕はいない方がいい。

こんなに多くの騎鳥を近くで見たのは初めてだった。モフモフ集団、最高すぎる。

この子たちにはシルニオ班が乗ってきた。フルメ班や別の班が乗っていたのは騎獣だった。それぞれが乗りやすい騎獣鳥を選んでいるみたい。班分けも騎鳥と騎獣で分かれているようだ。

両方必要なときに合同で動くのかな。

　騎鳥は全頭が鷲型のアウェスだった。間近で見ればキリッとしていて格好良い。もちろんチロロだって速く飛べるし良い子だよ。ただ、まん丸だからどうしても格好良いよりは可愛いになっちゃう。僕は可愛いものが好きだ。つまり、チロロが好き。チロロ最高。

　そのチロロはどこ行った？　辺りを見回すと、離れた場所でコソコソしている。そうっと近付いてみた。

「どうしたの」

「……ちゅん？」

　チロロがこちらを見ずに首を傾《かし》げた。これはイタズラがバレた時の態度に似ている。

「拾い食いした？」

「ちゅっ……！」

　慌てるチロロに「ダメだよ」と注意しながら、アウェスたちに水を用意した。陶器《とうき》の容れ物は、水や食べ物が美味しく感じるという特別製だ。父さんが知り合いから譲ってもらったそう。家族３人では使い切れないほど大量にあった。せっかく良い食器なんだから使った方が制作者も嬉しいだろう。というわけで、もらってきた。この世界でも食器は高いからね。綺麗な青緑色がお気に入りだったので可愛いのを選んできた。

　そんな可愛い陶器に水を入れ終わると、そろそろいいかと思ってチロロに向く。僕が見ていない間に拾い食いの証拠隠滅が終わっていると思った。だけど、どうやら拾い食いじゃなかったみたい。

「えっ、落ち込んでるの？　なんで座り込んで――」

まん丸なチロロが地面にぺったり蹲《うずくま》っている。慌てて駆け寄ると、その接地面からモゾモゾしたものが出てきた。チロロのお腹の毛から出てきた感じ。

「それ、何？」

「ちゅん……」

「ていうか、生き物を拾ってきたの」

「ちゅん」

反省はしているらしい。しょんぼり顔で下を向く。

今までチロロが生き物を拾ってきたことはない。拾い食いならある。そう、彼には前科《ぜんか》があるのだ。僕としては、お腹を壊しさえしなければ拾い食いしても構わない。ただ、チロロは野生の実の見極めができてないんだよな～。他に拾ったと言えば、木の棒がある。巣作りの予行演習だと思えば、まあ普通。だけどさすがに生き物はないよね。拾ってきたところに戻してきなさい。

僕の視線に耐えきれず、チロロは困った様子でモゾモゾしてる。そのお腹から出ようとした何かが慌てて引っ込んだ。ダメだ、これ、懐《なつ》いてる。お腹が安心の場所になってるよ。

「もう……。とりあえず、何を拾ったのか見せて」

「ちゅん」

お腹をポンポン叩くと、その子が出てきた。

「わっ、モフモフしてる。小さくて可愛いね」

「み」

可愛く鳴くのは白っぽい色味の細長い生き物だった。蛇《へび》に毛が生えたような形。黒目がつぶらで可愛い。保護色になってて、チロロのお腹に入り込むと分からなくなっちゃう。逆に言えば自然界だと目立つ色合いだ。

「おいで。大丈夫、痛いことも嫌なこともしないから」

「み」

「素直で可愛いね。その分、心配だなぁ。チロロもそう思って連れてきちゃった？　親か仲間が近くにいたら止めただろうし、ひとりぼっちだったのかな」

「ちゅん」

「そっか。誰もいなかったか。どうしようね」

「ちゅんちゅん」

「チロロが面倒見るの？　餌はどうするか考えた？」

「ちゅ……」

「もう。かわいそぶりっこして！　分かったよ、僕が面倒見る」

「ちゅん！」

羽をパタパタさせて喜ぶ。チロロは甘え上手だな。僕のモフモフスキーを分かっている。違うか。僕はモフモフも好きだけど、その前に可愛いもの好きなんだ。

「とはいえ、だよ。蛇っぽい形なのはまずい」

「ちゅん？」

「爬虫類型は魔物扱いになるんだ。この子はモフモフの毛があっても、形が紛らわしい。そもそも、なんていう種類だろ。初めて見たなぁ」

父さんの図鑑には載っていなかった気がする。確かに図鑑といえども完璧じゃない。この世界は広くて毎年のように新種が発見されるぐらいだ。物知りで賢者の父さんでも知らない情報はあるだろう。ちなみに僕が見た生き物図鑑は父さんが監修したものだ。父さんは興味がとっちらかりすぎて何にでも手を出す人なんだ。

「それより種類だよね。うーん、イタチってことにしようか」

おいで、と手を伸ばすと、蛇モフがそっと顔を乗せた。そのまま掴んで引っ張り出す。なんか思った以上に長いな。

「おお、ズルズル出てきたね。益々《ますます》、蛇っぽい」

「みぅ」

「ちょっと体を見せてくれる？　痛いことはしないよ。はい、ばんざーい」

「みぅぅ……」

「ちゅん」

「そうそう、大丈夫だからね」

ぷらんとぶら下がった蛇モフはアイボリーの毛で覆《おお》われていた。柔らかくて気持ちいい。上から下に手で撫《な》でると途中で何かが引っかかった。優しく撫でながら確認すると、手足だと分かる。

「ちっちゃいね。前脚がここで後ろ脚がこの辺り、つまり尻尾《しっぽ》が長い？」

これなら蛇じゃないと言い張れそうだ。ホッとする。ただ、イタチとも言えないんだよなぁ。

「ま、いっか。チロロがこんなに気に入ってるんだ。害もなさそうだしね」

「み」

「名前を決めようか」

さてどうしよう。ニョロだと蛇を連想しちゃうしな〜。チロロも最初は「ちゅんたろう」にしようとして両親に反対されたんだった。もう少し捻《ひね》ろう。

じっくり眺めていると、蛇モフが手足を動かす。まるで羽を動かすチロロのよう。彼にもすぐ懐いていた。もしかして空を飛びたいのかな。

その時「空を飛ぶ」で、ある名前が浮かんだ。

「……よし、ニーチェだ。君の名前はニーチェだよ」

「み？」

確か、ニーチェの名言《めいげん》だった気がする。空の飛び方を知りたければ地道に頑張れって感じのアレ。まあ、蛇モドキでは飛べないだろうけど、地道に頑張るのは良いことだ。あと、ニョロよりはマシだと思う。

「ニーチェ、よろしくね」

「み！」

「ちゅん～」

和《なご》んでいたら、声が掛かった。

「どうしたのかな。君の騎鳥に何か問題でも？」

「あ、いやー、ええと。実はうちの子が生き物を拾ったんです」

「ほう？」

覗き込んでくるサヴェラ副班長に焦《あせ》りつつ、僕はニーチェを抱え直して振り返った。笑顔で言う。

「イ、イタチのニーチェです！」

「イタチ、ですか？」

「そう、イタチ！」

「わたしにはオコジョに見えますが」

「オコジョ！」

それがあったか！　と思うのと同時に「この世界のオコジョ見たい！」とも思ったけれど、口から出た出任せは元に戻せない。僕は力を込めて言い張った。

「イタチです！」

サヴェラ副班長はちょっと引き攣《つ》った顔で、一歩後ろに下がった。よし、勝ったぞ。

「そうですか。しかし、外の生き物を町に連れて入るのなら認識票が必要ですよ」

「あ、そっか。チロロも登録したし、役所に行けばいいかな」

「その件ですが。あなた、近くの町に寄る予定だったんですよね？」

「はい」

「でしたら、わたしが保証しましょう。その子の登録もすぐに済みますよ」

「えっ、でも」

「親切すぎると思いましたか？　警戒を忘れないのは旅をする上で大事なことです」

サヴェラ副班長はニヤリと笑い、自分にも利があるのだと言った。

「盗賊《とうぞく》の件を証言してもらいたいのです。これは聴取を受けていただければ問題ありません。書類にするだけです。あとはそうですね、お礼をしたいのも本心です。最後に、これが目当てと言っても過言《かごん》ではありません。あなたと騎鳥の様子を拝見させてもらいたいのです。ニコが話しておりました。なんでも調教が完璧だとか。珍しいタイプの騎鳥にも興味があります」

研究とか実験したいという意味ではないと断言され、僕はそれならと一緒に行くことを決めた。

◆◇◆◇◆

捕縛した盗賊は別の班が運ぶそう。盗賊を連れていくなら騎獣の方がいいもんね。1人2人は乗せられそう。……もしかして引きずっていくとか？　まさかね。

ニコは細身の騎士とアウェスに相乗りする。盗まれて怪我を負った騎鳥は、騎獣乗りの騎士が面倒を見てくれるそうだ。この子とはもう会えないかもしれない。「もうちょっとで帰れるからね」と最後に撫でる。別れに気付いた騎鳥が「きゅぅ」と鳴いた。

「よしよし。お前はきっと強くなるよ。危機を乗り越えたんだもん。頑張れ」

騎鳥は僕の体に頭を擦《こす》りつけた。甘える仕草だ。嫉妬したのかチロロが反対側にぺたりと張り付く。威嚇《いかく》はしない。そこまで狭量じゃない。あ、待てよ、ニーチェの前で大人ぶりたいのかも。どっちにしたってチロロは可愛い。よしよし。

町に着いたのは朝方だった。最短ルートを選んでもそれ。遅いよね。だったらもう野営すればいいのにと途中でぼやいたら、目を剥かれて驚かれた。そんなに森が怖いのかぁ。無理な行《こう》軍《ぐん》の方が疲れるだろうにね。とにかく「部屋を取りますから、そこまでは我慢してください」と言われ、ようよう宿の前に着いたわけだけど。

「申し訳ありません。騎士が泊まれる宿は1軒しかなく、フルメ班もいますが――」

「あ、お構いなく。僕なら町の外でテントを張って寝ます」

むしろそうしたい。厄介な相手と一緒の宿とか嫌すぎる。あと純粋に、ここまで我慢したのだから初めて泊まる宿は良いところがいい。

サヴェラ副班長は眉間《みけん》に皺《しわ》を寄せた。何か考えてる。しばらくして「別の宿を用意しましょう」と提案してきた。僕も少し考える。

「……僕、今までの旅で学んだことがありまして」

唐突な語りにサヴェラ副班長が怪訝そう。相乗りから解放されたニコもやってきて「ほぇ？」と変な声だ。シルニオ班長は、質実剛健《しつじつごうけん》っぽい宿の前で立ち止まったままの僕らを見て、戻ってきた。

「これまでの町の宿は、大体が『狭い・汚い・うるさい』のセットでした。競合相手がいないからです」

サヴェラ副班長が「確かに」と納得顔で頷《うなず》いた。経験あるんだね。

「もっと辺境の町では空き家しかなくて、知らない旅人とごろ寝になります」

「えっ、マジで？」

「ニコ、黙ってなさい」

サヴェラ副班長の鋭い言葉に、ニコは「はいぃ！」と直立不動。僕は構わず続けた。

「僕は可愛いものが好きなんです」

「話題、飛びすぎじゃね？」

「ニコ？」

「サヴェラ副班長、顔が怖いっす」

「実は、僕が王都を目指して旅をしているのは、可愛いものに囲まれたいからです。可愛い宿にも泊まりたい。けど、理想の宿はなかった。もちろん妥協《だきょう》も考えました。でもせめて『清潔であれ！』と言いたい。……ゴホン。つまり、何が言いたいのかと言うと『テント泊の方がよほど過ごしやすい』んです」

「なるほど。よく分かりました。我々の願いに応じて町へ来たものの、泊まりたいと思えるような宿ではなかった、というわけですね」

「はい！」

笑顔で答えると、シルニオ班長が苦笑いだ。サヴェラ副班長に向かって「昔のクラウスと似たようなことを言っているね」と言う。

「わたしは宿に可愛いを求めていたのではありません」

「汚いと文句を言っていたじゃないか」

「掃除の仕方について苦言《くげん》を呈《てい》したに過ぎません」

シルニオ班長は肩を竦《すく》め、今度は僕に向いた。

「すまない。君の希望に合う宿を提供できないようだ。しかし、町の外でのテント泊は町長が許可しないだろう」

「危険だと思っているからですね。魔物を呼び込むんじゃないか、との不安は理解できます。でも大丈夫です。僕がテントを設置するのは少し先にある森のそばだから。さすがに徹夜したまま聴取は受けられないので、昼寝してから夕方には戻ってきます」

有無《うむ》を言わせぬ早口で告げると、僕はチロロを連れて町を出ようとした。のに、慌ててニコが止めに入る。ええい、離すのだ。

「いや、危ないだろ。移動だけならまだしも、テント泊ってヤバいじゃん」

「辺境から僕はずっとテント泊だよ」

「マジかよ。女の子だろ、無茶すんな」

「そういや1回スルーしちゃってたけど、僕は男だよ？」

「……えっ？」

僕は腰に手を当て、ニコだけじゃなくて他の騎士も見た。サヴェラ副班長以外が驚いている。

シルニオ班長がサヴェラ副班長を凝視《ぎょうし》した。

「クラウス、君は知っていたのかい？」

「ええ。だって彼、一人称が『僕』でしたよ」

その理由を聞いて、ニコが声を張り上げた。

「いや、僕っ娘《こ》だと思うじゃないっすか！　こんな可愛いんすよ？」

「君の性癖を一般的だと思わないでください」

「せっ、いや、俺は違うでしょ。カナリアがおかしいんですって。そう、カナリアって名前も！」

「僕の名前にケチ付けるの？　両親が付けてくれた名前なんだけど？」

「うぇっ、あー、ごめん。そうじゃなくて、名前からして可愛いし」

「うん。可愛いものが好きだから嬉しい」

にっこり笑えば、ニコはガクッと項垂れた。

「男の子ぉ？　マジかよ～」

「ニコ、事件関係者に変な気を起こさないよう学校で教わったのではありませんか？　もう一度やり直しますか？」

「うへぇ」

「カナリアさんは協力者になりますが、だとしてもまだ聴取を済ませていない事件関係者です」

「分かってますって！　そういうのじゃなくて、ただ可愛いなと思っただけです。サヴェラ副班長だって可愛い子を見たら和むでしょ。あれと同じっすよ」

「わたしは綺麗な女性が好みですので」

ニコが声にならない声で頭を抱えた。分かる。サヴェラ副班長、絶対Sっ気あると思う。怖いから言わないけど。しかも、ニコをいたぶるかの如《ごと》く「あなたの目は節穴《ふしあな》ですか」と続けた。ニコは再起不能だ。シルニオ班長が苦笑いで間に入った。

「騎士が失礼な発言をして申し訳ない。ただ、君が男の子だろうと、やはり外でのテント泊は危険だと引き留めていただろう」

「はい。皆さん、良い人です。大丈夫、夕方には戻ります。あ、逃げないですよ？　ここで聴取の約束を反故《ほご》にしたら後々の王都暮らしに支障を来《きた》しそう」

こわーいサヴェラ副班長にもバッチリ顔を覚えられてるみたいだし、逃げることで変に疑われるのも嫌じゃんね。協力すると約束したのだから戻ってきます。だからお願い。そろそろ解放して。眠いんだよ……。

僕の心の声が通じたのか、その後すぐに解放された。

父さんのテントには回復機能も付いている。おかげでチロロもニーチェも元気いっぱい、僕も頭がスッキリした。

有言実行で、僕は昼寝を済ませると町に戻った。美味しいものを食べさせてくれるみたいだから嬉しい。その前に聴取かな。厄介なのがいたら回れ右しよう。と、宿の扉《とびら》を開けながら騎士の姿を捜せばニコがいた。待っていてくれたらしい。

「ちゃんと眠れたか？」

「うん。ニコこそ」

「俺も途中で寝た。シルニオ班長はそういうところ、優しいからさ」

「あれ？　ニコってフルメ班の人じゃなかったっけ」

「よく覚えてんな。そうだよ。あー。『そうだった』になるのか」

過去形だ。僕は酸っぱい実を食べた時みたいな顔になった。恐る恐る聞いてみる。

「もしかして、もしかする？」

「おー。想像通りだぜ。班を追い出された。最悪だよ。奴等ときたら、早々に宿を引き払って出ていったんだ。まだ仕上がってない書きかけの報告書を奪《うば》ってな。自分たちの連れてきた従者の馬車も手配せずにだぞ」

そこまで内情をあけすけに話していいの？　ニコの情報管理が不安になる。少しの間とはいえ一緒にいたから仲間意識を持ったのか、もしくは僕も絡まれたことで共通の敵になっているのかも。僕としてはアイツがいなくなってて良かった。

ニコはひとしきり愚痴《ぐち》を吐き出すと、宿に併設されたレストランに案内してくれた。

席にはもうシルニオ班長とサヴェラ副班長が座ってた。テーブルの上には飲み物だけ。あとは書類だ。待っている間に仕事をしていたのかな。お疲れ様です。

ていうか何気にブラックだよね。騎士って大変な仕事だな～。

「よく眠れましたか？」

「はい。父の作ったテントなのでバッチリです」

「お父上の。その話も聞かせてもらいたいですねぇ」

「クラウス、興味があるのは分かるが、事件に関係のない聴取は許可しないよ」

「ええ、分かっておりますとも」

シルニオ班長とサヴェラ副班長は仲が良いみたいだ。他の隊員の人たちも雰囲気は良かったけれど、この2人は特別って気がする。親友かな。ちょっと羨《うらや》ましい。

僕も友人が欲しかった。田舎のスローライフで何が困るって、可愛いものがないのもそうだけど、一番の問題は友人ができないことだ。チロロは好きだし可愛がっている。とはいえ、あくまでもペット枠だ。悩みや趣味を相談できる相手ではない。

一緒に語り合える友が欲しいな。

「カナリア君、そろそろ決まりましたか？」

「あっ、ごめんなさい。えーと、おすすめでお願いします」

メニューを広げたまま考え込んでしまった。皆はもう選んだようなので、僕はお店のおすすめメニューにする。ニコも同じだ。シルニオ班長はびっくりなことにサラダとスープだけ。ダイエット女子かな？　サヴェラ副班長はがっつりステーキのセット。シュッとしてるのに肉食系～。しかもシルニオ班長に注意し始めた。

「また、それだけですか。せめて酒の肴《さかな》ぐらい頼みましょうよ」

「僕はサラダが好きなんだ」

「全く。これで筋肉が付いていなければ怒るところですが、しっかり鍛《きた》えているんですよねぇ」

「朝と昼は肉を食べているからね」

「サラダみたいな肉をね」

サヴェラ副班長はおかん属性もあるのかな。面白いけど、僕は自分のセットが届いたのでそっちに集中した。ニコも目の前の２人に慣れているのか、気にせず食べ始める。

「あ、美味しい」

「だよな！　騎士寮の料理よりよっぽど美味くてビックリだよ」

「騎士寮の料理、イマイチなんだ？」

柔らかめに表現したのに、ニコは顔を顰《しか》めた。

「イマイチどころか不味《まず》い。兵士の宿舎とどっちが不味いかで賭《か》けをするぐらい」

「えぇー。食事は体を作る資本なのにね」

同情していると、サヴェラ副班長が話に交ざってきた。

「カナリアの発言は時々変わっていて面白いね。辺境の出身という割には学もある」

「父が物知りなので教えてもらったんです。本もたくさんありました」

「ほほう」

「クラウス」

「分かっています。しかし、気になるでしょう？　辺境の地にこれほどの逸材《いつざい》ですよ」

シルニオ班長は溜息を吐いてから、僕に謝った。サヴェラ副班長に悪気はないそうだ。興味を持つと気になって、とことん調べる性質らしい。

シルニオ班長が説明している横でサヴェラ副班長はニコニコ顔だ。

「クラウスは昔からこうでね」

「昔からですか。やっぱり、お２人は親友なんですね」

「やっぱり？」

「親しそうだったので、いいなぁと思って。僕も友達が欲しいんです。辺境だと友達も何もないですから」

「同い年の子がいないと友達になりづらいもんな～」

「思った以上に過疎《かそ》の村で過ごしていたのですね」

ニコとサヴェラ副班長が憐《あわ》れむ。僕は苦笑いだ。すぐに2人の勘違いを正す。

「村でもなくて。他に誰もいないんです。両親と僕だけで暮らしていたから」

これにはシルニオ班長も驚いた。目を丸くしている。

「僕らは天族の里の、その向こうにある山で暮らしていたんです」

どうせサヴェラ副班長は身分照会とかするだろうし、そうなった時に問い合わせ先がなくて身分を疑われるのも嫌だから、今ここでバラしちゃおう。そこを隠す必要もない。

「待ってください。天族の里は、詳細な場所が分からぬほどの辺境にありますよ？　そこよりも更に奥地で暮らしていたというのですか」

「はい」

「天族は希少種族だから里も秘密にされているね。騎士団にも知らされていないんだ」

「エド、天族の里が秘密なのは森に囲まれているからです。レプティルが闊歩《かっぽ》する森を誰も切り開けなかった。だからこそ彼等は我が国にとっても『特別』なんです」

「あー、たまに出稼ぎで傭兵やってますよね？　近くの村に依頼が届くんでしたっけ」

つい口を挟むと、サヴェラ副班長が訝しそうに僕を見る。

「何故それを知っているのですか？」

「元々、家族で天族の里に住んでいたんです。父が魔法で飛べる人だったから、天族が受け入れたそうですよ。父は得意な魔法を教えてあげたり、里の困り事も解決したりしてました。里の人には『先生』って呼ばれていた気がします。でもまあ、いろいろあって里を出ることになり、家族３人で山暮らしを始めました」

嘘は言ってない。肝心なことを話していないだけ。もちろん誰も気付かず、ぽかーんとしている。あ、ニコだけは「ほぇー」と面白い顔で変な相槌《あいづち》だ。

「うちの両親、田舎暮らしのスローライフにハマっちゃって、山を開墾《かいこん》し始めたんですよ。しかも2人とも魔力が高いから問題なくやれてしまう。特に父は魔道具を作るのが趣味で、あれこれ開発していました」

「君のお父上はなんというか、すごい方なんだね？」

「僕からすれば、ただの魔法オタクというか、やりたいようにやってる子供みたいですけどね」

「ははっ、なるほど」

「自力で空を飛べるとは……」

サヴェラ副班長は笑い出し、シルニオ班長はぶつぶつと呟《つぶや》く。ニコはどうだろうと思えば、相変わらず「ほー」と訳の分かんない声。これ、何も考えてないな。

「そんなわけで、僕は両親と違って『普通』の子供だから、将来を考えて自立しようと決心したんです」

「将来を？」

「はい。だって、いくら長生きしそうな両親でも、万が一ってことはあるでしょう？　僕が1人になった時に、しかも年老いた状態での山暮らしは厳しいです」

3人は「ああ、確かに」「なるほど」「そりゃそうだ」と頷いた。

両親は山暮らしに納得して楽しんでいる。僕はそうでもない。残されたあと、ひとりぼっちで山暮らしを続けるのは仙人《せんにん》にでもならないと無理だ。そこまで達観《たっかん》してない。

「友達が欲しいし、他人の作った可愛いものにも浸《ひた》りたい。楽しく過ごしたいんです」

「都会は案外と付き合いが希薄ですよ？　ご近所同士の助け合いを夢見ていたら――」

「あ、それは大丈夫です」

前世では都会暮らしだった。マンションに住んでいたし、隣近所の関係が薄いのは分かっている。天族の里だと逆にべったりだった。おかずの分け合いもしてたなぁ。なんて考えていたら、ニコニコ笑っておやつを持ってきてくれた隣のおばちゃんが、僕の背中を見た途端に眉を顰《ひそ》めた、あの表情まで思い出した。

頭を振って気持ちを切り替える。

「僕は大勢いる中の、気が合う人とだけ付き合えたらいいと思っています。大勢いたら見付かるでしょ。それに『可愛い』は大勢の中で生まれるものですよ」

サヴェラ副班長が目を瞠《みは》る。

「人の気配を感じながら、孤独じゃないって分かっていればそれでいいんです。関係が希薄？　大丈夫、事が起これば人間っていうのは協力し合うものです。いつでもどこでも誰とでも仲良くなんて疲れるだけでしょう。いざって時には繋がって、普段は挨拶《あいさつ》だけで構わない。山なんて誰もいませんからね。獲物《えもの》になる獣か懐かない獣だけ。あとは魔物です。だーれも可愛いを共有してくれない。挨拶だってないし、何かあっても助け合いなんてない。チロロは可愛くて寄り添ってくれるけど、お喋りはできないもの」

「そ、そうだね」

「鬱憤《うっぷん》が溜《た》まっていたようだね。山暮らしとはそれほどまでに過酷《かこく》なのかい？」

「いや、そういう問題以前に、カナリアの『可愛い探し』を突っ込みませんかね」

ニコがぶつぶつ言うけれど、僕の演説は止まらない。

「そういうわけで、成人になった翌日に家を出てきました。ちゃんと見送ってもらったので家出じゃないですよ。その後、辺境にある町で魔物を売ったり補給したりしながらここまで来たんです。昨日は雨が降っていたので近道しようと森のルートを選んだんですが、おかげでニコを見付けられた。良かったよね？」

お礼を強要したというのに、ニコは「ホント、マジで助かったよ」と笑顔だ。人が好い。お腹の中であれこれ考えていそうなサヴェラ副班長はどうだろう。僕がチラッと見ると少々呆れ顔。シルニオ班長は微笑んでいて、この人は飴《あめ》と鞭で言えば飴派だな。篤実《とくじつ》そう。性格が全然違っても親友なのって格好良い。羨ましい気持ちは王都で発散しよう。

さて、身の上については自己申告でＯＫだった。裏付けなんて取れないもんね。納得してもらうしかない。実際、サヴェラ副班長は僕の話す様子を見て信じてくれた。シルニオ班長も僕に疑いは持たなかったみたい。

最後に、昨日の事件について時系列で説明すれば終わりだ。食後のまったりタイムで事情聴取は終了となった。時間もそんなにかかっていない。そもそもシルニオ班長は話を長引かせる人じゃなかった。サヴェラ副班長が脱線しかけても元に戻してくれる。先に提出されていたしいニコの報告書を見ながら、その足りない部分を埋める感じで終了だ。

「では、これで間違いありませんか？」

「えーと、はい。大丈夫です」

仕上がった調書を確認し、最後に僕のサインを入れたら完成だ。同時に、デザートがやってきた。

「やった。他人の作ったお菓子《かし》だ。最高すぎる」

「やめろよ、カナリア。喜びすぎだ。俺が悲しくなるだろ」

「ニコは王都でいろんな種類のお菓子を食べ放題なんだよね？　僕は違うの」

「力説するなって。ていうか、山でお菓子って作れるのか？　待って、想像したら悲しくなってきた」

「2人は仲が良いですねぇ」

「いや、サヴェラ副班長、そういう問題じゃないんですって」

お菓子は山暮らしでも食べられるけど、なにしろ作ってくれるのが母さん1人だから好みが偏っちゃう。すごく甘いし、見た目があんまり……。もちろん作ってくれる人に文句を言うのはダメ。それに料理の盛り付けっていうのは持って生まれたセンスによるところがあって、口を出す部分じゃない。うん。完璧な人なんていないって言うじゃん。その代わり、母さんは料理上手だ。味付けは良い。お菓子は甘すぎるけど基本的には美味しいしね！

僕は他人の作ったお菓子に感動しながら食べ終えた。意外と凝った盛り付けで、料理も美味しかった。「宿泊を断ったのは早計だったかも」と思ったぐらい。かといって後悔するかと言えばそうでもなく。外観の質実剛健に似た内装だったんだよ……。

「仕事の話はこれで終わりです。ここからは謝礼の話と提案なのですが」

「はい！」

「謝礼はこちら、少ないですが納めてください」

「ありがとうございます」

確認するよう手で促《うなが》されたので袋を開けて覗く。うん、妥当な金額だ。ちょっと多いかもしれないぐらい。この宿なら半月は泊まれそう。

「次に、あなたの騎鳥を観察させてください。珍しい種類ですからね、とても気になります。また、調教方法についても伺《うかが》いたい。しかし、残念ながら我々の仕事は明後日《みょうごにち》には終わりそうです」

サヴェラ副班長がにこりと微笑む。なんとなく彼の言いたいことが分かった。

「よろしければ、王都までご一緒しませんか」

だよねー。そんな気がしたんだ！　でも、ごめんね。

「お断りします！」

「おや、即断ですね？」

「だって、面倒そうだもん。あ、面倒そうですから」

「言い直しても意味は変わりません」

サヴェラ副班長は薄目になって呆れた風。シルニオ班長は苦笑いだ。ちなみにニコはお茶を「ぶはっ」と吐き出した。汚いなぁ。

「騎士に同行する一般人なんて目立つし大変っぽいし、従者の人より働かされそう」

「待ってください。騎士に対する心象《しんしょう》がひどすぎませんか。山奥で暮らしていたのだとしたら、平民たちの噂話《うわさばなし》、の線ではありませんね。お父上の教育でしょうか。もしくは偏った本を読まれていたのでは？」

「うわ、すごい早口」

「カナリア、お前、遠慮がなくなってきてるぞ」

ニコがこそっと教えてくれるけど、サヴェラ副班長の地獄耳は聞こえていたみたい。チラッとニコを見て、冷たそうな笑みを向ける。「ニコ？」の声が低い。こわ。

「はい！　黙ります！」

「よろしい。さて、言い訳をさせてください。最初にフルメ班長をご覧になったのですから不信感はあるでしょう。しかし、騎士はあなたが思うほどひどい者ばかりではありません。と説明したところで説得力はないですね。あなたの大事な騎鳥を勝手に奪おうとしたのですから」

「はい。それに、僕は父から『人は権力を振るえる立場に就《つ》くと、己《おのれ》の力だと勘違いする場合がある』と聞いています。自分自身が偉くなったと思うのでしょうね。その立場には責任も伴《ともな》うと分かっていない。だから、役職に就いている人が本当はどういう人なのか、見極めができないうちは関わるのをやめなさいと教わりました。自衛のためだそうです」

「……あなたのお父上に益々興味が湧《わ》きました」

「父は嫌がると思います！」

サヴェラ副班長は肩を竦めた。

「あなたの騎士に対する心象を良くしたいのですが」

「良いですよ？　ニコは優しいし、サヴェラ副班長も僕に対して丁寧《ていねい》に接してくれました。だけど一緒の旅ではどうしても気を遣《つか》うだろうし、自由はないと思うんです」

「そうですか。仕方ありません。残念ですが諦《あきら》めます」

「はい！」

「良い笑顔ですねぇ。そうだ、王都に着いたら一度遊びに来ませんか。騎鳥についての話を聞かせてもらいたいのです。もちろん、報酬《ほうしゅう》はお支払いします」

僕がピクッと頬《ほお》を動かせば、サヴェラ副班長は「いける」と思ったらしい。前のめりになった。

「騎士の持つ情報は王都の暮らしに役立つと思いますよ？　お勧めの『可愛い』宿、素敵なカフェも把握《はあく》しております。どの地域の住居が安全かも分かりますしね。建物や内装に手を抜かない不動産の情報も持っています」

「……行きます。サヴェラ副班長を訪ねればいいですか」

チョロいと言われてもいい。サヴェラ副班長の情報は僕にとって役立つ。あと、この人、女性にモテる。可愛い宿やカフェを知っているのは女子情報だ。たぶんだけど。


ともあれ、王都に着いたら騎士団を訪ねる約束をした。別れ際、ニコが「非番の時に王都を案内してやるよ」と言ってくれたし、もしかして友人第1号じゃない？

なんだか嬉しくて、手を振った。謝礼金ももらっちゃったし、人助けして良かったな～。

「チロロ、今日はもうテントで寝ちゃって、明日の朝に出発しようね」

「ちゅん！」

「宿の獣舎《じゅうしゃ》はどうだった？　美味しいご飯は出た？　ニーチェも大丈夫だったかな」

「ちゅんちゅん」

「み～」

「ご機嫌《きげん》だね。美味しかったのかな。チロロは新しいお友達ができた？　王都に行ったら友達がたくさんできるかもだよ。同じ種類の子がいるといいね」

「ちゅん」

「あ、ニーチェの仲間も王都で調べてあげるからね」

「み！」

ニーチェは不安に思う様子もなく、楽しげに返事をした。幸先がいい再出発だった。

2章　憧れの都会、王都に到着

旅の初めで立て続けに事件に巻き込まれた僕だったけれど、その後は何事もなく順調に進んだ。宿には泊まらずじまいだ。可愛くなくても清潔であればいいと思っていたのに、商団が貸し切っていたり急用で閉めていたりと、タイミングが悪かった。

それに、早く王都に行こうとショートカットしたせいで町から離れてしまったんだよね。真《ま》っ直《す》ぐ突っ切っていこうとすると森を通過するコースでさ。とにかく目指せ王都、何はなくとも王都、楽しみすぎる王都って感じだった。

期待しすぎて王都の門を通る時は心臓がバクバクしてた。

「おや、変わった騎鳥だね。認識票はー、よし、ちゃんと付けている。問題なし。初めての王都かな。目的を聞いてもいいかい？」

「仕事を探しています。できれば輸送ギルドに入りたいんです」

「ああ、騎鳥持ちだからね。頑張って。そうだ、簡単に説明しておこうか。ギルドに所属したらカードが発行される。次はそれを見える場所に出しておけばいい。あっちの門を通っていいからね。担当者が目視《もくし》で確認する仕組みだ。すんなり通れるよ。カードが見えない場合は止められて、こっちに連行だ。気を付けるようにね」

「はい！　ありがとうございます」

「うんうん。今時、珍しく良い子だね。頑張りなさいよ」

門に常駐《じょうちゅう》している兵士さんは優しくて、真っ先にどこへ行けばいいかまで教えてくれた。僕がどこかのギルドに所属しているなら、さっきの話の通り簡単に出入りできる。今はなんの肩書きもないから確認されるってわけ。犯罪者じゃないかどうか、予備軍も含めてのチェックだろうな。調べ室には懸賞《けんしょう》のかかった犯罪者の絵もあった。警邏《けいら》もよく見掛ける。安全そうで何よりだ。


真っ先に宿を取ろう。それには案内所へ行くのがお勧めだそう。

正門を過ぎるとそのまま大通りに繋がっていて、ほぼ真正面に大きな案内所がある。他にも各ギルドの近くにあるらしい。そっちは個人がやっていて、大きな案内所は国が運営している。

門兵さんが勧めてくれたのは正門すぐの大きな案内所だ。

「こんにちは。宿を紹介してください。希望はお風呂付きで、朝食の美味しい宿がいいです。あと獣舎が清潔なところも譲れません」

「あら、騎獣鳥をお持ちなのね」

「表に繋いでる、あの子がそうです」

「まあ、初めて見るわ。真っ白でコロコロとして――」

受付の女性は興味津々でそわそわ、今にも走り出しそうな感じ。チロロ、可愛いもんね。モフモフを撫でたいのかも。僕がニコニコしていたら、彼女はハッと我に返った。

「申し訳ありません。珍しい子だったので、つい」

「この辺りで白雀型は見掛けませんよね。アウェスと違って丸いところも珍しいかな」

「ええ、とても可愛いわ」

「でしょう！」

2人でほのぼの笑っていたら、隣の受付の人が「仕事して」と注意してきた。慌てて僕まで謝った。その人も担当の女性も目を丸くして笑う。それから、急いで僕の希望に合う宿をピックアップしてくれた。

初めて来た土地のことを教えてくれる案内所は便利だ。ちなみに個人でやっている案内所は、宿との値段交渉まで請け負ってくれるらしい。ただ、ぼったくりもあるし、変な店を紹介される場合もある。その見極めができないうちは、利用料が高くても国営の案内所を使った方がいいそう。

というわけで、僕はメモを片手に意気揚々《いきようよう》と宿に向かった。

お風呂付きを選んだせいか、お高めの宿ばかりだ。でもまあ、父さんも「最初は高かろうと良い宿にしなさい、安全を買うんだぞ」と話していた。実は王都で1年間暮らせるぐらいの資金はある。半分以上は「旅の支度金《したくきん》」として父さんにもらったもの。残りは山で狩った魔物の素材代だ。売った相手が父さんなので小遣《こづか》いと言えなくもない。

とはいえ、旅の間に魔物を倒して町で売った分も合わせると、十分な資金になる。

ところが、

「申し訳ございません」

と、けんもほろろに宿泊を断られた。

言葉遣いは丁寧なんだ。なのに視線が冷たい。サヴェラ副班長の冷たい顔とは全然違う。あの人の場合はクールって感じで、宿の人の視線は蔑《さげす》みに近い。最初は気のせいかと思ったけど、紹介された宿の全部で断られた。どこも同じだ。こんなことってある？　案内所に戻って問いつめたい気分。しないけどさ。案内所は関係ないもんね。

とはいえ、僕は途方に暮れた。最悪の場合、王都を出て近くの森にでもテントを張ればいい。父さんのテントがある。だから、そこまで落ち込んではいない。いないけど。

「チロロ～」

抱きついた。やっぱり、ショックはショックだ。僕が顔を埋めたままでいると、チロロが「どうしたの？」という感じでもぞもぞ動く。首を傾げているみたい。ニーチェも気になったのか、ぴょこっと顔を出す。すぐに引っ込んだけどね。

王都に入る前、僕はニーチェに言い聞かせた。魔物と間違えられたら困るから「チロロの羽の中で隠れているようにね」って。今は周りに誰もいないから顔だけ出したんだ。チロロと似たような色だから全身が出てもバレないとは思う。それに、ニーチェは認識票を付けている。シルニオ班長の裏書き付きだ。サヴェラ副班長が役場でもらってきて、証明書にサインしてくれた。ちなみに種類はイタチで登録してある。何かあっても魔物じゃないと言い張れるんだけど、心配は心配だからね。

僕はチロロの羽の中に手を突っ込んでニーチェを撫でた。もう片方の手でチロロを撫でる。とはいえ、このままモフモフしてても時間が過ぎるだけ。

「仕方ない。先にギルドで登録するかー」

「ちゅん」

「み！」

チロロとニーチェの返事は応援しているようだった。俄然《がぜん》やる気になった僕は、門兵さんに教えてもらった輸送ギルドに意気揚々と向かった。


うん。結論から言えば輸送ギルドで登録はできなかった。ダメとハッキリ言われたわけじゃない。最終的に僕の方が「もういいです」って、ぶち切れちゃったのだ。

前世ではもう少しおとなしかったし、意見を言えるようなタイプじゃなかったんだけどなー。前世の記憶があっても、今は別の人生だから違うのかな。育ててくれた父さんや母さんという後天的な環境も関係あるか。

とにかく僕は静かにぶち切れた。理由は簡単だ。受付の女性やその上司の男性にチロロの実力を侮《あなど》られたから。

「この子は魔物を5体まとめて運べるぐらい、力持ちです。それに速く飛べるし——」

「自己申告されてもねぇ。子供は小さなことでも大袈裟《おおげさ》に言うから。ははっ」

僕を子供と思うのは勝手だけど、針小棒大《しんしょうぼうだい》に話す人間だと決めつけるのはどうなの。もしここでギルドに登録しなかったとしても、客になるかもしれないんだぞ。サービス業としてアリなのか？　そう思ったものの、我慢した。ここまでは。

「だから試験を受けると言ってるじゃないですか。会員になるには試験があると聞いています。誰でも受けられるはずです」

「試験はね、最低限の能力があると分かっていなければ受けさせられないんだよ」

「そうなのよ〜、ボクちゃん、よく分かったたぁ？」

この女性、初めにチロロを見て「プッ」と吹き出したんだよね。それもあって最初からムカッとしていた。

「あ、そうですか。分かりました。王都の輸送ギルド本部は会員になりたいと訪れた騎鳥連れの人間に、試験の説明もせず、当然の権利である受験すらさせてくれないんですね」

「やだぁ、怒ったの？　怖いわぁ」

「そんな態度じゃ、どこでだって働けないぞ。全く、今時《いまどき》の子は」

「はい。僕は今時の子です。なので、ちゃんと報告しておきます」

父さんに。という言葉は飲み込んだ。

男性職員は目を眇《すが》めた。ほんの少し「もしかして何かあるのか？」と考えたようだ。報告する、なんて言い方したもんね。誰に報告するんだろうって、少しは気になるはず。普通ならね。なのに、女性の方は「捨て台詞なのぉ、かわいい〜」だってさ。

「君、誰に報告するって言うんだい？　子供の戯言《ざれごと》を聞いてくれるような部署はないよ。皆の迷惑になる。大人の仕事を邪魔してはいけない。そんな考えだから試験を受けさせられないんだ。分かったね？」

「そうよぉ〜」

「もういいです。じゃ、さよなら。二度と来ません」

窓口から覗いていたチロロに「表へ回っていいよ」と声を掛け、僕は輸送ギルドを出た。ドライブスルーみたいな窓口に「面白いな〜」と笑っていた数分前が懐かしい。なんだよ。輸送ギルドって、騎獣鳥を連れていたらすっごくありがたがられるって聞いたのに。父さんの嘘つき。

八つ当たり気味に考えながら広場まで進んだ。

「それにしても、泊まれないしギルドにも所属できないってなんだよ。ね！」

「ちゅん！」

「み！」

「あ、もしかして、泊まれなかったのは服装のせいかな？　蛮族《ばんぞく》っぽく見えるとか？　綺麗にしてあるんだけどな」

都会のようなシンプルで洗練された服装ではないもんね。これは母さんが作ってくれた服だ。母さんはパッチワークキルトっぽい布を作るのが好きで、服にも取り入れる。ちょっと変わっているから民族衣装に見えないこともない。

王都に入るからって気合いを入れて、一番手間暇《てまひま》がかかったという母さんお勧めの一張羅《いっちょうら》を着たんだ。赤系統でまとまってて可愛い。丈《たけ》が長いからワンピースっぽいところも気に入ってる。チロロに乗るからボトムスはちゃんとパンツを穿《は》いてるよ。ワイドパンツなんだ。裾は革《かわ》のショートブーツに入れているから邪魔にもならない。

「うーん。もうちょっとシンプルな緑のシャツにすれば良かったかな」

「ちゅん？」

「チロロは服は着ないもんね～。あ、そうだ、服も買いに行きたいな。僕の好みはシンプルな白シャツなんだ」

パッチワークも可愛いよ？　でも家の中でほっこりする用だ。外出着はシンプルなのがいい。そこにワンポイントで可愛さを表現したい。たとえば襟《えり》に控え目なフリルとか、胸元にピンタック、裾に細いライン刺繍。想像すると楽しくなってきた。

「チロロにも可愛い足輪を付けようね。ニーチェはリボンがいいかな」

「ちゅん」

「み！」

喜ぶチロロとニーチェを見ていると、僕の気持ちも浮上した。

◆◇◆◇◆

とりあえず、お昼ご飯を食べよう。広場の端には屋台が並んでる。さっきから良い匂いが流れてきてたんだよね。

「チロロはここで待っててね」

「ちゅん」

広場に限らず、王都内には騎獣鳥を繋いでおけるポールがどこにでもある。大通り沿いや店の前にも必ずあった。無料駐車場みたいなものかな。認識票を付けていれば誰でも自由に使っていい。広場にも繋がれた騎獣がいて、僕は安心してその場を離れた。とはいえ今日の不運を思えば気になる。遠くへは行かず、目の端にチロロを確認しての買い物となった。幸い、チロロに手を出す不届き者はいなかった。警戒しすぎとは思う。

「だけど、都会は人が多いもんね。いろんな人がいるから」

まさか、輸送ギルドの職員があんなのだって思わないじゃん。

僕が溜息を吐く横で、チロロは無警戒で食事中。美味しそうに食べるなー。ニーチェも一緒に野菜をバクバク食べてストレスなさげ。良かったね。

「仕事、どうしようかな。前の町で聞いた噂だと、家政ギルドは女性が多いから男性の登録者は嫌がられるんだったっけ」

職人ギルドは徒弟制度が色濃く残り、会員登録はできても「師匠なし」という理由で仕事をもらえない可能性があった。誰かに師事するには、僕は歳を取りすぎている。

商人ギルドは比較的入りやすいと聞くけど、活動内容のチェックが厳しい。ランクごとに決められた納税額を少しでも下回ると、会員資格を剥奪《はくだつ》される。登録だけして仕事はしないって人を排除したいのだ。継続の基準も厳しいらしい。

「このまま宿に泊まれないとしたら、どこかに部屋を借りるしかないわけだけど……」

そのためには就業しているという証明が必要。あれ、これ、詰んでない？

「いやいや。諦めるのは早すぎる。まだ初日じゃん。それに南部や東部にも大きな都市があるもんね。そっちに行ってもいいんだ。この国がダメなら他国って手もある」

問題なのは、他国に行くと父さんが心配するってことかな。この国――アルニオ国――が比較的安全だからこそ、僕の自立を許してくれたところがある。父さんに連れ戻されないためにも頑張ろう。

午後は宿探しだ。飛び込みで行って断られるのは嫌だから、案内所に行く。輸送ギルドの隣にあった案内所には行かない。こういう場合は関係者が経営している可能性が高いからだ。同じ考えを持っているだろうし、情報も筒抜《つつぬ》けだろうからね。前世で仕事柄よく顔を出した社団法人がそうだったんだ。天下《あまくだ》り先だもん、そりゃそうか。

とにかく、雰囲気の良さそうなギルドを探した。最終的に選んだのは家政ギルドだ。出入りする人の雰囲気が良かった。隣の案内所も花の鉢植《はちう》えで飾られ、山小屋ロッジ風の女性が好みそうな温《ぬく》もり系。とはいえ、僕は男だ。入った途端「帰れ」って言われるかもしれない。ドキドキしながらドアをノックした。

「はーい。あら、いらっしゃい。可愛らしい格好ね。素敵」

「あ、ありがとうございます」

よし！　僕は小さくガッツポーズした。でも安心するのはまだ早い。肝心要《かなめ》の宿探しについて相談だ。

「あの、実は今日、王都に着いたばかりでして」

「まあそうなのね」

「宿がまだ決まっていません。紹介してもらえないでしょうか」

「いいわよ。先に宿を取るのは大事ですものね。偉いわ」

あれ、もしかして僕を子供だと思ってる？　女の子と間違っている可能性もあるな。すごく優しい口調で話してくれる。黙っているのも居心地《いごこち》が悪いし、正直に身の上を語ろう。あ、最初の案内所でも名前や年齢は伝えてある。宿泊先に伝えるべき情報だからだ。

「僕はカナリア＝オルコット、15歳になったばかりです。王都へは仕事を探しに来ました。えっと、僕は男なんですけど宿の紹介は可能ですか？」

「あらあら、もちろんよ。今時珍しく礼儀正しいわね。最近の子はこちらから尋《たず》ねないと教えてくれないのに」

「そうなんですか？」

「ええ。初めての相手には個人情報を教えられないって言うの。けどねぇ、ここはギルドと連携した案内所なの。紹介する店や宿とも協力し合っているわ。そんな取引先相手に迷惑を掛けるような真似《まね》はできないでしょう？　だから、最低限の情報はいただかないとね。利用者さんが案内所に来るのは正しく情報を得たいから。同じことなのにねぇ」

おっとりとした見た目とは反対に、めちゃくちゃ早口。不満が溜まってたのかな。柔らかい声音《こわね》だから嫌な気持ちにはならないけど。むしろ母さんを思い出してホッとした。父さんへの愚痴を僕はひたすら聞いてあげた。ただあれは惚気《のろけ》8割だった。思わず笑う。

「まあまあ、良い笑顔ね。さあ、紹介できる宿をピックアップしましょ」

「あ、あの、小型種の騎鳥もいるんです。獣舎がある宿でお願いします。それと、宿泊できるように交渉もしてもらえませんか」

「ええ、いいわよ。騎鳥は、ああ、白い子ね？　交渉も任せてちょうだい」

お店の一覧が載っているらしい台帳を取り出し、パラパラ捲る。慣れた手付きで、サラサラとその場で地図も描いた。はやっ、すご！　住所もパパッと書いちゃう。この人、仕事ができる人だ。

「そうねぇ、あなた、足腰は丈夫そうよね」

「あ、はい。たぶん？」

「可愛らしい格好だから分かりづらいけれど、足取りがしっかりしていたもの。大体の騎鳥乗りは体格はどうあれ、体幹《たいかん》を鍛えてあるから安心はしているのよ？　でも中には筋力のない子もいるの。特に小型種の騎鳥を持っているお嬢さんね。彼女たちは騎鳥をペットとして連れ歩くだけでね。飛行しないから、どちらも体力不足になるのね」

「えー、そうなんですか」

なんて雑談しながらも、彼女は3軒分の紹介状をパパッと作ってくれた。ちなみに、足腰についで確認したのは、上層階になるほど料金が安くなるからだった。

女性は案内所の所長でエーヴァと名乗った。家政ギルド長の奥さんでもあるそう。案内所を他の職員に任せ、僕を宿まで案内してくれた。交渉のためだ。所長自らとはありがたい。とはいえ恐縮しちゃうな。でもエーヴァさんは笑って手を振った。

「気にしないで。ちょうど良かったの。実はねぇ、成人したばかりの息子が宿で働いているのよ。ちゃんと働けているのか実際に見てみたかったの。ふふ、楽しみだわ」

「それは──」

なかなかエグい。僕なら嫌だ。母さんが職場見学に来るんだよね？　絶対無理。

「あら、カナリア君も男の子ね。うちの子と同じ顔をするじゃない。恥ずかしがらなくてもいいのに」

「いや、そういうのじゃないです」

「あらあら」

軽く話しているうちに到着した。エーヴァさんは、紹介してくれる予定の3軒の、どこに息子さんがいるのかは教えてくれなかった。忖度《そんたく》があると思ったのかな。いや、むしろ避ける可能性を恐れているのかも。とにかく、徒歩数分の範囲に3軒はあった。

エーヴァさんが少し離れた場所から指差しであれこれ教えてくれる。

「この地区は下町に近い割には安全よ。飲食店通りからも離れていて夜は静かだし、すぐ隣の通りには貴族向けの店が並んでいるから、見回りも頻繁《ひんぱん》にあるわ。女子供にとって安心できる場所ね」

「デメリットもあるんですよね？」

「ええ。飲食店が離れているから、外食したい人にとっては困るわね。朝市が開かれる広場まで徒歩で5分。大きな朝市のある広場までだと15分かしら。それと、護衛を雇《やと》っている宿が多いの。その分、下町に近い地区としては料金が少々高めね」

「自炊《じすい》はできるんですか？」

「どの宿にも1階にキッチン付きの部屋はあるわよ。ただ料金は高いし、人気があって空きは少ないと思うわ」

うーん、まあ、僕は料理を作るのが好きなわけじゃないしなぁ。一通り仕込まれているものの、作るより作ってもらいたい派。かといって、外食ばかりだと飽《あ》きそう。

「お料理がしたいのなら庭を借りるという手もあるけれど、キッチン自体を借りるという手もあるわよ？」

どういうことかと振り返れば、エーヴァさんがニコリと微笑んだ。

「家政ギルドでは大小様々な調理用スペースの貸し出しも行っているの。会員たちの腕が鈍《にぶ》らないようにね。もちろん、他にも家政に関わる部屋が揃っているわ」

「わぁ、便利ですね。あ、会員じゃなくても借りられますか？」

「ええ。優先順位は会員にあるけれど、予約さえすればあとは一緒。ギルド内にあるの。宿からも近いと思うわ」

「良いことを聞きました」

ここまで徒歩5分ぐらいだった。この距離なら全然いける。時間貸しというのもありがたい。たまに料理スイッチが入った時に借りるのもアリだ。まとめて作って魔法収納庫に入れておけばいいしね。

宿は速攻で決まった。価格帯はどこも同じ。選んだ理由は外観や雰囲気が一番好みに合ったから。そうなんだよ、もう「ここがいいです！」と一目惚《ひとめぼ》れ即決。もしも交渉でアウトだったら二番目の宿にするつもりだった。なのに、エーヴァさんの姿を見ただけで女将《おかみ》さんが「ご新規さんかい？　ようこそ」って。お互いに即決だったよね。

女将さんもニコニコ笑顔で、今朝の高級宿の人と全然態度が違う。

「じゃあ、宿帳に名前や日数を書いておいてね。お茶を淹れてくるよ。エーヴァさんも休憩していきな」

「ありがとうね。カナリア君、ここのお茶は美味しいのよ。楽しみにね」

「あ、はい」

しかもアットホームすぎる。笑顔なのも良い。ギスギスしてないってことだもの。

建物は5階建てで、外側は石造りだ。ドアや窓枠《まどわく》はダークブラウンの木製、アンティーク調。中も厳《いか》めしいのかなと思ったけれど、外から覗いた時のカーテンレースが可愛かったので期待はあった。実際に、待合室に置いてあるテーブルや椅子も猫足でできていて、すごく好み。全体の家具の色合いはダークブラウンで統一されているのに、細かい装飾や小さな置物なんかがどれも可愛くてツボすぎる。カーテンレースもよく見ると繊細《せんさい》なレースで、動物のモチーフがそこかしこにあるんだ。

2階や3階の窓を見れば露台《ろだい》に鉢植えが置いてあって、窓枠にも彫《ほ》りが見えた。玄関から覗く受付台もレトロ可愛い。ここしかないって思ったよね。

とにかく興味津々で、僕はそわそわとロビーを見回していた。そこに裏の扉から少年が登場。

従業員の誰かだろうと思う間もなく、喋り出す。

「げっ、母ちゃん、マジで来たのかよ」

「お客様の前ですよ？」

「あっ、すみません。えーと、騎鳥がいると聞いたんですけど」

「口調がダメね。やり直し」

「……獣舎に連れていきますので、騎鳥をお預かりしてもよろしいでしょうか」

あー。少年の心の内が理解できてしまう。僕はもうなんと言っていいのか分からなくなりながら立ち上がった。

「あら、カナリア君は座っていてもいいのよ？」

ホテルのバレーサービスみたいなものだと思うけど、僕は僕で付いていきたい理由があるのだ。

「ちょっと説明したいことがあって。彼に獣舎まで案内してもらいます。よろしくね」

「あ、はい」

エーヴァさんは納得し、僕と息子さんに手を振って見送った。


息子さんはサムエルと名乗り、チロロを見て目を丸くした。

「珍しいでしょ？　それに食事についても伝えておきたいことがあって」

「そうだったんですね。最初にお伺いすれば良かったです。申し訳ありません」

「ううん。それより、お母さんが仕事場に来るなんて大変だよね」

「あー、いえ、その」

「ごめんね。僕が宿との交渉を頼んだから。あ、できれば普通に話してもらえると助かる。同い年だし、田舎から出てきて寂《さび》しいんだ」

サムエルは戸惑《とまど》っていたけれど、僕が「寂しい」と言ったことで小さく頷いた。優しい子みたいで良かった。

獣舎は宿の裏にあり、他の建物に囲まれているから少しだけ圧迫感がある。夕方の早い時間に暗くなりそう。その分、魔道具で明かりを補《おぎな》っているらしい。安全に配慮されていて、獣舎の個室も綺麗だった。

「へぇ、チロロは野菜好きなんだ。肉はほぼ食べない、と。ちゃんと担当者に伝えておく。それにしても、水風呂も毛繕《けづくろ》いも自分でやれるなんて偉いなぁ」

「ちゅん」

「あ、褒められて喜んでる」

僕がチロロの気持ちを伝えると、サムエルの方こそ喜んだ。騎獣鳥が好きらしい。

「まだ獣舎全部の担当はさせてもらえないんだ。お客様の大事な持ち物を扱うんだから、そりゃそうだよな」

働き始めたばかりなのに、しっかりしてるなぁ。そんなしっかり者のサムエルに、僕は最後の注意事項であるニーチェについて話した。

「この子、部屋に入れても大丈夫かな？　もしダメならチロロに任せるつもりでいるんだけど」

と、チロロの腹毛の中から取り出したニーチェを見せる。

「認識票を付けているのなら問題ないよ。小さいしね。夜中に鳴いたりする？」

「ううん。ていうか、そもそも大声で鳴かない。ね、ニーチェ」

「み」

「わ、ホントだ。可愛いな……」

「でしょ？」

「本で見たオコジョに似てる。あ、でも違うか。オコジョの生息地は北の山岳地帯だったはずだし、だとしたら王都で暮らすには厳しいもんな」

「王都の夏はそんなに暑いの？」

「貴族や豪商が挙《こぞ》って王都を出るぐらい」

「うわぁ」

「この子、大丈夫かな」

「どうかな。もし暑さに弱いのなら対策を考えなきゃ。あ、ニーチェはイタチなんだ。イタチだからね？」

念押しすると、僕はニーチェを抱っこして宿に戻った。


ロビーに戻るとお茶の用意ができていた。部屋はまだ掃除中とのことで、お茶を飲みながら待つ。エーヴァさんも一緒だ。仕事に戻った息子の話題で女将さんと盛り上がる。ひとしきり話し終えると、エーヴァさんの標的は僕に移った。

「交渉を頼む子は珍しいから驚いたわよ」

「最初の案内所で紹介してもらった宿にことごとく断られたから、慎重になりますよ」

「あら、そうなの？」

女将さんも「そりゃ、どうしてだろうね」と首を傾げる。

「この格好がまずかったのかなぁ？　清浄魔法で綺麗にしたのに」

女将さんは「ふうん」と不思議そう。エーヴァさんは腕を組む。やがて2人が顔を見合わせ頷いた。どちらも僕の格好を上から下へと眺める。口を開いたのはエーヴァさんだ。

「その格好で行ったのよね？　あの白い騎鳥も連れていた？　それなら分かるわ」

「えっ、なんですか？」

「この国は西隣にあるセルディオ国と度々《たびたび》揉《も》めているのよ。もうかれこれ何十年とね。で、彼等のシンボルカラーが赤なの。民族衣装も赤のストライプ柄。だから、なんとなくだけど、ここ最近は赤色が避けられているの」

「えぇー」

「それにセルディオ国は変わった種類の騎獣を使うらしいわ。だから勘違いしたのかもしれないわね」

「そんなぁ」

チロロは騎鳥だし、赤い服といってもパッチワークキルトでストライプ柄じゃない。

「もしくは、南の方にある小国の出だと思われたのかもしれないわ。以前、支払いで揉めた話を聞いたことがあるの。うちにも注意喚起《かんき》の書類が回ってきたわ。その国の民族衣装を着ている場合は気を付けるように、とね」

「あー、お金が払えないと思われたんですかね」

「あなたの服装とは全く違うし、そもそも国が同じだからといって人格まで同じとは限らないのだけれど。……ごめんなさいね」

「いえ、エーヴァさんのせいじゃないし」

どうやらタイミングが悪かったみたいだ。支払いを踏み倒して逃げた事件がここ最近で何度かあったらしい。それぞれの事件の人物情報と僕の見た目は違うのに、全てがちょっとずつ重なってしまった。女将さんも同情してくれた。

「そのための案内所なのにねぇ。正門すぐの案内所と言えば、しっかりした子が多かったはずだよ。残念だったね」

「その代わり、ここを紹介してもらえましたから」

「あらやだ、嬉しいことを言ってくれるね。今日の夕食にはオマケを付けてあげよう」

「わっ、ありがとう。嬉しいです」

「良かったわね、カナリア君。ここの料理は美味しいわよ」

「楽しみです」

お茶も美味しかったから楽しみだ。実は宿名が「竜の鳥籠《とりかご》亭」だから、変なところだったらどうしようと思っていたんだ。本当にここで良かった。でもまずは部屋だよね。

ちょうど掃除が終わったと報告があったので話を切り上げる。僕はどんな部屋なのかワクワクして向かった。５階まで階段で。

そう、最初に聞かれたのだ。２階と５階が空いているけれどどっちにする、って。エレベーターはない。前世なら2階がいいと答えたかもしれない。しかし、今の僕は足腰が丈夫だ。それに何より料金が安い。しかも、だ。

「見晴らしがいい！」

「でしょ。風通しも良くて、階段さえ気にならなければ5階の部屋は最高なんだよ」

案内してくれたのはサムエルだ。4階以上は若手が掃除や案内を担当するらしい。

「部屋も広いよね。まさか続き部屋があるとは思わなかったなぁ」

「元々は別だったのを繋げたんだって。地方出身の貴族なんかが泊まるそうだよ」

お金のない貴族が従者を連れて泊まるらしい。別々に部屋を取るより安上がりなんだろう。女性の場合は安全を考えると同室がいいしね。

「そっちに屋根裏へ上がれる梯子《はしご》階段もあるんだ。明日、明るくなってからでも登ってみたらいいよ。もっと景色が楽しめる」

「うん、そうする！」

「じゃあ、荷物置いておくね」

荷物の少なさに驚きながら、サムエルは部屋を出ていった。

◆◇◆◇◆

僕は5階の部屋を10日間借りた。部屋に入ってすぐに「もっと長くても良かったな」と後悔した。だって、素敵すぎる。部屋は全体的にダークブラウンでまとまっていた。明るい部分もある。壁の下側が板張りになっているのに対して、上側はアイボリーっぽい温かみのある塗装《とそう》がされているんだ。ところどころに小さな絵も飾られて、それが良いアクセントになっている。植物の絵が多かった。目に優しい緑だ。

観葉植物の鉢植えも部屋の隅《すみ》や仕切り代わりに置かれていた。ベッドにもなりそうな大きなソファに、ダークブラウンのしっかりとしたテーブル、書類仕事もできるデスクもあった。

大きめのベッドの横には仕切りとなる家具が設置されている。ベッド側が家具の裏側になるのだけど、ちゃんと化粧《けしょう》仕立てになっていて綺麗。天板《てんばん》部分の縁《ふち》にも丁寧な彫りが入っている。引き出し家具に服を入れるのも楽しい。壁にはローブを掛けておけるフックもあった。これがまた真鍮《しんちゅう》製でレトロ可愛い。

角部屋なので、窓は2方向にある。日差しが入って明るい。続き部屋の方は従者用だからか窓は小さかった。部屋自体もこぢんまりとしているから荷物置き場にしてもいいな。

窓の1つは外に出られるバルコニー付きだ。半円状タイプで、手すりは蔓草柄の鉄柵製。鉢植えが並べられていて花が咲き始めている。バルコニーは小さくて椅子を置けるスペースはない。でも長時間立ったままでも外を眺められる気がする。

「ニーチェ、見て。王都だよ。綺麗だねぇ」

「みー」

「あ、そうだ、高いところは危険だからね？　落ちないように気を付けること」

「み！」

チロロとの旅でも言い聞かせていたから、この子は「落ちたら危険」を分かっている。こんなに小さいのに、騎獣鳥と同じぐらいの知能があるみたい。僕の言葉をなんとなく理解してるっぽいのだ。うちの子、賢い。

「窓の外に出るのも僕と一緒の時だけだよ？」

「みぃ……」

「大きな鳥が捕まえにきたらどうするの。猫は……5階だから来ないか。蛇も、まあ王都に爬虫類系の生き物はいないよね。とはいえ気を付けよう」

「み」

「うん、良い子」

春の日差しは穏やかで、ずっとバルコニーで過ごしたい気持ち。それを我慢して部屋に戻る。窓を閉めてレースカーテンを引くと、ほんのり暗くなった。

ランプは魔道具じゃなくて蝋燭《ろうそく》に火を付けるタイプだ。頼めば魔道具に変更できるらしい。その代わり動力は自分で用意しないといけないんだって。

動力は魔銅が一般的なのかな。魔力の籠《こ》もった銅のことで、電池みたいなもの。他に、魔銀もあるよ。ただ、魔銀はなかなかのお値段がします。父さんの作った「家族用」の魔道具には魔金が使われている。銅、銀と来て、金です。もちろん超お高い。こういうところ、父さんは惜《お》しまない。持ってて良かった家族に賢者。

確かに便利な魔道具の存在はありがたい。助かってる。それはそうとして、今はレトロなランプがいいのだ。外側のガラスは頑丈そうだし、倒れても上部の蓋《ふた》が落ちて火が消える仕組み。レトロが格好良いなって思うのは、こういう絡繰《からく》りの部分もなんだ。

部屋の中を探検し終わると、鍵を持って廊下《ろうか》に出る。

「トイレは各階に2つ。洗面所も2つ、お風呂場は1階に4つで交代制。時間帯で予約も可能と」

非常階段までの距離も確認しておく。これ大事。ちなみに、トイレが部屋の外にあるのは普通のことだ。高級宿でもなければどこも同じらしい。むしろ、お風呂が複数あるのがすごい。ない宿が一般的だからね。女性に人気の宿というのも頷ける。

宿だけでなく、平民の家にもお風呂なんてものはない。体は拭《ぬぐ》うのが普通。入りたい時は共同風呂を使う。ただ、朝一番じゃないと湯が汚れているそう。これはサムエル情報だ。どのみち、僕には羽があるから共同風呂なんて入れない。小さいし、更に折り畳《たた》めるとはいえ、うっかり羽が飛び出たら天族だってバレバレだもん。希少種だからと誘拐《ゆうかい》されたら怖いじゃんね。

いくら安全な王都でも気を付けた方がいい。

それ以前に「可愛いカナリアの裸《はだか》を誰にも見られないよう魔法を——」と訳分かんないこと言ってた父さんのためにも、入る気はなかった。母さんも「カナリアちゃんに何かあったら、お母さん、どうなるか分からないわ」と言ってたっけ。母さんの方が怖いな。

「そろそろ連絡しようかな。この間、連絡した時すっごい泣かれたもんね」

「み？」

「父さんがね、里帰りはまだかって泣いたんだよ。ニーチェは寝てたかな」

途中で声が途切れたので、母さんが何かしたんだと思う。やっぱり我が家で一番強いのは母さんなんだよなぁ。

僕は部屋に戻り、久しぶりに電話を掛けた。つい電話って言っちゃうけど、正確には伝声器って名前の魔道具だ。電気で動くわけじゃないからね。一般に売られているタイプよりも小型です。父さん的にはイヤーカフぐらいまで小型化したい模様。頑張って。

日が落ちて暗くなった頃、僕はお腹をさすりながら1階に下りた。父さんの話が長すぎて遅くなっちゃった。あ、話を切り上げるために輸送ギルドで受けた仕打ちを報告しておいた。「抗議する！」と怒っていたから、そのまま伝声器を切ったのだ。

「さてさて、晩ご飯は何かな～」

小さな食堂は交代制。満員だったら待つしかない。何泊もする場合は泊まり客同士で調整し合う。時間に融通《ゆうずう》の利く人、たとえば今日の僕なんかが空いている時間に入る。女将さんにも「夕の鐘《かね》の1から2までの間においで」と言われていた。今、ギリギリ。慌てたけれど、無事に座れた。

そして、楽しみに待っていた僕の前に届いたのは、匂いからして美味しそうな茸《きのこ》クリームパスタ。ニーチェにはミニサラダが用意された。パスタにはサラダとスープも付いていて、美味しかった。

夕飯のあとにチロロを見に行くと、すっかり寛《くつろ》いでいた。僕より早めに食事を終えたらしい。水浴びもさせてもらって、ふわふわだ。

「おやすみ、チロロ。明日の朝にまた来るからね」

「ちゅん……」

寝言《ねごと》みたいな返事が可愛い。他の個室には騎獣が1頭だけ入っていた。全部で4室しかない小さな獣舎だ。その分、丁寧なお世話ができるのかな。寝藁《ねわら》も綺麗で食事も満足そう。これで高級宿の半額以下の料金なんだからね。

僕は隣室の騎獣に「よろしくね」と挨拶してから部屋に戻った。

早速クローゼットに服を少し入れ、ちょこっとした小物をテーブルに配置する。たとえば母さんが作ったパッチワーク人形や、何を入れるのか分からない小さなお皿。それが不思議とオシャレに見える。

眠そうなニーチェをベッドの上に乗せると、僕はずっと気になっていた屋根裏に上がった。天井は低いけれど立って歩けるぐらいはある。ソファとローテーブル、寝転がれそうな毛足の長い絨毯《じゅうたん》が居心地良さげ。これは秘密の部屋だな～。

出窓を覗くと、明かりの灯《とも》り始めた王都が見える。遠くに王城だ。煌《きら》めいていた。

「ドイツのクリスマスマーケットみたいな雰囲気だ……」

いつか行ってみたいと思っていた場所だった。ヨーロッパ一周にも憧れたな。一人旅は言葉の問題もあって無理だと思っていた。ツアーは、自由時間を1人で過ごす勇気がなかった。全部、諦めるための理由ばかりだった気がする。

今、僕がこんなに自由でいられるのは言葉が通じるからだ。頼りになる父さんの存在も大きい。父さんの偉大さに改めて感謝しよ。……そう思うと、さっきの僕の態度は良くなかった。次に話をする時はもう少し優しくしようか。感謝の気持ちも伝えよう。

「うーん。でもなんか、うるさそうな反応が返ってきそうだ」

僕は想像で笑いながら出窓のカーテンを閉じた。

◆◇◆◇◆

竜の鳥籠亭は朝食サービスはやってない。希望者には格安でお弁当を作ってもらえる。僕は断った。だって朝市があるんだよ？　それにカフェがあるかもしれない。都会に来て食べ歩きをしないなんて有り得ない。

僕はチロロを連れ出して、まずは朝市に向かった。あ、チロロとニーチェには先に朝食をあげた。こういう時、魔法収納庫があると便利だよね。

最初に着いたのは徒歩５分の広場で、通路沿いに屋台が並んでいた。

「ちょっと通路が狭いね。入り口のところで待っててくれる？」

「ちゅん」

「み」

ポールに繋いでいると、同じような朝市目当ての騎鳥乗りが声を掛けてきた。

「よぉ。そいつ、珍しいな」

パチンとウインクしてくる。男性が手にしているのはファルケの綱《つな》だ。鷹型《たかがた》のファルケはアウェスより小さい。とはいえ個体差もある。この子は大きかった。

「小型の騎鳥は王都にいるとよく見掛けるが、これだけ白くて丸い形は初めてだな」

「白雀型なんです。可愛いでしょう？　そっちのファルケは格好良いですね」

「お、そうだろ。あんたの騎鳥も格好良い、いや、やっぱり可愛いのか？」

正直に答えた彼は、服装がちょっと緩《ゆる》い。胸元が開いているし、シャツは分厚《ぶあつ》い生地でところどころ汚れている。これから仕事なのだとしたら一体何をやっているのか。

実はちょっと警戒してる。輸送ギルドの会員だったら嫌だなと思って。もちろん、個人の人格には関係ない。ただほら、上があんなだと下も毒されちゃう可能性はある。

まあ、こんなところで気軽に声を掛けてくる人を警戒するのは普通だよね。

「あー、悪い。いきなり話し掛けてビックリさせたか？　お嬢ちゃんが可愛かったし、珍しい騎鳥を見付けちまったんで、ついな」

「もしかして、王都では珍しい騎鳥を連れていると目立ちます？」

お嬢ちゃん呼びについては否定しない。女の子だと思って親切にしてくれているのなら、それもアリだなって思ったからだ。

「もう少し貴族街に近いと目立つかもな。この辺りは外から来る騎獣鳥連れも多い。そこまでジロジロ見られることはないさ。俺が声を掛けたのは、最近妙な事件が多いせいだ。注意喚起を兼ねているのさ」

「あ、騎鳥が盗まれる事件かな？」

「そうそう。なんだ、もう知ってたのか」

「騎士の方々に教えてもらう機会があって」

「ほーん。騎士と知り合いなのか」

「たまたまです。ところでオジサンはどこかのギルドに所属してますか？」

「オジサン？」

「お、お兄さん？」

「マジかよ、俺、オジサンなのかっ？」

あ、なんか、思った以上にショックを受けてる。でも胸元から覗くクルクル毛とか、イタリア男みたいなウインクとか、僕的にはオジサンぽく見える。見た目にも30は超えてるんじゃないの？　と、思っていたら。

「俺、まだ26だぞ……」

「ははぁ、なるほど。すみません、辺境の出なんで人の年齢が分かりづらくて」

あと、彫りの深い顔の人って年齢が上に見えちゃう。これは前世の記憶のせいかも。幼い頃から多くの人と接していたらまだしも、辺境に引きこもっていたしなぁ。しかも、両親共に魔力が多いから年齢より若く見えるんだ。

「辺境の出か。田舎から出てきたら分かんねぇよな。いや、そういう問題か？　あー、まあいい。それより、王都に来たばかりだからポールの使い方に慣れていなかったのか」

僕が首を傾げると、彼はポールを指差した。

「こういう道具があると簡単に着脱できるんだ」

綱の先にカラビナみたいな道具が付いている。ポールの穴にちょうど填められる大きさだ。

彼はニッと笑うとカラビナを取り外し、また取り付けた。

「な？　填め込む時も外す時も簡単だ。綱を結ぶよりも早いし、魔道具製だと本人認証が掛かるから盗まれる危険もない。おっと、その場合は綱も魔道具製にした方がいいぞ」

「綱はこの子専用の魔道具だから問題ナシです。そのフックは便利そう」

「だろ。魔道具屋にも置いてあるが、騎獣鳥管理所の方が種類は多い」

「そうなんですね。情報ありがとうございます」

お礼を言うと、照れたように頭を掻く。

「出てきたばかりなら分からないこともあるだろ。良けりゃ、俺が相談に乗ってやる」

ずずいと前に出てくる。もしかしてもしかしなくてもナンパかな？　良い歳した男が女の子（だと思っている僕）に親切な理由はなんだろうかと考えていたら、お腹が鳴った。

「お、悪い。朝飯《あさめし》を買いに来たんだよな？　俺が良い店を教えてやるよ。さあ行くぞ」

悪い人じゃなさそうだし、付いていくことにした。男性はファルケに「リリ、この可愛い白雀ちゃんを見ていてやってくれよ」と頼んだ。まあだから、僕も良い奴じゃんと思った。チロにも友達ができるかもしれないし、何より仲間が固まっていると盗難に遭いづらいもんね。

男性は歩きながら「俺はエスコってんだ」と名乗った。傭兵ギルドに所属しているらしい。輸送ギルドでなくて良かった。言葉遣いも気にするなと言ってくれた。

「僕はカナリア。王都に来たばかりでギルドにはまだ登録できてないんだ」

「そうか。おっ、ここだ、ここ。パンが美味いんだよ」

エスコは意外なことに、オシャレなパン屋さんに案内してくれた。屋台の飾り付けがセンスいい。雰囲気が良くて、お客さんにも女性が多かった。売り子をしているのは若い女性だ。裏からパンを出すのは若い男性で、阿吽《あうん》の呼吸。夫婦で屋台をしているのかな。頑張っている感じが好感持てるし、僕もなんだか頑張ろうって思える。

「具材の種類が多くて飽きないぞ。パンも柔らかいのと堅《かた》いのと、幅広く置いてある」

「ホントだ、どれも美味しそう」

「だろ？」

「あっちの丸パンなんかは昼食用にも良さそう」

「そうそう。お前、分かってんな～」

なんて話しているうちに順番が来て、僕は迷った末に2つ購入。エスコは5つだ。お昼の分も含めてだろうけど、すごいな。それだけ食べるから大きくなれるのかも。筋肉も結構付いてるし、傭兵やってたら鍛えられるだろうな。

傭兵って、名前のイメージは悪いけど、実際には警邏や護衛といった仕事が主だ。もちろん戦争になったら駆り出される。一応、断ってもいいみたい。基本的には国軍が前に出るから、あくまでも足りない部分の補完《ほかん》として雇われる。どちらかというと、ファンタジー世界の冒険者という職業に近いんじゃないかな。

とはいえ、薬草採取は専門家がやるし、この世界にはダンジョンもないから「冒険者」という職業はない。個人的に冒険してる人はいると思う。むしろ、いてほしい。

「飲み物はあの辺りに固まってるぞ。あと、肉っ気が足りないなら右側の奥がいい。新鮮な肉を捌《さば》いて、その場で焼いてくれる」

「えー、串焼《くしや》きとかある？　食べたいな」

「おっ、そうか。朝から腹いっぱい食べられるとは、なかなか見所があるじゃないか」

タメ口を許してくれたとはいえ、エスコはこんな僕の物言いに全然嫌な顔をしない。父さんが「傭兵は口は悪いが、気の良い奴等が多い」と話していた、そのままだ。そうなると、本当は男だと黙ってるのが申し訳なくなった。広場で食べられる場所を教えてもらった時に明かすと、エスコはしばらく固まった。リリが「大丈夫？」と心配げにスリスリしてるのが可愛い。

「チロロ、リリちゃんと仲良くなれた？」

「ちゅん」

お喋りしながら、シートを広げて座る。エスコは芝生の上に直座り。ワイルド～。

「ごめんね、せっかく親切にしてくれたのに男でさ」

「いや、そりゃいいんだ。どのみち見慣れない奴や珍しい騎鳥連れがいたら声を掛けてた。下心ありきで教えてやったわけじゃねぇぞ」

「うん」

「俺はただ、自分の目の曇《くも》りについてだなぁ」

「はいはい。早く食べよう。冷めちゃうよ」

「……おう。そうだな。食べるか」

僕はもう2つ目のパンに齧《かじ》りついているところ。本当に美味しい。コールスローサラダとゆで卵《たまご》が挟まれててボリュームたっぷりだ。最初のパンはクリームが練り込まれた、ちょい甘だった。ドリンクは紅茶。フルーツティーも見掛けた。明日はそっちにしようかな。大きな広場の朝市にも行ってみたいし迷う〜。


僕がニコニコ笑って食べていたら、浮上したエスコが3つ目のパンを食べ終わってから話し掛けてきた。

「ところで、お前さん、どこのギルドに所属するんだ。もう決めているのか？」

「あー、最初は輸送ギルドに入ろうとしていたんだよね」

と言ったら、エスコが眉を顰めた。お、何かあるのかな。僕は慎重に昨日の出来事を話してみた。エスコは人が好さそうだし、頭ごなしに「そんなことはない」と否定しない気がしたんだ。案《あん》の定《じょう》、我が事のように怒ってくれる。そして、こう言った。

「王都の輸送ギルドには元々黒い噂がある。担当役人との癒着《ゆちゃく》はおろか、輸送費の不当な釣り上げや中抜きがあるって話だ。会員になっても上前をはねられるらしい。入らなくて正解だぞ」

「うわ、そうなんだ」

「監査《かんさ》も入ってるってのに、尻尾が掴めないんだとよ。役員に大物の貴族がいて、そこから情報が漏れているんじゃないかという噂だ」

ヤバいじゃん。昨日は腹が立ったけど断られて正解だった。エスコも「入んなくて良かったな」と言うぐらいだもん。でも、そうなると何の仕事をするか、だ。僕はパンを食べ終わると手を拭《ふ》き、うーんと唸《うな》った。エスコは5つ目のパンを口に詰め込んで珈琲《コーヒー》を流し込む。ワイルドすぎるだろ。

「せっかく騎鳥がいるもんな。どうせなら使える仕事がいいだろ」

「そうそう。ていうか、置いていきたくない」

「分かる、そうだよな！　俺もリリと離れたくない。仕事の内容によっちゃ留守番をさせるが、そういう時はマジで寂しいし悲しい」

ワイルドな男は意外と寂しがりだった。

「僕も分かる。だから、チロロとできる仕事がないかなーと思うわけ」

エスコは上着の裾で手を拭くと、腕を組んで一緒に考えてくれた。「商人ギルドか魔法ギルドって手も……」と真剣な様子だ。

魔法ギルドという言葉が出たのは、僕が腰帯《こしおび》から鞘型《さやがた》ホルダーを下げているからかもしれない。細いタイプだから魔法杖が入っていると普通は思う。実際、そこには魔法杖代わりの特製伸縮式指示棒が入っているしね。これは人間相手の戦闘時において「殺さず」に無力化できる武器だ。魔物を殺すなら腕輪型魔法収納庫から剣を取り出せばいいし、魔法杖ホルダーと反対側に短剣のホルダーも下げてあるから咄嗟《とっさ》の場合に使える。

この世界、武器を身に着けていても問題ないのだ。かしこまった場所、たとえば貴族の家に行く場合はアウトだけど。

とにかく、エスコは僕が魔法を使えると判断した。だけどな～。

「僕、魔法はそれほどなんだよね。父さんにも『センスない』って言われたんだ」

「そうなのか？　確かに、なよっとしているが、だからこそ魔法特化の戦闘スタイルかと思ったぜ」

「チロロと一緒なら鰐《わに》型魔物の成体を10匹ぐらいは地力《じりき》で倒せるよ？」

「マジかよ」

「コツがあるんだ。僕、身軽だから上空からの奇襲攻撃が得意だし」

「ほほう。確かに見た目からして、すばしっこそうだもんな」

僕はふふんと鼻で笑って仰《の》け反《ぞ》った。かといって自信満々のつもりはない。そもそも、鰐型魔物を10匹ぐらい瞬殺《しゅんさつ》できないと、家を出ることを父さんに許してもらえなかったのだ。魔力が尽きるだとか、魔力を奪う魔物や魔道具だってある、最悪を考えると最低限の地力は必要だ。そこらへんは僕も父さんと同じ考え。で、母さん主体で体を鍛えた。我が家では魔法ナシの純粋な地力、戦闘力が高いのは母さんだからね。

「あー、でも、そうか。カナリアは男なんだっけ」

「うん」

「それなら、傭兵ギルドはどうだ。俺は歓迎するぞ」

「えっ」

「なんだよ、その顔は」

「いやー、そこは考えてなかったなって」

天族が時々里を出るのは傭兵仕事を請けるからだ。雇用主は国。仕事内容はほぼ戦争関係。傭兵ギルドは関係ないと言えば関係ない。でも共闘関係にはあるよね？

「傭兵と言っても、怖い仕事ばかりじゃねぇぞ。まだ子供のお前に戦争へ行けって勧めることもない。仕事も選べる。市民になって徴兵《ちょうへい》されるよりはマシだと思うがね」

「強制参加の仕事もあるって聞いたよ？」

「そりゃ、ランクが上がればな。強い奴に出張《でば》ってもらわにゃならん緊急事態はあるさ。魔物が押し寄せてきたら戦える奴が真っ先に出るしかない。所属ギルドは関係ねぇよ」

「まあ、そこは協力しないと生き残れないもんね。分かってる」

「無理に誘うつもりはねぇけどよ。試験的に参加してみるってのもアリだと思うぜ。お前の場合、他にやれそうなのは――」

「狩猟《しゅりょう》とか？」

「王都にある狩猟ギルドの依頼は畑のネズミ取りがメインだ。普通の獣は近場にいねぇ」

「うわ。マジか～。じゃあ、魔物狩りは？」

「旨味《うまみ》のある魔物の狩り場なんぞ、王都から離れてるっての。第一、近くの森すら危険扱いだ。傭兵や兵士しか入らねぇ」

「えぇ～」

「お前なら女子供の護衛仕事に向いてそうだ。指名依頼が来るかもしれねぇ」

「あ、見た目？」

「傭兵ギルドの悲しいところだな。むさ苦しい男が多い。女だてらに傭兵稼業《かぎょう》やってるのは、ちょいとな。なんつうか独特のすごみがあって、男より怖がられる」

姐御《あねご》って感じの人が多いのかな。ちょっと興味ある。我が家にも戦闘が得意な女性がいたからさ。

「お試し参加もできるの？」

「おう。ギルドに登録だけして、好きな時に参加でもいいぜ。どのみち収入がないと生活できないだろ？」

「傭兵ギルドは掛け持ちって大丈夫なんだっけ？」

「うちは問題ない。職人ギルドだと嫌がられるよな」

「徒弟制度があるから職人ギルドは諦めたんだ。それにやっぱりチロロと一緒に働ける職場が一番だからね」

僕の言葉に、エスコは「な！」と嬉しそうに笑った。彼は本当に自分の騎鳥が大好きらしい。手を伸ばしてリリの頬を掻く。リリも気持ちよさそうだ。相思相愛《そうしそうあい》じゃん。

とりあえず、エスコがギルドに話を通してくれるそうだから、後日話を聞きに行くことにした。今日はまだ王都の右も左も分からない状態だもの。観光を兼ねて歩くつもり。エスコも「そうしろ」と勧めた。

「道を覚えておけよ。警邏の仕事が案外多いんだ。誰かと組んでやるが、何かありゃぁ１人で走ることになる。下町は迷うぞ～」

というわけで、マッピングがてら下町も歩こう。残念ながら前世で見たような、詳細な地図は売っていない。国の関係機関にはあるだろうけど、防犯を考えると見せてもらえないだろうな。だったら自力で作成するしかない。それもまた楽しそう。僕はエスコと別れ、広場をあとにした。

◆◇◆◇◆

宿を中心地として、遠くの朝市まで円を描くように歩いて回る。ちょうど昼時に大きな朝市をやっているところに着いた。今の時間帯は軽食や飲み物を扱う屋台しかない。早朝の方がもっといっぱいあるそうだ。午後は屋台が消えて、夜になると今度は持ち帰り用の惣菜《そうざい》屋さんが現れる。ちょこちょこ軽食を買いながら教えてもらった。

昼食を終えると、次は下町に足を運ぶ。何の仕事をするにしても、王都の道を覚えるのは大事だもんね。僕は地図が読めるタイプなので全部は書き留めず、要所だけ押さえてメモした。間違えやすそうな変則道路や、同じ建物ばかり続くところは要注意だ。

幸い、王都にはあちこちに街区《がいく》表示板が設置されている。個人宅だと付けていない家もあるのかな。とはいえ、辻ごとに道路標識が立てられていて街区もセットで書かれているから問題なし。「A地区B列のCさん」だけで荷物が届けられるんじゃないかな。

それを言ったら、あんな辺境の町にまで荷物が届くんだもんなぁ。しかも宛先《あてさき》は「シドニー＝オルコット」。父さん宛ての荷物に住所なんて書いてなかった。預かってくれる役場も送ってくる方もすごい。そうそう、普通の荷物は町に届くけど、特殊な荷物のみ家に直接届けてくれるおじさんがいた。あの山を通り抜けるのは大変だから特別便だね。

「下町も道が入り組んでるだけで治安《ちあん》がすごく悪いってわけじゃないみたい。あー、でも、チロロが通れない路地裏《ろじうら》は行くのやめようね」

「ちゅん」

「み」

ニーチェまで律儀《りちぎ》に返事するのがホント可愛い。顔だけ出しているのも可愛い。僕は周囲を見回し、チロロの体に入り込んだニーチェを呼んだ。

「出てくる？　僕の首に巻きついてると大丈夫そうな気がする」

「み！」

ぴゃっと飛び出てきたニーチェを抱き留め、言った通りに巻く。

王都を歩いていると、思った以上にペット連れが多い。犬や猫、兎《うさぎ》が多いかな。窓越しに鳥籠も見掛ける。さすがに鳥の散歩とはいかないだろうから、家の中で飼っているんだと思う。朝市が開かれていた広場の一角でもペットたちが遊んでいた。芝生《しばふ》を走り回る犬たちは楽しそうだった。

ニーチェもせっかく登録したんだ。イタチだって言い張る僕の言葉を誰も疑わなかった。これなら大丈夫。むしろ王都だから目立たない気がする。そして、それは当たってた。

「おー、誰もニーチェに目を向けないね。むしろチロロの方に視線が向いてる」

「ちゅん～」

「え、もしかしてドヤ顔してる？」

僕が笑うと、チロロもご機嫌になった。手綱《たづな》を引きながら、僕も足取り軽く王都散策を楽しんだ。

その日は他にも良いことがあった。フラフラ歩いていると、偶然にも素敵なカフェを見付けたのだ。フランスの田舎町にありそうな石とレンガでできた2階建ての家に、片面だけ蔦《つた》が這っている。窓が多く、小さな露台には鉢植えが並べられていた。花は満開だ。

向かいには小さな公園があり、そこも花でいっぱいだった。野放図《のほうず》に育っているんじゃなくて誰かが手を入れているみたい。この通りの人たちが協力しあっているんじゃないのかな。カフェほどじゃないにしろ、他の建物にも似た系統の花が植えられているんだ。

計算された、手の入った都会の公園とカフェ。もう最高じゃん！

「うわぁ、中も可愛い……」

「み」

チロロは表のポールに繋ぎ、僕とニーチェだけで店に入る。出入りを教えてくれるベルのカランコロンという音もまた良き。

「いらっしゃい」

「あの、この子も一緒に入っていいですか？」

「手元に置いてくださるなら構わないですよ」

「ありがとう。ニーチェ、良かったね」

「み」

「お客様、初めてですよね？」

「はい。この辺りを散策していたら、こんな素敵なお店を見付けて」

「まあ」

店員さんは笑顔になった。そして、お勧めを教えてくれる。常連客らしき人たちは静かだ。気になってチラリと僕を見てしまうようだけれど、不快な視線じゃない。窓越しに見えるチロロにも視線が向かう。物珍しいんだろうな。

僕はお勧めの紅茶と苺《いちご》のケーキを頼んだ。ニーチェには小さなホットケーキ。すると、店員さんが注文を告げたあとに店の奥から男の人が出てきた。料理人かと思ったら、店員さんが「あら、マスター」と声を掛ける。

「どうしたんです？　普段は出てこないのに」

「……表の子には、食べさせてやらんのか？」

と僕に聞く。マスターはむすっとした顔で、口調もぶっきらぼうだった。なのに内容はチロロへの思いやりに溢れている。きっと奥の窓から表のポールに繋がれたチロロが見えたんだ。

僕は嬉しくなった。

「えっと、あの子用にホットケーキを追加でお願いできますか？」

「ああ。……肉はどうする？」

「肉よりも野菜や穀物《こくもつ》が好きなんです。ホットケーキだけでも喜びます」

チロロは加工品でも問題なく食べられる。ただ、どちらかというと生《なま》の方が好きかもって感じ。噛《か》み応《ごた》え重視なんだろうか？　騎獣も雑食だと聞くけれど、騎鳥の胃腸ってどうなってるんだろうね。不思議。まあ、大きな鳥が人間を乗せて空を飛ぶのだから、魔法のおかげとはいえファンタジーだよね。

マスターは「そうか」と短く答え、奥に引っ込んだ。代わりに店員さんが来た。

「ごめんなさいね。あんな態度だけどマスターに悪気はないの。彼、無類の鳥好きでね」

「ああ、それで」

「気になったんだと思うわ。ね、あの子、珍しい種類よね？」

「まだ仲間らしき騎鳥を見掛けないので、たぶん」

「そうよね。うちは鳥好きのお客さんが多くて、騎鳥の話題もよく出るのよ。でもあんなに丸くて白い騎鳥の話は聞いたことがないわ」

色はともかく、王都周辺には雀型がいないのかな。父さんは「数は少ないけれど飛んでいるよ」と言っていた。場所によるのかもしれない。

出てきた苺のケーキは最高に美味しかった。酸味と甘味のバランスが良い。紅茶も濃くて、ミルクとの相性がばっちり。

ニーチェも小さなホットケーキにかぶりついて「みっ、みっ」と嬉しそう。

「美味しいね～」

「み！」

僕が窓の外に目を向けると、裏口から出てきたらしいマスターが大きめの皿にホットケーキを3つも重ねて運んでいた。チロロがチラッと僕を見るので「いいよ」と頷く。マスターも僕を見て頭を小さく下げた。勝手にあげてごめんねって意味だと思う。

騎獣鳥は所属によって餌のあげ方が違うからだ。僕みたいに個人で飼っている場合、他人から餌を勝手に食べないよう躾《しつ》けられている。ただまあ「突発的事態が起これば自分で餌を摂れ」と教えるけどね。お腹を壊す心配はあるものの飢《う》えるよりはマシ。

これが騎士隊の所属だったら、面倒を見る人がいっぱいだから「他人に」慣れさせる。騎士は一般人よりも身分が高いし、餌やりやブラッシングといった面倒は見ないそう。お世話するのは多くの従者や獣舎付きの使用人だ。

つまり、騎獣鳥は飼われる相手や場所によって接する時のルールが違う。

「はぁ～、美味しかった」

「み」

「紅茶もたっぷりあるよね。3杯分ぐらい入ってない？」

ティーポットがまた美しい。パッと見た感じは白地。よく見たらうっすらと青みがかっている。裾の方に草花のイラストが小さく描かれていて、それが細かい。持ち手が流線型でかつ繊細だ。目の錯覚《さっかく》なんだけど柔らかそうに見える。もちろんしっかりしているよ。

食器には詳しくないけれど、絶対これ紅茶専門の良いポットだと思う。ティーカップも可愛かった。ソーサーもシンプルそうに見えて細部が凝っている。縁の見えるかどうかギリギリのところに細い蔓草模様が描かれているんだ。チラッと覗くと、裏側に続いていた。こういうの本当に好き。

僕はうっとりと溜息を吐いた。テーブルもアンティークだし、窓のカーテンは手編みのレース。竜の鳥籠亭と似た細やかさを感じるぞ。持ち手が違うようだから同じ人の作じゃないと思うけど、どちらの模様も別ベクトルですごい。

僕がレースをしげしげ眺めていたら、店員さんがやってきた。

「美味しそうに飲んでくれるわね。良ければお替わりを淹れましょうか？」

「わ、いいんですか」

「ええ。3杯目は違う味を楽しんでほしいと、うちのマスターがね」

ウインクして振り返る。マスターがサッと奥に隠れてしまった。

「ふふ。初めてのお客様が気になって仕方ないの。いつものことよ。遠慮しないでね」

「はい！」

お替わりの紅茶も美味しくて、爽やかなベリーのフレーバーに口の中がサッパリする。本当に良いカフェを見付けてしまった。こういう「出会い」があるんだ、やっぱり都会に出てきて良かったよね。

店を出る時には夜メニューの看板が出ていた。夜はお酒も出すらしい。聞けば、朝は少し遅めの開店なんだって。ブランチメニューもあるので「ぜひどうぞ」と勧められた。常連さんたちも感じが良かったな。また来よう。

僕は足取りも軽く、宿までの道を時々脱線しながら帰った。

翌日も、王都のあちこちを見て回る。休憩できそうなカフェの目星《めぼし》を付け、食材が買える場所もチェック。収納庫に大量の食料はあるけれど、家から持ってきたものばかりだ。自立するなら自分の稼ぎで買わないと。

道も覚えた。各ギルドの場所はもちろん、噂も仕入れたよ。お店で買い物する時「王都に出てきたばかりなんです」と言うだけで教えてもらえるんだ。大事なのは質問する相手。母さんと同年齢か、それより上の人がいい。おばさまたちは情報をいっぱい持っていて、しかも僕みたいな子供に優しい。若い女性はまだまだ情報に疎くて、集める内容も「オシャレ」が中心。それはそれで気になるけれど、僕が今知りたいのはそこじゃない。

そんなこんなの情報収集兼、王都散策はなかなか楽しかった。

3章　見過ごせない事件と傭兵ギルド

　3日目は傭兵ギルドに行くと決めた。いろいろ見て回っても、騎鳥と一緒に仕事ができるところは限られていると分かったからだ。傭兵ギルドなら自由が利くらしいもんね。

　で、朝から意気揚々と覚えたばかりの裏道を使って向かっていた。そしたら「グォォー」と地響《じひび》きみたいな鳴き声が聞こえる。この道は穴場《あなば》で、王都でも一番大きな朝市が開かれる広場に近い。なんだか嫌な予感がして、僕は建物の凹《へこ》みに身を寄せつつ振り返った。

　すごい勢いで走ってくる何かを発見。騎獣だ！

「もしかしてホルンベーア？」

「ちゅん」

「あっ、チロロ。上空待機、急いで！」

「ちゅん！」

　角を持つ熊《くま》型の騎獣は体が大きい。獰猛《どうもう》で調教がしづらいから、王都みたいな都市部には入れないと聞いたことがある。確か、外の専用獣舎に預けられるはずだ。それなのにどうして、なんて考えても今は意味がなかった。

　僕はホルンベーアを避けるため、建物の裏戸にへばりついた。この辺りは狭い裏通りだから、外に向かって扉を開けると邪魔になる。だから扉の部分だけ凹んで作ってあるのだ。僕1人なら隠れていられる。

張り付いたと同時に、人を乗せたホルンベーアが走り抜けていった。続けて何かが追いかける。いや、違う。引っ張られている。首に縄を掛けられたシュヴァーン、白鳥型の騎鳥だ。足を縺《もつ》れさせながらも駆けていくのは、首に縄を掛けられているからだ。躓《つまず》いたら引きずられると分かっている。必死の形相《ぎょうそう》だった。

僕は上空のチロロに向かって指示を出した。

「追いかけて！」

「ちゅん！」

ニーチェはちょうど僕の襟巻きになっていた。チロロの体の中にいたとしても落ちないけれど、やっぱり心配だ。こっちで良かった。

チロロが急いで追いかける姿を確認すると、僕もホルンベーアを追跡開始だ。

「ニーチェ、しがみついててね。振り落とされないようにするんだよ」

「み！」

腰帯に下げていた魔法杖代わりの指示棒を取り出し、【身体強化】の魔法を使う。父さんほど自在に魔法は使えないけれど、短い言葉で発動する魔法なら自信がある。父さんにも合格点はもらった。僕の足は石畳《いしだたみ》を蹴り、速度を上げた。

裏路地を右へ左へと進んでいけば、やがて下町の中でも治安の悪そうな場所に辿り着く。王都の北側に位置する旧市街地だ。

王都は戦乱やら何やらで何度か作り直されているのに、ここだけ再開発が進んでいない。住み着いた人を強引に追い出せなかったらしい。というより後回しにされたのかな。他の地区は綺麗だから、もしかしたら「あえて」この場所を残しているのかもしれない。悪人なら、管理されていないこんな場所に隠れそうだもん。逆に捜しやすいよね。実際に今も悪人が騎鳥を連れ込んでいる。首に縄を掛けて強引に走らせているんだ、悪人だよね？

「み！」

「え、こっち？」

途中、チロロを見失った僕に、ニーチェが小さな前脚で行き先を示す。

騎獣鳥は共感能力が高い。特に騎鳥は空を飛べるせいか、仲間の位置把握が得意だ。空間能力に長《た》けている。ニーチェはチロロと仲良くなって、居場所を感知できるようになったのかな。

僕はニーチェを信じて突き進んだ。

勘って意外と侮れない。そしてそれは当たった。

「いた！」

「みっ、みっ」

「うんうん、あの下だね」

チロロが低い建物の上で滞空《たいくう》している。ふわふわ飛んでいるせいか誰にも見付かっていない。

僕らが追いつくと、チロロがすいっと下りてきた。

「ちゅん」

「あのボロい建物の中に入ったの？」

「ちゅん！」

トトトと歩いて近付くチロロに続き、僕もそっと忍び足。一応、周りに人の姿はあるんだよ。

ただ、飲んだくれっぽい初老の男と寝ている老人とボーッとしている中年男だ。あの人たちが
見張り役で演技しているのだとしたら感心しちゃうけど、たぶん違う。

「中の音、聞こえないね。扉はやっぱり鍵が掛かっているよね。壊したら気付かれるか」

「みぃ」

「どうしたの、ニーチェ」

「み、み！」

ニーチェが首の周りでモゾモゾ動くから、もしかして下りたいのかと思って地面に置いた。

そしたら全く躊躇《ちゅうちょ》せずに建物と扉の隙間《すきま》に体を突っ込んだ。確かにボロいし隙間はあった。と
はいえ、いきなりすぎない？　僕が驚いていると、によろっと戻って「み！」と鳴く。視線が
合うなり、また中に入っていった。

今、任せてって言った気がする。チロロみたいに気持ちがちゃんと伝わってきた。

僕が感動で打ち震えているうちに、ガチャッと鍵の開く音。

「ニーチェ、すごくない？　ていうか、なんで『鍵』が分かったんだろ。あ、もしかして宿で覚えたとか？　天才すぎないかな」

褒めまくっていると、ニーチェが「み！」とドヤ顔になった。可愛すぎる。

「よしよし。良い子。頑張ったね。じゃ、次は僕の出番だ。チロロは上空で待ってて。僕の合図があったら飛び込んでもいいけど、それまでは待機だよ」

「ちゅん」

チロロも「自分の仕事だ」とばかりに張り切った。ふわっと飛び上がり、気配を消してホバリング。

僕とニーチェは廃屋《はいおく》っぽい2階建てのボロ屋に入った。全体的に埃っぽい。なのに廊下の真ん中が綺麗だった。端にだけ埃が溜まっている。部屋には人間の足跡だけじゃなくて獣の大きな足跡。鳥の足跡もある。そして、何かを引きずったような跡だ。たぶん、家具だな。部屋の真ん中にドーンと置いてある。乱雑な置き方だ。

「あー、なるほど、地下に隠し通路があるんだ」

僕は少し悩んだ。このまま追いかけた方がいいのか通報した方がいいのか。通報するなら騎士隊だっけ？　いや、治安維持のために警邏しているのは警備隊だったはず。王都は自警団《じけいだん》じゃなくて、警察的な組織がちゃんとある。ややこしくて名前を覚えていない。そもそも場所も知らなかった。王城の周辺にあるのだろうけど、あそこまでは遠い。分所は、少なくとも数日見て回った中にはなかった。

「……こうしている間にも逃げられているんだよな」

屋敷の中に入った時点で気配はもう感じられなかった。隠し通路を通って逃げているんだ。あのシュヴァーンと僕にはなんの接点もない。だけど、目の前で犯罪に巻き込まれているかもしれない子を見殺しにするほど、僕は冷たい人間じゃない。

「やっぱり通報は後回しにしよ。まずは取り返すのが先決だ」

通報を選んでしまったばかりに居場所が不明で手遅れに、なんて目も当てられない。

僕は一旦《いったん》外に出てチロロを呼ぶと、また屋敷の中に戻った。

「この足跡がいいかな、一番ちゃんと残ってる。【追跡】」

指示棒を振ると光の粉が舞う。「足跡の行方」を示してくれる魔法だ。やっぱり地下に向かっていた。【身体強化】の魔法がまだ続いているから、光の先にあった床板《ゆかいた》を簡単に持ち上げられた。下には古い階段だ。獣の毛が落ちている。埃もない。ここを通って逃げたと分かる痕跡ばかりだった。僕らは迷わず階段を降りた。

1階分ぐらい進んだかな。下り終わると、通路が横に延びていた。屈《かが》まなくても歩けるぐらいの高さだ。がたいの良い男なら頭を打つぐらい。ホルンベーアはかなりギリギリだったと思う。四つん這いで駆けるとしても、体が大きいから走るのは無理だ。シュヴァーンも厳しい気がする。だとしたら大丈夫。奴等はゆっくり進むしかない。まだ追いつける。幸い、チロロは小さい。僕はニーチェを首に巻いたまま、通路を走った。分かれ道もあったけれど、追跡魔法があれば迷うことはない。

地下通路は昔、防空壕《ぼうくうごう》的な使い方をしていたんじゃないのかな。時々、古い瓶《びん》や麻袋《あさぶくろ》を見掛ける。当時は貯蔵庫にもしていたんだろう。こんな時でもなければ遺跡《いせき》探訪よろしく観光してみたかった。

体感的に「結構走ってるぞ」と思った頃に、土の匂いがしてきた。水に濡れた独特の匂いだ。町では嗅《か》がない香りで、これは王都を出たかもな。出口らしき扉の隙間から外を覗くと木々が見えた。明らかに町の中じゃない、手入れのされていない森だと分かる。

王都の周りにも森はある。もちろん接してはいない。いくら手を入れていても魔物が蔓延《はびこ》るかもしれないと思うと怖いからだ。森は恵みも与えてくれる。なくてはならないものだ。とはいえ、近くにあればあったで害も及ぼす。

王都の周辺にある森は巡回《じゅんかい》が頻繁だと聞いた。とはいえ、定期的に人が巡回していようと魔物が住み着いたらあっという間だ。それに人のすること、見逃しがないとは言い切れない。まあ、見逃されていたからこそ、こういう通路がある。

僕はそうっと扉を開けて外に出た。

「ここは北の森だよね？　僕が通ってきた街道沿いの林と違って、手入れが雑に見えるな。役所の人って二重チェックしないの」

「ちゅん」

「魔物、いるよね」

「ちゅん！」

これ、本気でヤバい気がする。こういうのを放置しているから盗賊が使うんだ。

「それよりシュヴァーンの救出が先だった。チロロ、上空から偵察《ていさつ》してきて」

「ちゅん！」

僕はもう一度【追跡】と【身体強化】を掛けて森に分け入った。


敵は、割とすぐに見付かった。なんと魔物に襲われていたのだ。ギャーギャーキーキーと魔物特有の鳴き声に、人間の「うわーっ」という声で簡単に場所が特定できた。

僕が駆け付けた時には大乱闘中だった。魔物は鶏《にわとり》っぽい形で、それよりは大きくて恐竜のよう。正式名はフォーゲルシュッペだったかな。父さんの図鑑では小鳥鱗《ことりうろこ》とあった。

「あー、ホルンベーアが興奮しすぎて空振《からぶ》りしてる。全然倒せてないじゃん」

体の大きさや獰猛さの割には勝率が低いという……。なんだあれ。うちのチロロの方が確実に倒せるぞ。仕方ない。加勢するか。

「【混乱】【転倒】【捕獲】っと。最後に【拘束】」

捕獲は拘束ほど強い魔法じゃない。こういう小型でチマチマ動く残忍《ざんにん》なタイプの魔物は、間に動きを止める魔法を入れた方がいい。細かく動くせいで拘束魔法が効きづらいからだ。しかもこいつらときたら連携を取る。僕の死角を狙って後ろから襲おうとするし。

「みっ！」

ニーチェが危険だと教えてくれた。それより前に気付いていたけど、心配が嬉しい。一緒に戦おうという気持ちもね。僕は指示棒を伸ばして魔物を薙ぎ払った。

「よしっ、1匹終わり。【拘束】。ニーチェ、ありがとうね」

「み！」

僕が参戦したから魔物の襲撃は収まった。というか全滅した。

悪人に死亡者はいないものの、息も絶え絶えといった様子。その方がいいかな。これ以上、戦うのは面倒だ。それに興奮して走り回っているホルンベーアがちょっとね。きちんと調教されない騎獣って、あんな感じになるんだなぁ。アウェスの調教にも手間は掛かると聞く。強い獣を指揮下に置くのだから当然か。

「とりあえず、ホルンベーアは【沈静《ちんせい》】。うわ、掛かりが悪いな。もう1回【沈静】。倒れたらごめんね」

「グアァァ」

ズサーッと滑《すべ》るように倒れ込んだけれど、ホルンベーアはようやく落ち着いた。急な眠気《ねむけ》に襲われたみたいで、その場に座り込む。

問題は、怯えて木の陰にいたシュヴァーンだ。

「おいで、もう大丈夫だよ。怪我をしたなら治してあげるから」

「ジャッ……」

人間に怯えてるんだ。その視線の先に気付いて振り返ると、ボロボロの男たちが起き上がるところだった。シュヴァーンは彼等を見て怯えている。

「君を助けてあげたいんだ。僕はあいつらとは違うよ？　と言っても、分からないか。チロロだと話が通じるんだけどなぁ。他の子の場合は雰囲気で理解してるとこあるし、無理か――」

「ジャッ」

「み。み！」

「ジャッ、コホッ、コォーッ」

「みみ。み、み。みっ！」

なんか会話してる？　その様子を「可愛い～」と見ていたら、どうも本当に会話しているような気がしてきた。というより、会話が分かる。

「なんでこんな、鮮明に言葉が分かるんだろ？」

「み！」

首元にいたニーチェがドヤ顔で僕を見た。もしかしてニーチェが通訳してくれた？　いやでも、通訳というより言葉が普通に分かる。今も、ニーチェが「あのちと、わるいのやつ？」と聞いて、シュヴァーンは「悪い奴。無理矢理《むりやり》、縄を掛けられた」と答えたような気がする。僕とチロロのニュアンス会話よりずっと、ちゃんとした言葉だ。

えっ、ニーチェ、何者なんだ。すごくない？　それより何より、子供みたいな喋り方がめっちゃ可愛いんだけど！

僕がニーチェの可愛さに和んでいると、男たちが正気に戻った。その上、起き上がってくる。でも大丈夫。シュヴァーンの言質《げんち》は取った。悪者は拘束だ！

ちゃちゃちゃっと魔法で捕まえ、ホルンベーアも暴れないように押さえておく。もちろん、シュヴァーンがされたような、首に縄を巻くだけの乱暴な扱いはしない。幅広の綱で苦しくない繋ぎ方をする。騎鳥用の縄でも騎獣には問題ないはずだ。

次に、魔物に襲われて怪我をしていたシュヴァーンを治療した。

取り急ぎの用件が済めば、こんなところに長居《ながい》は無用だ。騒がしく叫ぶ男たちの声で魔物が集まってくるかもしれないし、奴等の仲間がいたら面倒。こいつらボロボロのくせして、魔物が死んでしまうと途端に元気になるんだもん。ヒィヒィ言って逃げ回っていたの、僕は知っているんだぞ。

こいつらは置いて僕らだけで帰ろう。ここで僕が男たちに何か聞いたところで大した情報は得られない。侮られやすい見た目だという自覚もある。僕は無駄《むだ》な真似はしないのだ。当初の目的である「攫われたかもしれないシュヴァーンを助ける」は達成したしね。

僕とチロロ、そしてニーチェは意気揚々とシュヴァーンを連れて戻った。隠し通路からじゃないよ。王都の北門からです。

◆◇◆◇◆

──うん。

まあ、疑われるよね。騎鳥を2頭も連れてて、1頭には認識票もない。だからこそ事情を説明したんだけどな。森に残してきた犯人だって早く捕まえてほしい。そう訴えた。

なのに「取調室《とりしらべしつ》」に連行されてしまった。

「何故、お前みたいな子供が騎鳥を2頭も連れている。怪しいだろう」

「だからぁ、攫われた騎鳥を助けたって最初に説明したよね」

「ちゅん」

「グァァァ」

「ほら、この子たちもそうだって言ってる」

「鳥の鳴き声しか聞こえん。適当な話をするな」

「だったら早く専門家を呼んでください。なんで良いことして、こんな目に遭うんだ」

ニーチェは動かない。兵士の雰囲気が怖くて襟巻きの真似をしたままだ。可哀想だから早く尋問《じんもん》を終えてほしい。まあ、尋問ってほど厳しくはないか。

とはいえ、何度も何度も同じことを聞かれると鬱陶《うっとう》しい。怒らせようと「わざと」馬鹿みたいな質問してるのかな。そういうやり方が取り調べの基本としてあるんだろうか。だとしたら逆効果だ。僕が内心でプリプリ怒っていたら、誰かがやってきた。

「長く取り調べをしているようだが、何か問題でもあったのか？」

「あっ、隊長、何故こちらの分所に――」

「見回りの時間が取れたからな。それより、どういうことだ。お前1人だけか。取り調べは2人以上と決まっているはずだ。それに女の子を1人でここに入れたのか？　女性兵はどうした」

隊長と呼ばれた男性が半眼になる。部下のミスは注意程度じゃ済まない「やらかし」のようです。隊長は他にも気になったようで、僕やチロロを見て、また部下に視線を戻す。ていうか睨み付けたが正しいかも。

「騎鳥に対する扱いも雑すぎる。首に縄を掛けた上に、その縄も短い。壁に張り付くしかないじゃないか。こんなやり方、誰が教えた」

「いえ、あの、俺が」

「お前が自分の考えで思い付いたのか？　誰かに教わったんだろうが。手際《てぎわ》が良すぎる。見ろ、普段のお前からは想像もできないような縄の掛け方だ」

言いながら、隊長はチロロとシュヴァーンの縄を解《ほど》いた。次に僕を見る。「確認のために聞いてもいいかい？」と言うから、そりゃもう怒涛《どとう》のように答えたよね。

「その人、騎鳥が暴れるかもしれないから『規則でこうする』と話していました。最初は僕にも『椅子に括《くく》り付ける』と言ってたんです。この国の法律について語ったら無事に回避できました。その後の調べでも、嫌味《いやみ》なのか何度も同じ質問を繰り返すし、こっちの説明は全く聞いてくれない。あ、あと、高圧的でした！」

文句たらたら続けると、隊長はちょっと笑った。笑ってから「すまん」と謝り、次に頭を下げた。

「怖い思いを、いや、腹の立つ思いをさせたようだ。悪かった。本来なら、女性には女性の兵士を付ける決まりになっている。それに騎獣鳥がいる場合は、少し広めの取調室に案内するんだ。専用のポールもあって居心地が良い。ただ、話を何度も聞くのは整合性を取るためだ。許してほしい」

「まあ、そうでしょうね。前にも騎士の手伝いをした時に調書を取られましたけど、確認はありました。でも2回だけです。最後の1回は読み上げだったから楽でしたし」

「ほう、騎士の調書か。うん？　騎士の手伝いをしたと言ったか？」

「はい。王都に向かう道中で、騎鳥の盗難騒ぎがあったんです。その時に困っていたらしい騎士と騎鳥を見付けて助けました。盗賊も捕まえましたよ。なんでも大掛かりな盗賊団がいるとかで、何班かに分かれて捜査しているようでした」

「第8隊か！　地方の捜査に駆り出されていたな。しばらく前に表門から見送ったよ。確か、明日か明後日《あさって》には残りの騎士隊も戻ってくるはずだ。連絡が回ってきていた」

「シルニオ班ですか？　僕の調書を担当してくれたのがサヴェラ副班長でした」

「そうかそうか！　あの班は良い人ばかりだ。なるほど、そういう情報があったから今回の件に首を突っ込んだってわけか」

言いながら、調書に最後まで目を通す。隊長さんは溜息を漏らした。

「すまん、調書がまるでなってない。悪いが書き直すための時間をくれないか。すぐに女性兵士も連れてくる。おい、お前はこっちだ。逃げるな」

最初に僕を担当した門兵が隊長さんの部下に連行されてった。よし、怒られろ！

あ、忘れないうちに真実を報告しておこ。

「あの、僕は男です。女性兵士の付き添いは要りません」

隊長さんは目を丸くし、それから疲れた顔で笑った。

しかし、高圧的な門兵が怒られるのを「ザマーミロ」だと思っていたけれど、そういう問題じゃなくなった。調書が終わる頃に廊下がバタバタし、数人が駆け込んできたのだ。もちろん隊長目当て。彼等は僕がいるのに、そのまま話を始めてしまった。

「ケインが手引きしていました。すでに情報を流したようです。副隊長が急いで北の森に人をやりました。隊長には騎士団への連絡をお願いしたいそうです」

「分かった。ああ、カナリア君、すまない。せっかくの情報を無駄にしてしまった」

「いえ。あなたたちや騎士団にとっては犯人確保が一番なんでしょうけど、僕にとってはシュヴァーンの命が大事でした。こっちを優先させた以上、逃げられる可能性はあった。仕方ありません」

「すまん、そうだよな」

隊長は頭を下げると席を立った。待っている部下たちと合流して王城に行くみたい。

去り際、僕に護衛を付けるとも言ってくれた。万が一、ケインとやらから情報が漏れていたら、盗賊団の仲間が見張っているかもしれない。逆恨みで襲われる可能性もある。

それは分かるけど、逆に目立つんじゃないかな。兵士付きの帰宅も嫌だ。だから要らないって断ったら、隊長に護衛役を命じられた部下の人が困ってしまった。

その時、別の兵士が「応援だ！」と言いに来た。

応援とは傭兵ギルドのエスコだった。彼は僕の救世主にもなった。

「北門を通った時に、顔見知りが『騎鳥の盗難に関わる奴が取調室にいる』なんて言うからさ。

気になって特徴を聞いてみたら、どう考えてもカナリアじゃねぇか。しかも、隊長が慌てて出ていった。兵士も右往左往しているだろ。気になってな」

「騒がしかった？」

「カナリアの名は出ていないから安心しろ」

「良かった〜」

「災難だったな。でもまあ、疑いは晴れたんだ。ここの隊長は良い奴だ。安心しろ」

「うん。エスコもありがとね」

エスコは知り合いの兵士に突っ込んだ話を聞いてくれたおかげで、僕が困っていると気付いた。エスコは仕事柄、各門の詰め所に寄る機会がある。それで今回も「手伝おうか」と声を掛けたそう。兵士たちは兵士たちで急に手が足りなくなったものだから「傭兵ギルドで名の売れた」エスコの申し出は渡りに船だった。

僕もエスコなら安心だ。兵士の格好じゃないから一緒にいても目立たない。というわけで、エスコが護衛がてら宿まで送ってくれることになった。兵士２人はお役御免《ごめん》だ。

「お前みたいに目端《めはし》の利く奴は取り込んでおいた方がいいのにな。隊長さんも時間があれば勧誘しただろうぜ」

「チロロと働けないなら嫌だよ」

「ははっ。そりゃそうだ。で、良い仕事は見付かったか？」

「それだよ！」

声を上げるとエスコが驚いてリリに身を寄せた。大男のくせにビビりだな。リリはエスコが好きだから喜んでいる。2人の仲の良い様子を見て、僕もチロロに触れた。ニーチェは動きが固まったままだ。撫でながら、今日の本来の目的について語った。

「傭兵ギルドに行くつもりだったんだ。その途中でホルンベーアの爆走と、それに引っ張られていくシュヴァーンを見付けてさ。すごく可哀想だった」

「だから追いかけて奪い返したのか」

「うん」

「お前、やっぱり傭兵ギルド向きだな。よし、今から行くか」

「そうする」

というわけで、行き先変更。兵士さんにバレたら怒られそうだ。でもまあ「絶対、宿にいろ」と言われたわけじゃない。「追加で確認があれば伺うかもしれません」だったから、夜までに帰っていればいいよね。

エスコは傭兵ギルドの周辺にある「安くて美味い店」や「掘り出し物を売っている道具店」なんかを教えてくれた。寄り道、最高。


傭兵ギルドに到着すると、すごい勢いで歓迎された。

「えー、すっげぇ、可愛い子が来た！」

「エスコ、お前ダメだよ、それはダメだ」

「何がだよ！」

「若すぎるだろ、犯罪じゃねぇか」

「違ぇよ！」

たむろしてた男たちが騒ぎ出し、僕が仮登録に来たと知るや大歓迎。エスコは呆れ顔だった。

そのまま僕をチラッと見る。「お前、言わないの？」って顔だ。やっぱり言った方がいいかな。

騙《だま》すの悪いもんね。

「あのー、せっかく盛り上がってるところ悪いんだけど、僕は男です～」

みんな、萎《しお》れた。そこまで凹む？　失礼だって怒る気も失せるぐらいの萎れ方に笑ってしまう。そんな僕の代わりにエスコが怒った。

「男でもいいだろうが！　仲間が増えるんだぞ、馬鹿野郎。さっきみたいに歓迎しろとは言わんが、もうちっと本音《ほんね》を隠せよ」

「だってよぉ」

「可愛い女の子が来たと思った途端に、男だと知らされた俺の気持ちも分かってくれ」

「潤《うるお》いが欲しいんだ。ただ、可愛い子と話がしたいだけなんだよ」

「少数しかいない女傭兵ときたら気が強くていけねぇや」

「町の娘さんは俺らを怖がって口も聞いてくれないんだぜ」

エスコは「お前らなぁ」と呆れた。僕は、ゴホンと咳払《せきばら》い。

「皆さん、僕は男ですが、ご覧の通りに可愛いです」

自分で言っちゃう。へへ。自己肯定感強めなのは父さんと母さんのおかげ。2人に褒められて育ったからね。それもあるから、前世のおどおどと隠れて過ごした記憶も「変なの」と思えるんだ。悪いことをしたわけじゃない。ただ好きなものを好きでいたいだけだったのにね。うん、だから僕は胸を張る。

「僕が可愛いのは、可愛いものが好きだからというのもあると思う。だから可愛くないことはしたくない。身なりは清潔に、髪もちゃんと整えてる。服装にも気を遣っているよ。それが男らしく見えないのかもしれない。でもね、女性には信用されます」

皆が話に聞き入った。エスコもだ。目がキラリと光る。

「僕は女性から警戒されたことがありません。お友達感覚？　そうかもしれない。だけど、女性と接する機会はあなたたちよりも多いですよ」

ふふんと笑う。これがどういうことか、分からないようならお呼びでない。

男たちは前のめりになった。よしよし。話を聞く気になったね。そもそも女性と接したいなら、最低限の身嗜《みだしな》みや話し方を考えないとダメだよ。粗野《そや》な男性が好きだという女性は少ないと思う。世間一般的にもきちんとしておいた方がいい。

「普段の行いも大事です。身嗜みだってそうだし、さっきの態度もそう。目の前でがっかりされた僕の気持ちを考えてみてください。たとえば僕に姉や妹がいたとして『今日、傭兵ギルドでこんなことを言われた』と正直に話したら、どうなると思う？」

青ざめる顔がチラホラ。エスコはドン引きっぽいな。

「……で、姉はいるのか？」

「いません！」

きっぱり答えた僕に、数人が落ち込む。そういうとこだぞ。エスコは落ち込んだ男たちの頭をポカポカと叩いた。

受付にいた職員は苦笑いしてる。彼は僕と目を合わせ、頭を少し下げた。うちのが、ごめんねって顔だ。僕はにんまり笑った。

「可愛い子と話したいだけなら僕でも大丈夫じゃないですか？　練習になりますよ。黙っていれば女の子です。その代わり、態度悪いとビシバシ突っ込んであげます」

シーンとなった。よし。この間に登録だ。さっきの職員さんに仮登録をお願いする。見た目は隙のない真面目な佇《たたず》まいなのに、笑い上戸《じょうご》の彼は、書類を書く間ずっと笑っていた。

登録試験は筆記じゃなくて実技になるそう。連れてきたエスコでは手加減するかもしれないという理由で、暇そうにしてる会員の１人が呼ばれた。僕が男だと分かって落ち込んでいた人だ。気まずそうな顔をしつつも「試験は真面目にやるぞ?」と言うから、案外しっかりしている。

試験会場はギルドの裏手にある別棟《べつむね》の道場だ。実技は対人戦で、勝ち負けは関係なく腕を見るだけらしい。素手《すで》でいいかなと思って突っ立っていたら怪訝な顔をする。

「早く得物《えもの》を出せ」

「え?」

「腰のホルダーに入っているのは魔法杖じゃないのか? 剣なら――」

「いや、徒手空拳《としゅくうけん》でやるのかと」

「マジかよ」

道場内がざわめく。職員さん以外にも、暇してた男たちがゾロゾロ付いてきてたからね。エスコも僕の実力は知らない。ただ、最初に「魔法はそんなでもない」と話してあったので、「だったら戦闘力が高いのだろう」と考えたみたいだ。顔がニヤニヤしてる。

結局、職員さんの合図で何も持たずに実技試験が始まった。対戦相手はヴァロという名で、エスコと同じぐらいの年齢に見える。僕に合わせて素手だ。

ヴァロは僕を挑発《ちょうはつ》したいのか、指で「来い来い」と合図する。その前に、試験に合格する基準を知らされていないんだよなぁ。腕を見る、とはいえ合格ラインはあるはず。聞きたいけれど、そんな雰囲気でもない。まあいいか。僕は走ってヴァロの間合いに入る直前で飛び上がった。

「うおっ、なっ、嘘だろ」

人は意外と高く飛べる。バスケ選手だって飛ぶでしょ。似たようなもの。道場の床が「訓練で怪我しないよう柔らかめの板張り」になっていたのも好都合だった。踏み切り板代わりにクッションとなった床を蹴れば、勢いよく宙に浮かぶ。

僕は滞空時間の長さを利用して体をくるりと回転させ、ヴァロが予測したであろう場所からズレた位置に下りた。下りた瞬間に足払い。ヴァロもすぐに対応する。

大丈夫、逃げられるのは想定済みだ。すぐに屈んだままダッシュした。ヴァロの逃げた先にじゃない。柱に向かう。柱を掴んで回り込み、反動を付けて飛び上がった。別の柱に足を付けて屈伸《くっしん》しながらヴァロの背後に付き、後ろから組んで仰け反った。ジャーマンスープレックスに近いのかな。プロレス技《わざ》に詳しくないから間違っているかも。

とにかくヴァロを後ろ向きに放り投げた。でもそこは現役のギルド会員、ちゃんと頭を守った。僕は倒せればよかった。腕を掴んで固め技に持ち込む。首に足も回しちゃう。

そこで職員さんがストップを入れた。え、なんでさ。

僕としては、皆が「ヴァロの体格なら抜け出せるだろう」と考え、もう少し様子を見ると想定していた。だから、分かりやすく意識を落とせばいいだろうと考えていたのに。

職員さんは動きを止めた僕に「手を止めてくれて良かったです」と言い、ヴァロ本人からも「助かった」と言われた。エスコは「やりすぎだ」と僕にお説教する。

「お前、あれは意識を刈り取る技じゃねぇか。現場でも滅多《めった》にやらねぇよ。やり方を間違える

と体が動かなくなる場合もあるんだ。試験で使う馬鹿がいるか」

あれぇ？　母さんは、兵士なら誰でもやることだと話していたぞ。傭兵なら尚更だよね。それに万が一があってもポーションがある。魔法使いがいるなら治療だってできる。僕は自信がないのでポーション推《お》し。

おかしいなと首を傾げていたら、見学していた人から声が上がる。

「お前、すげぇじゃねぇか。さっき空を飛んだよな？　俺もやってみたい」

「お前は重いから無理だろ」

「重いって言うな、これは筋肉なんだよ！」

「俺は騎鳥がいるから飛べなくてもいいな」

最後はエスコだ。僕もチロロがいるので気持ちは分かる。

ちなみに僕は合格だった。ヴァロが腕をさすりながら僕の前までやってきた。

「油断したつもりはないが、やるじゃないか。カナリアだっけ。お前の見た目を裏切る能力の高さは売りになるぞ。初見《しょけん》の奴なら絶対に侮る。しかも、騎鳥乗りだ。こりゃ、あっという間にトップを取るんじゃねぇか。エスコ、うかうかしてられないぞ」

「おうよ」

「あの～。僕、一応まだ仮登録だし、魔物狩りをメインにする予定だからトップは取れないと思う」

「嘘だろ、おい。魔物だけ？」

ヴァロが職員さんを振り向く。最初に仕事の希望を伝えてあるから、彼は僕の望みを知っている。職員さんが大きく頷くと、ヴァロは頭を抱えた。

「なんでだよ、勿体《もったい》ないだろ。盗賊狩りに行こうぜ。子供だから戦争はまだ早いかもしれんが、盗賊狩りならいいだろ。それか、他国までの護衛だ。あれも美味しいんだ。貴族の護衛は楽しいぞ～」

「それも盗賊が襲ってくるからだろ」

エスコはヴァロの頭を叩いて止めてくれた。

その後は、ギルドの中に併設された酒場で歓迎会に突入だ。まだ昼間なんだけどなぁと思いつつ、嫌な気はしない。ニーチェも楽しそう。取調室で固まってたから、良かった。

チロロはリリと一緒で表に繋いである。こちらも仲良くなったようだった。

宿まではヴァロが送ってくれた。エスコが飲みすぎたからだ。ヴァロは宿の可愛さにビビってたけど、僕が「女性客が多い」と言えば何やら考えてる風。ヴァロが可愛いもの好きの仲間になったらいいのにと思いながら、玄関で別れた。ようやく帰宅だ。

◆◇◆◇◆

翌日は朝のうちに連絡があって呼び出されたため、傭兵ギルドには行かなかった。呼び出したのは警備隊の副隊長だ。王都内の治安維持を担当する部署のお偉いさんになる。門兵さんたちの隊長とは別ね。もっと上の部署になるらしい。

迎えに来たのは門兵さんで、見た顔だった。もちろんあの「手引きしたケイン」じゃない。兵士さんの話では、もう一度調書の確認がてら僕から話が聞きたいそう。協力費をくれると言うし、王城の近くも観光したくて行くことにした。

副隊長のハンネスさんは僕に対して感謝の気持ちを隠さなかった。

「シュヴァーンを助けてくれてありがとう！　本っ当に、助かった。怪我も治してくれたようだね。持ち主の方がとても感謝していて、君についても『決して無礼《ぶれい》な真似をしてはならぬ』と厳命されているんだ」

会ってすぐにコレだもんね。両手を握《にぎ》ってブンブン振るし、涙混じりに喜ぶ。たぶん、圧力がかかったっぽい。シュヴァーンの持ち主は絶対にお偉いさんだ。関わるのやめよ。詳細は聞かないぞ。と決心したのに、ハンネスさんは話し始めてしまった。

「お孫さんへのプレゼントだったそうだ。調教も済ませて名前も付けてあった個体だ。むろん、替えは利かない。そんな大事なシュヴァーンを引き渡しの当日に盗まれた。もし何かあったら、どうなっていたことか。本当に本当に君には感謝している」

「あー、はい」

「その上、盗賊の一味《いちみ》を倒してくれたね」

「あ、じゃあ、捕まえられたんですか？」

「残念ながら数人には逃げられた。騎獣を使って追えたのが2人だ。捕縛は、引き込みをやった1人を含めて3人だけだった」

せっかくの情報を無駄にしてすまないと頭を下げる。ハンネスさん、中間管理職で大変なんだろうな。同情しちゃう。僕はもういいですと手を振った。

ちなみに調書の確認なんてほとんどなくて、ほぼハンネスさんの謝罪で終わった。あと協力費ね。それにプラスして謝礼金も出た。シュヴァーンを購入したお偉いさんからだ。お金の入った袋に名前は書いてない。知らない方がいいよね。聞かないまま帰ろう。

ハンネスさんは最後に、僕を上目遣いに見た。

「ところで騎士団と知り合いだそうだが、その、今回の件は――」

「話すつもりはないです。それに隊長さん、ええと外壁《がいへき》警備部でしたっけ？　あの方がすぐに対処してくれたから、もういいかなと思っています」

「助かるよ」

ホッと溜息。警備隊からすれば騎士団が怖いのか、もしかして立場が上になるのかもしれない。それとも爵位の関係かな。大変そうだ。ちょっとだけ前世を思い出して震えた。外壁警備部の隊長さんも警備隊のハンネスさんも良い人だから内緒にするね。きっと騎士団に詳細がバレる前に身内の捜査をやるんだろうな。できれば盗賊団も芋《いも》づる式に捕まえたいんじゃない？ 警備隊一丸《いちがん》となって奔走《ほんそう》してる気がする。中間管理職のハンネスさんは僕の口止めを担当したと見た。

僕はお小遣いもゲットしたし、シュヴァーンが無事ならそれでいい。帰り際、警備隊に残っている疲れた顔の人たちに「頑張ってください」と声を掛け、事務所をあとにした。

さて。せっかく中央に来たんだ、ついでに王城の周辺を観光するぞ〜。王城も煌びやかだけど、貴族の邸宅なんて声も出ないぐらいの豪華さ。高級店通りもあって、外から見るだけでも楽しい。入り口のガラス越しにチラッと中が覗けるんだよ。ちなみに商品は表に飾ってない。貴族の人はウインドウショッピングしないのだ。たぶんね。

王城前の大きな門から続く大通り沿いには公園もある。兵士の立ち番が多くて、観光客の目を気にしているのか制服が格好良かった。帽子《ぼうし》や槍《やり》を手に凛々《りり》しい姿だ。子供が通ると、にこっと笑ってくれる。僕にも笑顔だ。

公園は観光客や地元民の憩《いこ》いの場になっている。小さいけれど洗練されたお店もあった。飲み物の金額が書いていないので緊張しつつ、頼んでみる。幸い、町中にあるカフェより少し高いだけだった。テイクアウトにしては高いかな。まあ、こういうのは雰囲気代もあるよね。味は可もなく不可もなく。

僕的には、テイクアウトするなら朝市で買うジュースやお菓子の方が好きだ。店内でゆっくりするなら断然あの店。そう、壁に蔓草を這わせた紅茶の美味しい店だ。ゴクッと喉が鳴る。ちょうど昼時だ。僕は観光をやめ、急ぎ足で下町方面に向かった。

ランチメニューが書かれた看板を見て、店名が「鈴蘭《すずらん》の燈《ともしび》」だと知る。そういえば店内のレースカーテンも鈴蘭だったなぁ。あの店主が名付けたのだとしたらちょっと面白い。こんなに繊細な名付けをする人ってことだもんね。

中に入ると給仕《きゅうじ》係の女性が「あら」と笑顔になった。僕を覚えていたみたいで、奥にも声を掛けている。顔を出した店主は相変わらず笑顔がない。なのに、僕を見てから窓に目をやる時、ほんの少し頬が緩んだ。本当に騎鳥が好きなんだな。僕は口元がむずむずするのを感じながら、空いている席に座った。

ランチはもちろん美味しくて、そりゃそうだよなと嬉しくなった。紅茶もデザートも美味しいのにランチが不味いわけないんだよ。チロロにもパンを出してもらって、ニーチェともども大好きな店になった。

また来るねと約束して、昼時で混んできた店内を出る。店主は食べ終わったチロロの皿を取りに来る体で顔を出し「夜はゆっくりできるぞ」と声を掛けて中に戻った。ツンデレぶりに笑う。やっぱり、好きだなぁ。

竜の鳥籠亭には延泊《えんぱく》を頼んだ。このまま王都でやっていけるかもしれないし、アパートを借りるにしても身元を保証してくれるところから探さないとダメだもんね。サムエルは僕が延泊すると聞いて喜んだ。毎朝、少しだけ話をするんだ。同年代で働く者同士、仕事の愚痴だったり相談だったりと、些細《ささい》な会話だけど友人っぽくて嬉しい。それに今度、休みを合わせて遊びに行こうと約束もした。すっごく楽しみだ。

◆◇◆◇◆

翌日、僕は今度こそと意気揚々、傭兵ギルドに向かった。ギルドに入ると仮登録を受け付けてくれた職員さんが手招きする。僕の担当になったんだって。名前はヴィルミさん。元傭兵で、怪我を負ったから引退したんだそう。めっちゃ真面目そうな見た目だから、てっきり元々受付担当なんだと思っていた。道理で隙がないわけだ。

「傭兵ギルドは職員さんも強い人じゃないと就けないんだなーって思っていました」

「ははは。そんなわけありません。とはいえ、受付に配置する職員はそこそこ強いです」

「あ、じゃあ、事務員さんや内勤の方は普通なんですね」

「もちろんです。経理担当はギルド長の奥方ですしね。『花娘』をしていたぐらいですから荒《あら》事《ごと》の経験もないでしょう」

チラッと奥に目を向ける。釣られて僕も見た。開け放した扉の先に綺麗な女性がいる。

「ところで、花娘って何ですか？」

「ああ、君は辺境出身でしたね。王都では毎年この時期に花祭りを開催します。あちこちに花が飾られて美しいですよ。祭りのメインは『神鳥《しんちょう》に愛された少女』の演劇でしてね。ギルド長の奥方は、主人公の1人の『花娘』に5年も選ばれた有名人なんです」

花娘に選ばれるには条件があるらしい。未婚であること、また誰からも慕《した》われるような性格であることだ。それにやっぱり楚々《そそ》として綺麗な人が有利なんだって。投票制で、基本的には「良い子」が選ばれる。稀《まれ》に「なんでこの子が」の時もあるそう。当然ブーイングが起こり、騒ぎを収めるために係員が調べてみたら票を細工してあったとか。

「花娘に選ばれると多くの縁談が舞い込みます。良い結婚相手に恵まれるといったジンクスもあって、人気ですよ。今の時期の女性たちは優しくなります」

「あはは。その花娘、いつ頃決まるんですか」

「来週です。その後、7日かけて演劇の練習があります。相手役の方が動きが大変になるので、もう決まっていますよ。『神鳥』役ですから禊《みそ》ぎも必要でね。そう、それもあって今はとても忙しいんです」

花祭りは面白くて楽しい、といった簡単な話ではなかった。どうやら、もうすでに大変らしい。僕は気を引き締めてヴィルミさんの話を聞いた。

僕に割り振られる仕事は2つ。王都内の警邏応援と、花祭りを目当てにやってくる人々のために周辺の森の魔物狩り。先に魔物狩りから引き受ける。僕がまだ王都に慣れていないことを考慮し、警邏応援は後回しでもいいそう。

「最初の数日は魔物狩りをやってもらいますが、先輩と一緒です。その後、警邏もペアで動いてもらいます。顔が売れたら1人行動を許可しましょう。『仮』も外します」

「念のため確認なんですけど、正会員になっても他の仕事は受けていいんですよね？」

「構いませんよ。うちはその辺りは緩いです。ただし、最低限の成果を挙げてもらわないと階級が維持できませんからね」

「はい。あ、正会員になったら、アパートを借りる際の援助ってありますか？」

「援助金は出せませんが保証はします。それも成果次第です。ろくに働きもしない会員の保証はしません」

「ですよねー。分かりました。頑張ってバリバリ働きます！」

俄然やる気になった。まずは魔物狩りの依頼をこなすぞ。

と、張り切った僕の前に現れた先輩相棒は——。

「ヴァロかぁ」

「いや、なんだよ、そのがっかりした顔は」

「エスコだったら、リリに会えるって思っただけだよ」

リリに会えたら、ニーチェの通訳を試せると思ったんだ。

竜の鳥籠亭には騎鳥が泊まっていないし、昨日も王都をウロウロした割にはお話しできるような子と会えなかった。町で擦《す》れ違う時に話し掛けたら変質者だしね。第一、盗賊団の噂が出回っている時期に話し掛けられないよ。通報されちゃう。残念だけど、今度エスコに会ったらリリと話をさせてもらおう。

と、思っていたら、ヴァロが裏の獣舎から騎鳥を連れてきた。

「えっ、ヴァロって騎鳥持ちなんだ！」

「俺が乗るには小さすぎて、ほとんど斥候《せっこう》役しかさせられないんだけどな」

ヴァロの騎鳥はクレーエだった。少数派の鴉《からす》型で小柄だ。小柄とはいえ人を乗せられるんだよ。ただ、小さめの体格じゃないと無理だって言われている。そのため騎鳥として調教する人は少ないのだとか。

でもなー、乗せられると思うんだよ。だってチロロがそうだもん。小柄なのは同じ。訓練すればいける気がする。ただ、ヴァロはクレーエを無理に調教するつもりはなさげだ。余計《よけい》なことは言わないでおこう。

「名前を聞いても？」

「アドだ。格好良いだろ。アド、新しい仲間だ。こっちがカナリア、まん丸がチロロだ」

「ちゅん」

「カァ」

「こんにちは。この子も仲間だよ。ニーチェ、挨拶しよう」

「み！」

「カァ……？」

「み、み！」

「カァ」

わぁ、会話してる～。そう、ちゃんと話が分かる。ニーチェを首に巻いてて良かった。ちなみにアドは「え、仲間？」って驚いて、ニーチェは「にーちぇ、あかちゃん」と答えて、なんかもうダメだった。可愛くて死ぬ。


魔物狩りは順調に進んだ。ヴァロは、最初に出会った小鳥鱗を僕がサッと倒した瞬間に「お前もう新人じゃねぇから」と言った。好きに動いていいらしい。一応、先輩らしいこともしてくれた。連携の取り方を教えてくれたんだ。これが地味に助かる。1人行動ばかりの僕では練習のしようがないもんね。

アドは斥候役が上手くて、1頭で先に進んでは敵を見付けて戻ってくる。チロロも警戒飛行はできるけど目立つ色だからな～。真っ白いと森では目印になっちゃうのだ。それでも魔物はちゃんと見付けられるし、小さな蛇タイプなら率先して倒せる。

「お前のまん丸、すげぇな。騎鳥は蛇型が苦手だってぇのに」

「小さい頃から一緒に蛇狩りもしてて、対策はバッチリだからね。それより、まん丸じゃなくてチロロです」

「おう。だけど、まん丸だろ。騎鳥の中じゃ小さいしさ。アドより小さくねぇか？」

「ちゅん！」

「ほらぁ、チロロが怒った」

本当は怒ってない。チロロは「まん丸」呼びを喜んでいる。僕だけじゃなく、父さんや母さんもよく「まん丸で可愛い」と褒めていたからだ。

「悪い悪い。そうだよな。アドも小さいと言われて嫌な思いをしてたんだっけ」

「カァ」

「……そうでもないと思うなぁ」

「なんだ？」

「ううん、なんでもない」

ニーチェの通訳によると、アドは小さいと言われるのは平気みたい。むしろ、ヴァロが気にしているのが気になる感じ。なにこの、通じ合ってないもどかしさ。まるで恋愛みたい。面白いので黙っていようかな。

　ニマニマしていたら、ニーチェとチロロが僕を見つめる。なんとなく責められているように思うのは思い過ごしだろうか。いや、ニーチェもチロロも責めるどころか何も考えてない。強《し》いて言えば「暇なの？　暇だったら撫でる？」ぐらいだ。なんだけど、良心が痛むので教えてあげるか。

「アドは気にしてないよ。それより、ヴァロがそういう話題を出すと、アド自身が気になるんじゃないかな」

「そ、そうか？」

「うん。あとさぁ、ついでだから言うね。クレーエなら乗れると思うんだ」

「は？　お前がか？」

「違う。ヴァロが」

　ヴァロはまさかという顔で、それから笑った。僕は笑わないぞ。真剣な顔で見返すと、小鳥鱗の処理を済ませたヴァロが立ち上がった。ていうか、この森、小鳥鱗が多いな。

「ここに来るまで、僕ら歩いてきたよね」

「おう」

「でもチロロは人を乗せられます」

「まあ、お前1人ならなんとかなるだろうさ」

「ブブーッ」

先輩に対して割と言いたい放題だなと、この時になって思ったけど後の祭り。大丈夫、エスコもヴァロもこういうの許してくれそう。実際、ヴァロは何も言わなかった。

「チロロはなんと、鰐型魔物を5体も運べます」

「……はっ？」

「体型的に3人は無理だけど、2人までなら乗せられるよ」

「いや、でも」

「確かに速度は落ちるね」

「そ、そうだろうな」

でも、空を飛べる。僕の話に、ヴァロは唾《つば》を飲み込んだ。試してみたいという抗《あらが》いがたい欲求は、多くの人に「空を飛ぶ」ことへの憧れや尊敬があるからだ。


朝から頑張って魔物狩りを続けた僕らだ。そして、そろそろ帰り支度の時間です。

今なら少しぐらい休憩したっていいんじゃない？　悪魔の囁《ささや》きにヴァロは陥落《かんらく》した。

「うぉーっ！　空を飛んでる、飛んでるぞ！」

「おじさん、うるさい」

「アドと同じ目線だー。アド、お前にもいつか乗れるようになるのか？」

「カァカァ！」

「乗れるってさー。乗ってほしいみたいだよ」

「おう！　俺は乗るぞ、アドに絶対乗ってやるー！」

「カァ！」

「ちゅん……」

「み」

「分かる。うるさいよね」

僕の後ろに乗ったヴァロがうるさすぎて早々に下りる。ちょっと残念そうだったヴァロに「アドが拗ねている」と言った途端、人に見せられない笑顔で機嫌が良くなった。

「教習所でも騎乗訓練はやったが、飛行時間はさほど多くないんだ。相棒になってくれる騎鳥もいなかった。アドは偶然、仕事先で手に入れたんだ。なっ、アド。お前が俺と離れたくなかったんだよな」

「カァカァ」

これは本当らしい。ニーチェが小声で教えてくれる。「ばろ、げんき。あど、ちゅきのなった」らしい。アドはヴァロが元気なところを気に入ったようだ。

地方の騎獣鳥管理所でもクレーエは不人気で、嫌な相手に下げ渡される可能性もあった。それなら少しでも気になった人に付いていきたい、と考えたようだ。自ら足掻《あが》いて居場所を勝ち取ったアドの姿は嫌いじゃない。格好良いじゃんね。ヴァロも喜んでるし、相思相愛ってことだもん。

「アドの調教は別の場所で済ませてあったんだね。ヴァロとの騎乗訓練はやらなかったの？」

「王都に戻ってまた教習所に行ってみたんだ。アドを連れてな。ところがよ、教習所側がクレームには無理だって言うんだ。アドも教官を乗せるのを嫌がったからさ」

「教習所って、教官がまず乗ってみせないとダメなの？　おかしくない？」

「いや、まあ、そうだけどよ。でもな、教官がダメなのに俺なんてもっとダメだと思ったんだ。あの時もっと頑張ってりゃ、お前らみたいになれてたのかな」

しょんぼりするヴァロに「そうだね」とは言えなくなった。いや言うけど。

「踏《ふ》ん張《ば》りが足りないんだよ。人間、やる気になれば大抵のことはなんでもやれるんだ。相手を気遣うのも大事。自分を信じるのも大事なんだ。気合い、入れよう！」

「お、おう。まさか女の子みたいな見た目のお前に根性論《こんじょう》を語られるとは思わなかったぜ。まあ、実際のとこ、カナリアとチロロは飛んでるもんな」

というわけで、チームを組んでいる間は密《ひそ》かに特訓しようってことになった。王都の警邏ペアも一緒にやる。ヴァロが自分の持つ知識を全部与えてくれるんだって。お礼のつもりらしいよ。ついでに盗賊狩りの「最も効率的に倒せる方法&楽しみ方」も伝授《でんじゅ》してくれると言う。どんだけ盗賊狩りが好きなんだ。

「奴等、お宝をたんまりと持っているからな」

「要らない。なんか汚そうだもん」

「ばっか、お前、何言ってんだ！」

その後、延々と「換金率《かんきん》」や「宝探し」の話を聞かされてしまった。


それから毎日、傭兵ギルドの仕事を受けた。

朝市で買い物をしてからギルドに顔を出し、ヴァロと合流して王都の外に向かう。これを3日続けて、4日目は王都内の警邏だ。僕らは兵士じゃないから制服は着ない。依頼を受けての警邏ということで、証《あかし》の腕章《わんしょう》を付ける。

ヴァロは僕と一緒に町を回って、2時間経った頃に深刻な声で告げた。

「俺、こんなに怖がられなかったのは生まれて初めてだ」

「はい？」

「子供に避けられない。前は目を合わせようとしなかった花屋のお嬢さんが、さっき俺を見た。なぁ、聞いたか？　あの子、俺に『お疲れ様です』って言ってくれたんだ」

「僕にも手を振ってくれたね」

「それだよ！」

「ん？」

「お前がいるからだ。お前とチロロがいるから、みんな笑顔だ。最初にカナリアを見て、ほわわ～って顔になる。チロロを見ると今度はふわわわ～って顔だ」

「語彙《ごい》がもうヴァロじゃない件」

「何言ってんだ。とにかくだな、そのあとに俺を見た時、みんな笑顔のまま『警邏お疲れ様です』って言うんだよ」

「良かったねぇ」

「……最高すぎるっ！」

喜びすぎじゃない？　アドが呆れてるぞ。

ちなみに、アドも人気だ。実は、王都警邏の時だけ少々手を入れさせてもらっている。頭に花冠《はなかんむり》を付けたのだ。白とピンクの可愛い花で、僕が編んだ。尾羽《おばね》にもリボン。これは案内所のエーヴァさんから紹介してもらった布屋《ぬのや》さんで買ったもの。エーヴァさんの紹介ならと、安く売ってもらえた布の中から可愛いのを選んでリボンにした。

色違いでチロロにも付けている。アドはクレーエ、鴉型だ。チロロは白雀型だから色は白い。つまり、黒と白で一緒にいると目立つ。ここに可愛さを仕込んだら、どうよ。

ヴィルミさんにも許可を取った。むしろ、傭兵たちは王都の人に怖がられるから「見た目をなんとかして良くみせよう」キャンペーンはアリ寄りのアリだってさ。経理担当のロッタさんにもＯＫをもらって、なんとリボン代を出してもらえた。ロッタさん、めっちゃ良い人だった。

とにかく、計画は上手くいった。チロロは元から可愛いとして、アドのギャップに惹《ひ》かれた人たちが、良い意味で視線を向けてくれたのだ。アドにもちゃんと「小首を傾げて可愛さアピールしようね」と教えてある。するとどうでしょう。子供も女性も喜んだ。尾羽にはリボンで、頭には花冠。

一緒に歩く大男は怖い顔だけど警邏の腕章を付けているし、可愛いアドも懐いているようだ、ということは「きっと良い人なのでは？」と思うわけですよ。しかも、可愛いの権化《ごんげ》であるチロロと、ふわふわのニーチェを首に巻いた「見た目は女の子」の僕がいる。

ヴァロはとうとう女性に警戒されずに済んだのだ。

「感謝して」

「おう。何が飲みたいんだ」

「オレンジジュース。あと、小腹も空いたな～」

「へいへい。小悪魔め。お前が女だったら俺は貢《みつ》いでた。傭兵ギルドはあっという間に破滅だ」

「大袈裟だなぁ」

雑談を交わしながら、僕はヴァロに小銭をもらって屋台であれこれ買った。

屋台の人も「お疲れ様です」と声を掛けてくれる。腕章の威力すごいな。まあ、花祭り前はみんなそれぞれ大変で、こうして声を掛け合うのかもしれない。

休憩を終えると、また王都内の警邏を再開だ。下町を中心に見て回る。

「可愛いってのは大事なんだな」

「あっ、真理に気付いた？　ヴァロも入会する？」

「何の会だよ。ったく。俺が強面《こわもて》なのは変えられないが、その他をきちんとしてりゃあ、案外と人は見てくれるもんなんだな。カナリアの言う『可愛い』もそうだろ」

僕はにこりと笑った。

「ほら、その笑顔もだ。お前、誰にも彼にも笑顔を振り撒《ま》いているよな。さっきの屋台でもそうだ。中にはお金を投げるように渡す奴がいる。自分が偉いとでも勘違いしているんだろうよ。だけど、お前は違った。ちゃんと手の上に置いた。ありがとうとお礼を言う。笑顔でだ。屋台の奴等がどんだけ嬉しそうな顔だったか、知ってるか？」

それは前世の僕が知っている。疲れてしんどい思いをしていた時に、何気ない優しさが身に染みた。コンビニの店員さんが「毎日忙しそうだけど気を付けてね」って言いながら商品を渡してくれた時、本当に救われたんだ。エレベーターで扉が閉まらないように待っていてくれた人も、荷物を落とした人に拾ってあげたら「ありがとうございます！」って何度もお礼を言ってくれた人も、全部が嬉しかった。

僕が嬉しかったことをしたいと思うだけ。といってもまだまだだし、僕は出来た人間でもない。嫌な目に遭った時は仕返しもする。ついニマッと笑うと、ヴァロが吹き出した。

「ふは。たまに悪い顔になるよな。そういうところも味があっていいや。まあ、なんだ。俺はカナリアの言う『可愛い』に、今日は助けられた。ありがとうな」

僕はちょっと驚いて、それから笑顔になった。

「ううん。こっちこそ、僕の思い付きを、何も言わず了承してくれてありがとう。アドがより可愛くなったし、僕もリボンを作れて楽しかった」

「おう。アドは確かに可愛いよな！」

「チロロも可愛いよ、ニーチェもね」

「おう、そうだそうだ。ついでにカナリアも可愛いぞ」

「へへ、ありがと。あー、ヴァロは……。えっと、ごめんね」

「おい、そこでそういうこと言うなよ。どうせ俺は可愛くねぇよ！」

笑いながら警邏は続く。だからかな。町の人々は「やぁ、いつも見回りありがとうよ」だとか「あんたらも大変だねぇ」と労《ねぎら》ってくれた。しかも、気になる噂や情報を教えてくれる。普段はそんなことないんだって。

僕らは情報の裏付けを取ろうと警邏がてらに調べ、警邏の範疇を超えるような不審音については本職の方々に知らせた。傭兵ギルドに捜査権はないからね。警備隊の兵士は報告書に驚き「有益な情報をありがとう」と言うや、走り去った。

騎鳥の盗難騒ぎといい、花祭りの関係で警備隊は想像以上に大変そうだった。

◆◇◆◇◆

王都の警邏を2日続け、次は森で魔物狩りだーと思ったらヴィルミさんからストップが入った。新人だからマメに休みを取りましょう、だってさ。

でもなぁ、王都の散策は警邏中にできてる。実は昼夜の食事で、気になっていたカフェやレストランに行ってるんだよね。ヴァロも付き合ってくれて、逆に良い感じの店も教えてもらった。これからも仕事の合間に行けそう。

となると、ぽっかり空いた時間を観光に使うのは勿体ない気がした。なんて話を獣舎の前でしていたら、掃除中のサムエルが「今日、遊びに行く？」と言う。

「えっ、いいの？　今日は休みじゃないんだよね」

「それがさ、もうすぐ花祭りだろ？　しばらく休みが取れなくなるんだ。花祭りの開催中も交代でちょっと抜けられるぐらい。だから、まとまった休みは花祭り後になる。でも女将さんが『仕事を始めたばかりなのに休みなしだなんて可哀想だ、先に数日だけでも取っておきな』って言ってくれてさ。朝は手伝いに出てこなきゃならないんだけど」

獣舎の掃除はサボれないもんね。

宿は、花祭りの前日から満杯《まんぱい》になるらしい。獣舎も全室埋まる予定なんだって。実は花祭りの間、僕は部屋を移動するよう頼まれていた。地方の貴族が家族を連れて泊まるらしい。あの部屋、広いもんね。僕は1人用の狭い部屋に移動だ。

「今回の休みは何日あるの？」

「2日。でも急な話だろ。誰とも約束なんてしてないし、暇だなって思ってたんだ」

だからちょうどいいと笑う。前に僕と遊ぶ約束をしていたのに、休みが取れないと焦っていたみたい。「よし、なら、今から出掛けよう」と言ったら、サムエルが慌てる。

「着替えたいから家に戻っていい？　仕事着で遊ぶのはさすがに恥ずかしいや」

「うん。どこかで待ち合わせする？」

「良かったら家に来てよ。家政ギルドの裏にあるんだ」

「めっちゃ近いじゃん。分かった、行く。チロロ、おいで」

「ちゅん」

ニーチェも首に巻いて、話しながらサムエルの家に向かった。

家政ギルドのトップはサムエルのお父さんだ。奥さんが隣に建つ案内所の所長。どちらも代々、家族で営んでいる。ギルド長は入り婿《むこ》なんだって。前のギルド長はエーヴァさんのお母さん。サムエルのお祖母さんになる。

「家の中も可愛いね。綺麗に片付いてて、家政ギルドをやってるだけあるなぁ」

「それな。小さい頃はこれが普通だって思ってた。友達の家に行ったら片付いてないし、小さな汚れでも目に付くんだ。『お掃除しないの？』なんて聞いて、失礼だったよなぁ」

「友達に言ったの？」

「いんや、友達のお母さんに。苦笑いで『この子が片付けたそばから汚すんだよ』って言うから、そりゃダメだと思って友達に掃除の仕方を教えてあげたんだ」

「わぁ」

「しばらくして、そのお母さんにお礼を言われた」

「良かったじゃん」

「でもそれが母ちゃんにバレて、すっげぇ怒られたんだ。恥ずかしい恥ずかしいって叩かれるし、謝りにも行ったよ。友達もお母さんも許してくれたのに、母ちゃんときたら『家の中のことは人それぞれ、自分の考えが正しいと思って他人様に話すんじゃない』ってブチギレ続行」

「あはは」

サムエルは着替えをパパッと済ませた。脱いだ作業服は洗うらしいのに、きちんと畳んでいる。エーヴァさんに厳しく躾けられたんだろうな。サムエルにとってはこれが普通なんだ。

「あ、おやつがある。今日、早上がりだって言ってあったからかな。半分こしようぜ」

「ありがと」

オレンジ入りのマフィンは美味しかった。サムエルは飲み物もパパッと淹れてくれるし、優しくて良い子だ。僕が褒めるとサムエルは肩を竦めた。

「女の子には嫌がられるけどなー」

「なんでさ」

「『自分よりマメな男は嫌なんじゃない？』というのが、俺の友達の意見」

「あー、ね」

「な？」

笑い合って、家を出る。外で待っていたチロロが「ちゅん！」と鳴いて喜んだ。すぐ出てくるはずが、長かったもんね。ごめんごめん。

僕らは行き先を決めずに歩き出した。


サムエルはつい最近まで学校に通いながら、家政ギルドのカリキュラムも受けていたらしい。まだ15歳なのに偉いよね。将来を考えて若いうちから勉強してたんだもん。

僕は自立するとか言って、いまだにフラフラしてる。

「いや、家を出てきたんだろ？　１人でやっていこうとするなんて、そっちの方がすごい」

「そうかなぁ。安定した仕事に就いてるわけじゃないし、宿暮らしだよ」

「そっか。仕事が決まったら家を借りるんだっけ」

「うん。ずっと宿暮らしってわけにもいかないからね」

部屋にトイレやお風呂がないのは案外不便だ。チロロとも離れているし。

「外食が楽しいのも最初のうちだけだね。慣れた味付けが懐かしいもん。やっぱりキッチンは欲しい」

「カナリアは料理が作れるんだっけ。そうだ、家政ギルドに貸しキッチンがあるの知ってるか？」

「エーヴァさんに教えてもらった。行こうと思ってたんだけど、傭兵ギルドの先輩があちこち食べに連れていってくれるからさ」

「良い先輩なんだな」

「まあね。強面だけど面倒見は良いよ」

「ギルドも良いところなんだな。正会員にはならないのか？」

「迷ってる。正会員になると、階級が上がれば戦場に出ることもあるでしょ。魔物を倒すのは平気なんだけど、人間と戦うのは嫌だ。そりゃ、犯罪者が相手なら存分にぶちのめすよ。でも戦争はそうじゃないもん」

「だよなぁ。分かる。俺も市民権があるから他人事《ひとごと》じゃないんだよな」

「徴兵されることってあるの？」

「最近はないよ。爺《じい》ちゃんの時代にはあった。爺ちゃんも徴兵されたってさ。だから、母ちゃんは俺に『家政ギルドに入っておけ』って勧めたんだと思う」

「どういうこと？」

「料理ができると、徴兵されても調理班に配属される割合が高いんだって」

「なるほど」

「あと家政ギルドの仕事内容は後方部隊向きだからね」

この国は今、西隣にあるセルディオ国と揉めている。最近は特にいろいろあるようだ。エーヴァさんはその情報を知っているから、ちょうど成人する頃合いのサムエルを心配したのだろう。戦争なんて起こらない方がいいに決まってる。僕らは同時に溜息を零した。


気分を変えるように、サムエルが「カナリアの好きそうな店に行こう」と言い出す。僕が可愛いもの好きだと知っているので、一緒に遊ぶ時に連れて行こうとリサーチしていたらしい。めっちゃ良い子だ。僕はワクワクして付いていった。

生まれた時から王都で暮らしているサムエルは穴場をよく知っていた。しかも、あちこちに顔が利く。たとえば調理器具や家具の問屋《とんや》、レース屋さん、雑貨類を扱う店などなど。何故かと言えば、それはもちろん家政ギルドの会員がいるからだ。

そもそも家政ギルドのトップ会員は家令職《かれいしょく》になるんだけど、彼等は家の中の全てを把握しなきゃならない。当然だけど、多くの店との付き合いもある。トップ会員を目指さなくても、王都内にある店の情報を知るのは会員にとって大事なことだ。調理専門職なら食材の仕入れ先だけでなく、食器や家具や雑貨類だって関係があるからね。

サムエルは家令職の資格を取りたいと、勉強を頑張っているらしい。家令って、事務だけじゃなくて会計にも精通《せいつう》していないとダメだから、勉強も大変そう。

「俺、計算が苦手でさぁ。あ、家令職にもランクがあるんだ。家政ギルドはあくまでも平民向けだから中級までって決まってるの。俺たちは貴族家には勤められないんだぜ」

「へぇ、そうなの?」

「王立上級高等学校を出ていないと受けられない資格があるんだよ。まあ、どのみち貴族出身じゃないと雇ってもらえない」

上級家令職になるにも実務経験や研修が必要だとか、いろいろ教えてくれる。要するに国家資格と公的資格の違いかな。前世の国家資格も受験するのに条件があった。

貴族向け家令職の試験は王城内で行うらしい。そりゃそうだよね。家令って、その家の全てを握るようなもの。一番難しい試験になるのも頷ける。身元調査もされるんだろうな。家政ギルドはいわば、公益法人みたいなもの。国から委託を受けて試験を実施する。ワンランク落ちるのは仕方ない。サムエルは一番下の試験を受ける資格すらないそう。下っ端から這い上がるしかない。不足分を補うために多くの情報を集めているというわけだ。

「馬車を頼むにしても相場を知っていないとダメだしね。道の混み具合や、普段よく使われるルートについても調べるよ。僕らは主《あるじ》の意を汲《く》んで動かなきゃいけない。そのためには多くの情報が必要になるんだ」

「それで店のことにも詳しいのかぁ」

「まあね。でもだから、あんな風に馬車定期便の幌《ほろ》が色鮮《あざ》やかになっていると気になる」

「あ、ホントだ。新調したのかな」

「花祭りが近いからかもね」

「おおー、なるほど」

ちょっぴりドヤ顔になるサムエルが微笑ましい。

僕らは町歩きを楽しみながら、仕事の話や将来について語った。


昼食は公園の屋台で摂る。友人と一緒だとシェアできるのがいいよね。お互いに気になる料理を持ち寄り、食べまくる。2人とも料理が作れるものだから、ついつい味の感想を真面目に出し合う。そのうち、サムエルが笑い出した。

「ははは、ごめん、なんか嬉しくてさ」

「嬉しいの？」

「だって、俺がどこそこの屋台のフライフィッシュは塩辛《しおから》いとか、あそこのレストランのサワークリームは酸っぱいなんて言ったら『男のくせに細かい』って返ってくるんだ」

だから、味付けや店員の応対について語れるのが嬉しいらしい。僕もサムエルが喜んでくれて嬉しいよ。僕なんか「友人と語らう」って時点でもう嬉しいもんね。

半分仕事みたいなお店巡《めぐ》りも、他の子とはできないから楽しいようだ。じゃあ、友人とは何をして遊ぶのだろう。僕が問うと、サムエルは腕を組んだ。

「ブラブラして食べ歩き？」

「それだけ？」

「あと、公園でボールを蹴ったり」

「健全だね」

「女の子が好きそうなカフェの周辺を歩いたり」

「あはは。それも健全だね」

「友達の片思いの応援もするぞ」

「へぇぇ」

片思いの相手は親の手伝いで店に出ているらしい。サムエルたちは友人のために買い物に行くそうだ。女の子もなんとなく分かっているようで「また来てね」と頬を染めてお願いするのだとか。うわー。甘酸《あまず》っぱい。僕が照れて「うひゃぁ」と声を上げると、襟巻きになっていたニーチェまで「みぁー」と鳴いた。サムエルと僕は顔を見合わせて笑った。

ちなみに、サムエルも恋愛の経験はまだないそう。それより仕事のことで頭がいっぱいなんだって。真面目だなー。とはいえ、恋って落ちるものらしいし、いつか突然「この人」っててのが現れるんだよ。その時にならないと分からない。

　僕がそう言ったら、サムエルは目を丸くした。

「なんか、達観してるな。辺境の人って皆そんな感じなのか？」

「それはどうかなぁ。僕、両親がすごくラブラブで見慣れているから、お腹いっぱいなところがある」

「俺もそれは分かる。うちも仲が良すぎてさ」

「親の仲が良いのは幸せなことなんだろうけど、良すぎると自分は別にまあいいやって気持ちにならない？」

「分かる」

　そんな話のあと、サムエルの友人が片思いしているという子の店を覗いてみた。看板娘の女の子は確かに可愛かった。接客も初々《ういうい》しくて、これはライバルが多そう。彼女は僕にも丁寧に品を選んでくれた。店は画材屋さんだ。画材って結構お高いよね。友人君は毎回何を買ってるんだろう。心の中で頑張れって応援しておいた。


　午後も半ば頃、僕らは家政ギルドに寄った。キッチンが空いていたので借りてみる。サムエルも賃料を払うと言ったけど、作りたいのは僕だから断った。その代わり味見係ね。で、作ったものを出したら――。

「すっげ、これ超美味い。え、何。レシピ登録しよ。すぐ。簡単だから！」

サムエルときたら急に家政ギルドの職員みたいになって、おかしかった。

僕が作ったのは唐揚《からあ》げだ。スパイスを利かせた、全国チェーン展開のチキンに似せた味です。本当は醤油《しょうゆ》味のも作りたい。ところが醤油は遠い国の調味料でね。父さんときたら買い溜めているはずなのに「数が少ないから」と分けてくれなかった。母さんのために置いておきたいのだ。餞別《せんべつ》に欲しいと頼んでも「家に戻ってきたらいい」だってさ。いいよ、自分で買うからと啖呵《たんか》を切ったんだっけ。そうだ、調味料も買いたいな。やっぱり頑張って稼がなきゃ。僕はサムエルに「レシピ登録する」と返した。

なんだかんだでお腹がいっぱいになって、サムエルの家で休憩しようってことになった。手土産《てみやげ》は作ったばかりのお菓子だ。サクサクのバターサブレにした。ギルドを出たところでエーヴァさんとバッタリ顔を合わせる。仕事終わりのようだ。

「あら、ギルドに寄ってたの？」

「いろいろあって今日は仕事が休みになったんだ。カナリアも休みだって言うから、一緒に町歩きをしてきた」

「そうなの。んん？　じゃあ、どうしてギルドから出てきたのよ。お父さんに用事でもあったの？」

「違う。カナリアがキッチンを借りるってんで、俺も一緒に見てたの。しかも、スゲー美味しいんだよ」

「えっ、やだ、羨ましい。母さんにはないの？」

話しながら家の中に入る。２人とも喋りながら手が動いてる。「レシピ登録してもらったから」「あら、じゃあ見てこようかしら」「今すぐ？　職権乱用だろ」「事務の手伝いついでよぉ」と早口だ。あっという間にお茶の用意が出来上がり、エーヴァさんは夕食の準備を始めてる。

エーヴァさんは案内所の所長だけど、元々は家政ギルドの会員でもあり幹部候補だったらしいからプロなんだよね。手早いったらない。

「カナリア君、少しぐらいなら食べられるんじゃない？　摘《つま》んでいってよ。ね？」

「カナリア、お茶はサッパリ味だけどどう？　あ、今日教えてくれたハーブ茶、宿で出してみてもいいか」

なんかもう、お客さんへの対応が完璧すぎて逆に戸惑っちゃうレベル。

僕は苦笑いでそれぞれに答えた。

「えっと、じゃあ、少しだけいただきます。ハーブ茶は自由に使っていいよ。配合を考えた母さんも喜ぶと思う」

そのうちにギルド長であるお父さんのヤーナさんも帰ってきた。人の好さそうな丸っこいオジサンだった。ニコニコして、すでにレシピのことも知っていた。さすが家政ギルド長。エーヴァさんは「先に見たの？　ずるい！」と可愛らしい文句を口にする。夫婦２人のキャッキャする姿を見せられた僕とサムエルは、顔を見合わせて大笑いした。

◆◇◆◇◆

そんなこんなで、僕はサムエルの家に2時間ぐらいお邪魔してしまった。

外に繋いでいるチロロも気になるし、そろそろ帰りますと挨拶する。「え、もう？」だとか「早いわねぇ」と家族全員が残念がってくれるの、本当に「友人の家に来た」って感じがしてくすぐったい。

しかも、見送りで玄関まで来ていたサムエルが「やっぱり送っていくよ」と言い出す。へへ、友人っぽい。でもまあ、宿まで近いからね。断った。なのに「散歩ついでだから」と言う。すると、ヤーナさんが「そういえば」と表に出てきた。

「今日は月夜《つきよ》か。なら、大丈夫かな」

「え、何かあったの、父さん」

「うん。会員の何人かが、ちょっと気になる話をしていてね」

月明かりのない、暗夜《あんや》や曇夜《くもりよ》になると治安が悪くなるのは以前からもあったそう。たとえば女性が襲われそうになるだとか、若い男性が強盗に遭うだとかだ。女性の場合は同伴者がいれば狙われないので、職場の人たちで固まって帰るようにしていた。男性も夜遅くまで飲み歩かないよう気を付けているとか。

ところが、最近はそれとも違う、変な事件が起こっている。なんでも石やゴミを投げつけられるというのだ。ギルド会員に怪我を負った人はいないけれど、仕えている家の獣舎に穴が開くなどの実害が出ている。

「父さん、もしかして獣舎の屋根に穴が開いたの？」

「そうなんだ」

「……あのさぁ、俺も今日、なんか変だなって思うことがあったんだ」

サムエルが真剣な顔で考え込む。ヤーナさんの恵比須顔《えびすがお》が固まった。

「南回りの馬車定期便に、１台だけ幌の色が新しいのを見付けてさ。花祭りに合わせて綺麗にした可能性もあるけど、あそこって最近、新しい事業を興《おこ》して余裕がなかったよね。それに中回りの馬車の幌と似た色でさ。その時は、幌が破れでもして間に合わせに使い回したのかなと思ったんだ」

「うーん、穴を開けられたのかな」

「それならなんで『似た色』にしたんだろ。全く違う色か、同じ色にしない？」

「あの、ちょっといいですか」

僕も気になることがあったんだ。手を挙げると、２人が同時に僕を見る。

「えっと、花祭りの開催時期は馬車定期便のルートが変わると聞いています」

「よく知っているね。君は王都に来たばかりじゃなかったっけ」

「父さん、カナリアは傭兵ギルドで王都内警邏の仕事を受けているんだ」

「なるほど、そうか。ごめんよ、変な聞き方をしてしまったね」

「いえ。それで、臨時コースの練習のために予備日が何日か用意されていると聞きました」

「そうだよ。計画書も出ていた。確か、一番早くて明後日だ。……もしかして、今日のルートが違っていたのかい？」

「えっ、俺が見た時はいつものルートだったぞ」

僕は慌てて首を横に振った。何故かチロロも一緒に同じ仕草。ニーチェも真似しようとしたのを手で押さえる。

「今日、僕とサムエルが見た馬車、あの幌の色とそっくり同じ馬車を昨日見たんだ。定期便のルートとは違っていたけど、臨時便の練習なんだろうなって思った。乗っていた人にも異変は感じなかった。ただ、ちょっと遠回りだし、細い道を選んでた。一緒に警邏をしていた先輩が『臨時ルートに慣れなくて間違ったのかもな』と言ってたから、そんなものかと見過ごしたんだ」

角を曲がりきれない場合は、稀にルートを変える場合もあるらしい。定期便と違って厳密な計画を立てていないからだ。新しい建物が増えたり道路工事中だったりの変更もある。馭者《ぎょしゃ》の腕もピンキリだ。

「サムエルがあの馬車を見た時に少し不思議そうな顔をしていたよね。その時は、誰か知り合いがいたのかと思ってた。でも違った。僕ら、それぞれに見過ごしがあったんだ」

「だな。父さん、これ、まずいよね」

「ああ。すぐにギルドへ戻る。サムエルはカナリア君を宿まで送ってあげなさい。それからギルドに来るように」

「あ、僕も行きます。昨日の馬車を知っているのは僕ですし」

「だが、帰りが遅くなってしまうよ」

「月夜だから安全です。それに、僕は男ですから」

「ちゅん！」

チロロもいる。僕らは最強コンビなんだ。あ、今はニーチェもいるね。撫でると「み！」と返事をして、本当に可愛いんだからもう。

僕らの証言だけだと警備隊に報告しても軽くあしらわれるだけだ。裏付けのない「ちょっと変」で動いてくれるほど警備隊も暇じゃない。今はとにかく忙しい時期だもん。そうは言っても、万が一を考えると情報を取りまとめておいた方がいい。

馬車定期便の臨時ルートを練習する日が違うだとか、幌の色が気になるだとかも大事な情報だ。ギルドの職員の前で報告することで、証言としての信憑性《しんぴょうせい》も高くなる。ついでに石やゴミが投げつけられたらしい場所も特定しておくそうだよ。

こうなってくると何もかもが怪しく見えてくるよね。なにしろ全部「最近」のことだ。繋ぎ合わせて考えてしまうのは仕方ない。

花祭りには大勢の人が集まる。王都外からもだ。というか他国の人も観光に来る。犯罪だって起こりやすい。ヤーナさんが慌ててギルドに戻るのも当然だった。

僕は証言を終えると、その足で傭兵ギルドへ行くことにした。サムエルの送迎は断る。サムエルこそ危ない。地元民ゆえの謎の自信が、僕は逆に心配です。

「俺にはカナリアの方が心配なんだけどな。カナリアは可愛い顔をしているから、女の子と間違えられて襲われるかもしれないだろ」

「ありがと。でもほら、僕にはチロロがいるし、魔法も使えるからね」

「そっか。魔法が使えるんだったな」

「うん。父さんみたいな広域攻撃魔法は無理でも、人間相手の1人や2人は全然簡単。魔物も倒せるんだから」

胸を張ると、サムエルと話を聞いてくれていた職員さんも一緒になって手を叩いた。

傭兵ギルドに入って真っ先に見えたのは飲んだくれの先輩たち。仕事帰りの1杯をやっている。絶対、1杯じゃ済んでないよな。

幸い、ヴィルミさんはまだ残っていた。僕が事情を説明すると真剣な顔になる。花祭りの関係で各ギルドの会合が密《みっ》になるから、そこで情報共有すると言ってくれた。警備隊とも話し合ってくれるって。で、心配したのか、ヴィルミさんがこう提案した。

「カナリア、君の明日の予定だけれど、目端が利くから王都内警邏に変更を——」

「待った。カナリアは俺とペアを組んでるんだ」

止めたのはヴァロだ。聞き耳を立てて、というか近くに来ていた。

「ヴァロは森の見回りでしょう？　1人でどうぞ」

ヴィルミさんが素っ気なく答える。ヴァロはムッとした顔で言い返した。

「ダメだ。こいつは元々、魔物狩りを希望していた。ちゃんと約束を守ってやれ」

「なんですか、ヴァロ。あなた、カナリアのことを随分と気に入りましたね」

「おう。俺は先輩としてカナリアを一人前に育てるんだ」

「……変ですね」

「はっ？」

ヴィルミさんとヴァロが不穏な空気を醸《かも》し出す。そこにエスコが割って入った。呆れ顔だ。

エスコって最初に会った時も思ったけど、面倒見良いよね。

「ヴァロ、やめとけ。ヴィルミには敵《かな》わん。正直に吐け」

「正直も何も、俺には何のことだか」

「目が泳いでんだよ、ばーか」

「ええ。いかにも怪しい。大体、あなた、最初にカナリアへ絡んだでしょうが」

「……カナリア～」

強面のオジサンが子犬みたいな顔で僕を見る。心なしかプルプル震える耳まで見えるようだ。これで盗賊を根こそぎ退治するのが趣味って言うんだから、おかしい。

でもまあ、確かに困るんだよね。僕だって森に行きたいもん。

「実はヴァロと訓練してるんです。王都内だとそれができないし、そもそも僕は魔物狩りの方が得意で成果も挙げたい。稼げるのも魔物狩りの方です。4日後は王都警邏をやるので、明日から3日間は予定通りに森へ行きたいです」

「そうですか」

「カナリア～、ありがとうなぁ」

「ていうか、ヴァロはカナリアに頼りすぎだろ。お前、どうしたんだよ」

「エスコは分かってないな。カナリアは教祖《きょうそ》になれるんだぞ」

「どういうことですか？」

ヴィルミの目がキランと光る。僕は半眼になってヴァロを睨んだ。モテたいっていう例のアレについてだろうけど、口が軽い。そんな調子じゃ、なし崩《くず》しに森で飛行訓練をしていることまでバレるぞ。サボリと判定されたらどうするんだ。

「ヴァロ？」

「うぉい！　何もない。俺は何も喋らないぞ」

「……怪しいですね」

「……怪しいな。ていうか、カナリアが強すぎるだろ。ヴィルミみたいなのが増えたらどうすんだよ」

「エスコ、それは一体どういう意味でしょうか」

「おっと。俺は食事に戻るか。じゃあな」

エスコはさっさと逃げた。ヴィルミさんは溜息を吐き「仕方ありませんね」と納得。

「では、予定通りに明日から3日、森に行ってください。確かにカナリアが森に入った時の成果は素晴らしかったです。外壁警備部からは『あの魔物の量はなんだ』と連絡が入っています。魔物の引き取り所からも『今までで一番綺麗な状態だ』と褒められました」

「えへへ」

「花祭りで魔物の素材は高騰《こうとう》しています。頑張って狩ってください。ああ、収納庫を貸し出しましょうか」

「賃料がかかりますよね」

「ええ。ですが、狩った魔物を全部持ち帰られるのであれば安いと思いますよ」

「うーん。それなら自分のを使った方がいいな。あ、中身の確認をされるのか」

中を全部見せてみろと言われると困る。

町や王都に入る際には嘘発見器みたいな魔道具を前に「生きた魔物を連れていないか」や「呪具《じゅぐ》は持っていないか」と聞かれる。簡単だ。ただし、明らかに狩りの帰りで、しかも「獲物を収納庫に入れてます」ってことになると中を検《あらた》められちゃう。生き物は入らないとはいえ、危険がないとは限らないからね。僕とヴァロは騎鳥に運ばせていた。見て分かるからだ。収納庫の中を一々《いちいち》確認されるの、面倒だもん。それに。

「見せたくないものがあれば宿に置いておけばいいのでは？」

「部屋に入りきりません」

ヴィルミさんになら話してもいいかな。信用できるし、ギルドの職員でもある。ヴァロも今は相棒だ。良い先輩でもあるからいいかな。他の人は近くにいないのと、飲んだくれてるから大丈夫だろう。僕は正直に告げた。

「僕の収納庫、ちょっと規格外なんです。父さんが作ってくれた最高傑作なんだ。過保護な親だから中身もいっぱい入ってます」

「ええ。ええ？」

「ふーん。ていうか、子供に収納庫を買い与えるってマジで過保護だな。俺でも持ってないぞ」

「あなたは金遣いが荒くて貯金ができないせいでしょう？　黙っていてください。カナリア、確認ですが、どれだけの量が入りますか？」

「量は、えっと、具体的には教えちゃダメだと言われていて。でも、母さんの料理が1日3食として大体1年分ぐらいは入ってます。あと、作ってくれた服も結構あるかな。野営用のテントセットも幾つか。それから父さんの作った魔道具と、もらった食器類もありますね。雑貨に家具もか」

指を折りながら思い出す。途中で止めたのは、ヴィルミさんとヴァロの顔を見たからだ。ぽかんとした2人の顔が面白い。なんて言ったら、きっと怒られるんだろうな。

ヴィルミさんはハッとすると頭を抱えた。でもすぐに顔を上げ、ヴァロを見る。

「絶対に漏らしてはなりませんよ。分かりましたね？」

「うぉい！　当然だ、ヤベぇもんな。ていうか、なんだそれ。お前の父ちゃん、一体何者なんだよ」

「シドニー＝オルコットって名前で、本人は有名人だと言ってたよ。その割には王都で聞いたことない。法螺《ほら》吹きだとは思いたくないし、たぶん過去の人なのかなと――」

「いえ」

ヴィルミさんが人差し指を額《ひたい》に当てて目を瞑《つむ》る。なんか、名探偵みたいな格好だ。メガネを掛けているし、見た目は真面目な事務員さん風なのに面白い。

ヴァロは怪訝そう。僕を見てヴィルミさんを見て、首を傾げる。

「……同姓同名でしょうか。もしや『賢者様』ではないでしょうね？」

「あ、本人はそう言ってました。『俺は賢者だぞ』って。最初は母さんの住む里で暮らしてたんですが、魔法がすごく使えるってことで皆にチヤホヤされてました」

「なんてことだ」

「おい、どうしたよ。ヴィルミ、頭が痛いのか？」

「痛くもなりますよ、全く。いいですか、カナリア。賢者様の名は一般には知られていません。だから、あなたの耳にも入らなかった。それに最近は、賢者様の功績を口にする者が減りました。王都を出てしまいましたからね」

「あ、そうなんだ」

「もう20年以上も前になるでしょうか。わたしが下っ端の頃に見掛けたことがあります。そりゃあすごかった。強いなんてものじゃない。魔法だけでなく、作った魔道具の威力も凄まじくてね。持て囃《はや》されていましたよ。それが、ある日突然いなくなってしまった。まさか、辺境にいたとは」

「母さんに一目惚れしてストーカーになったらしいから」

僕の言葉に、ヴィルミさんは更に頭を抱えた。分かる。ストーカーはヤバいよね。でもまあ、母さん本人がそれを許しちゃったからさ。僕なら嫌だけど、きっと母さんには、父さんが格好良く見えたんだろうなぁ。前世で聞いた「ただしイケメンに限る」かな。

「……賢者様の個人的な事実についてはともかく、カナリアが特殊なことにちゃんと理由があって良かったです」

「え、僕は特殊じゃないです。父さんが変なだけで」

「いいえ。あなたは特殊です」

「そうだよな。俺もカナリアは変わってると思うぞ」

思わず、ぶすっとした顔になる。２人に反論しようとしたけど、もういいや。チロロも待っているし話を進めよう。

「とにかく、収納庫はあるけど中身は見せられません。借りることにします」

「それが無難でしょう。念のため、ヴァロ、あなたが借りなさい」

「へーい」

ついでなので、僕はヴィルミさんに出身地の話もした。今後を踏まえてだ。傭兵ギルドに言っておかないと、仕事の関係で天族といつ顔を会わせるか分からないもんね。ヴァロは収納庫を借りるために席を外したので今のうちだと思ったのもある。

で、僕が天族の里で大変な目に遭って出てきたのだと話したら、ヴィルミさんが三度目の頭を抱え中。

「まさか天族の血を引いているとは思いませんでした。しかも、秘密の里を出て家族だけで暮らしていたのですか。そんな情報まで聞かされるとは……」

「そういうわけだから、天族と顔を合わせたくなくて」

「だから、戦争への参加を断ったのですね。しかし、天族はそこまでカナリアを嫌っているのですか。その、追い出すほど？」

「5歳の子に面と向かって『恥さらし』と言うぐらいにはね。彼等は僕だけ里から追い出そうとしたんだ。あの時の父さんの目、ヤバかった」

「賢者様はよく里を壊さなかったですね」

「母さんの方がもっとヤバかったからかも。ほら、自分が腹を立てていても、隣でもっと腹を立てる人がいたら力が抜けちゃうよね？　あんな感じ」

「確かにそうかもしれません」

「あ、そうだ、僕に天族の力は期待しないでください。僕、自分の羽では飛べないから」

ヴィルミさんが頷き、そして半眼になった。

「自分の羽では飛べないのですか？」

よく気が付くなぁ。僕は笑った。

「賢者の息子ですよ？　最低限の魔法は教わりました。魔法を使えば少しは飛べます」

「ほほう」

「でも、僕にはチロロがいます。空を飛びたいのならチロロに乗ればいい」

「なるほど。試験でも魔法を使いましたか？」

「試験の時は魔法なしでです。あの程度は体術でなんとでもなるから。その手の訓練は母さんに仕込まれたんです。魔法の教育は父さんが担当してました。でも父さんいわく『魔法はそこそこ』程度らしいです。そっちも期待はしないでください」

「ふふ。賢者様の仰る『そこそこ』ですか。分かりました。とりあえず、天族の情報を集めておきましょう。カナリアと会わないようにしなければね」

「助かります」

他に、僕の個人情報を知っている人はいるか聞かれて「そういえば」と思い出す。

「騎士団の、ええと第8隊のシルニオ班長とサヴェラ副班長に、ふわっと話しました」

捕り物を手伝ったと言えば、四度目の頭が痛いポーズ。ヴィルミさん大変だな。

「あの班なら大丈夫ですが、あまりホイホイと喋ってはいけませんよ」

「はい。僕も相手を選んでいます。シルニオ班長は良い人だったし、ヴィルミさんも良い人だと思うから」

「あなたときたら、本当にもう」

戻ってきたヴァロが不思議そう。

「ヴィルミ、お前なんか良いことあったのか。嬉しそうな顔してんじゃん。珍しいな」

「うるさいですよ。さ、明日の準備をさっさとしなさい」

「へーい」

ヴァロが慌てて離れていった。食堂にはエスコたちがいて、ヴァロの姿を見て笑う。ヴィルミさんに怒られたと思ったようだ。なんか楽しそう。

「全く。カナリア、あんな大人になってはいけませんよ」

「はーい」

「ああ、その返事の仕方がすでにヴァロです。せっかくの『可愛い傭兵さん』なのですから、あなたは可愛いままでいてくださいね」

「あはは」

僕は笑って、可愛いと言ってくれたヴィルミさんにお礼を言った。

4章　事件は唐突に

また森での魔物狩りが始まった。

途中でヴァロの騎乗訓練もする。テントを張って泊まりたいと言い出すほど、ヴァロはハマった。分かる。だって飛べるんだよ。ヴァロは顔がにへらって感じになっちゃうし、アドも張り切って頑張っちゃう。それを見た僕も嬉しくなる。良いことずくめ。

ヴァロとアドのペアは、短い距離なら飛べるようになった。だからこそ本当はもっと練習を続けたい。ヴァロがテント泊を希望する気持ちも分かるんだ。ただ、基本的に王都周りの森で狩りをする場合は日帰りというルールになっている。泊まりは遠征する時や、なんらかの事情がある場合だけ。仕方なく、僕らは毎日王都に戻った。

とはいえ、大量に魔物を狩れた。平和な3日間だったと思う。ヴァロが「次は3日後か」と項垂れるのが可哀想なだけで。


その3日目の夜に事件が起こった。

ちょっと遅くなったかなってヴァロと言いながら、急いで外壁門に着いたんだよ。着く前から様子が変だなとは思っていた。どよめきみたいなのを感じたんだ。ヴァロと2人、顔を見合わせて歩みを早めたのもそのせいだ。

「なんだ、あの音。警報か？　警備兵の姿もないぞ」

「並んでいる人もいないね」

「そりゃあ、北門は閉まる頃合いだからな。この時間に北門から入る奴は世間知らずだけだ」

「どうせ僕は世間知らずだよ」

「お前の場合は騎獣の盗難事件があったせいだろ」

お喋りだったのは平常心を保つための術だ。話していれば気持ちが落ち着く。

「おーい、どうした。誰もいないのか！」

ヴァロが声を張り上げる。すると外壁警備部の兵士が詰め所から出てきた。

「待て。止まれ。いや、お前は確か傭兵ギルドの、ヴァロだったか？」

「そうだ」

簡易な柵状になった門が、閉めようとして跳ね戻ったのか隙間があった。僕とヴァロはそこから中に入り込んだ。ヴァロは兵士と話をするために詰め所へ向かい、その間に僕は門の隙間を広げてチロロとアドを内側に入れた。

「なんだと、騎獣鳥預かり所が襲撃されたっ？」

ヴァロの大声でビクッとなる。僕らは一斉に振り返った。

「南門の外にあった預かり所だ。そのあとに、西門の内側にある預かり所も襲撃を受けた」

「ここは大丈夫なのか」

「北門の預かり所は閉めていたからな。元々預かる数も少なかったし、ここ最近は騒がしかったただろう？　隊長が閉鎖を決めたところだった」

「じゃあ、なんだってこんなに騒がしいんだ」

「ここも狙われると思ってバタバタしていたんだよ。襲撃犯は煙幕《えんまく》を使って逃げたと連絡があったしな。応援で兵士を割《さ》いたから急いで閉める必要もあった」

「なんだよ、じゃあ、俺たちはギリギリ間に合ったのか」

兵士が「そうだな」と言いながら、門も扉も閉めて鍵を掛ける。完全閉鎖だ。

「これから、数人残して応援に行く。できれば君らも手伝ってくれないか。傭兵ギルドにも要請が入るはずだ。そっちに寄ってからでもいいが――」

「時間が勿体ない。分かった。カナリア、お前もいいか？」

「もちろん」

「傭兵の応援があると助かるよ。東門には今、隊長がいるはずだ。そこで指示を仰いでくれ。俺たちもすぐにあとを追う」

というわけで、僕らの残業が決まった。腕章はないけれど王都内警邏で顔は売れている。北門の兵士にも顔を覚えられていたから、襲撃犯と間違えられる心配はない。急いで東門に向かった。

外壁警備部の隊長は顔見知りだ。僕らを見て「助かった」と声を上げる。ヴァロは早速、隊長に話を聞いた。

「さっき北門で、騎獣鳥預かり所が襲撃されたと聞いた。何が盗まれた？」

「盗まれたのではなく、逃がされたんだ。あそこに預けられていたのは、ほとんどが王都内に入れられないシュティーアやホルンベーアばかりだった。興奮剤を撒かれたらしく、異常な様子で王都に入り込んだ」

「はっ？」

「犯人も一緒だ。外には出ていない」

つまり、王都内で捕り物を始めなければならない。しかも獰猛な騎獣と襲撃犯たちだ。騎士団も動き始めている。他に、騎獣鳥の教習所や管理所、調教師を掻き集めている真っ最中だとか。

それなら僕らの出番はあまりないかな。ヴァロもホッとした様子だ。騎士団が出張るなら大丈夫だろうと零す。なのに、隊長さんの顔色は優《すぐ》れない。

「どうした？　何か気がかりでもあるのか」

ヴァロが問うと、隊長さんが低い声で答える。

「騎獣を捕まえるにしても、どこにいるのか捜すのは至難だぞ」

「あの図体《ずうたい》だ、簡単だろうが。警戒警報も発令したんだろう？」

北門に入る前に感じたどよめきや騒ぎは警報のせいだった。

「発令中は誰も外に出ないだろうな。だが、日が落ちた今、どうやって捜せばいいんだ。暴れたり鳴いたりすれば居場所も分かるが、それだと後手《ごて》になる。先んじて追いつめないと意味がない」

「ああ、空から追えないのか」

深刻そうな2人のやり取りに、僕は首を傾げた。

「あの～」

「なんだ、カナリア。今は緊迫した場面だぞ。せめてシャキッと話せ」

「だって」

「あん？　何か良い案でもあるのかよ」

「案かどうかは分からないけど、空から騎獣の居場所を捜すのなら、僕がやれるよ？」

ぐりんっと2つの顔がこっちを向く。怖いってば。僕は少しだけ仰け反って、それから横で待機中のチロロを撫でた。

「夜間飛行、僕らは得意だよ。ていうか、騎士団の騎鳥も夜間の移動訓練はするよね。全員は無理でも、できる子はいるでしょ。一緒に捜せば早いんじゃないかな？」

確かに得意じゃないとは聞いている。でも、できないわけじゃない。そう思って、控え目な提案をしたつもりだった。ところが2人とも、特に隊長さんが目をぐわっと開けて前のめりになる。

「君は夜間飛行ができるのかっ？」

「わっ、はい、できます！　雨夜も飛べると、第8隊のシルニオ班長も知っています」

「カナリア、お前すごいな。マジか。ていうか、まん丸もすごいじゃねぇか」

「チロロね」

「小鳥みたいな顔してんのにな。アウェスやファルケでもできないことができるのか」

「話、聞いて」

ヴァロに呆れていると、隊長さんが僕の肩に手を置いた。目が怖い。

「頼まれてくれるか！」

「空からの捜索ですね。任せてください」

「騎士団には連絡を入れておく。そうだ、兵士の服を着せればいいか。おい、誰か体の小さい奴、制服を脱げ！」

「いや、結構です。嫌です。脱がないで！　僕、絶対に着ませんから！」

「そうだぜ、隊長さんよぉ。うちのカナリアに汚い野郎の服なんざ、着せられない。大丈夫、味方だって分かるように説明すりゃいいんだ」

良いこと言うって思ったのに、ヴァロの次の言葉で僕は半眼になった。

「まん丸の小鳥みたいな白い騎鳥に乗った可愛こちゃんが飛んでいたら、それは傭兵ギルドの秘蔵っ子だってな」

隊長さんもノリノリで連絡しないでほしい。僕はぶすっとしたままチロロに乗った。

◆◇◆◇◆

通信用の魔道具は借りなかった。警備部の伝声器が大きすぎて持てないからだ。僕には父さんの作ってくれた小型伝声器がある。相手のチャンネルを登録したら、さっさと空に移動だ。ヴァロはアドと共に地上を追いかけてきてくれる。応援に駆け付けた北門の兵士たちも一緒。僕とも顔見知りだから、何かあった時に説明してくれるそう。騎士団に厄介なタイプがいた場合の仲立ち係だ。フルメ班みたいなのがいたら面倒だから助かる。あんなのが来たら僕は逃げるぞ。まあ、地上と空で分かれているんだ、なんとかなるか。

それにしても、飛び立つ前に聞いた「トップの騎鳥乗りでさえ夜間飛行は滅多にやらない」には驚いた。訓練はするらしいよ。ただ「危険な行為」になるから準備が大掛かりになる。しかも安全を考慮して、昼間の2割も力を発揮しないとか。

でも工夫次第なんだけどな。たとえば最初は明かりをたくさん用意してあげて、徐々に減らしていきながら感覚を掴ませる。僕とチロロだって訓練はしたもの。できると思うよ。

とにかく、今回の飛行でチロロの素晴らしさが際立《きわだ》っちゃうだろうな。

「よーし、張り切って捜そうね！」

「ちゅん！」

「み！」

「おっ、ニーチェも頑張るの？」

「み〜」

「偉いなぁ」

撫で撫でしながら、僕とチロロは空から目標物を探した。僕らは犯人ではなく、騎獣を担当するよ。早速、1頭を発見。

「ホルンベーア、下町3区の急階段近くで発見。ヴァロ、近道するならメレラさんの家の庭を通って。公園側だよ」

「分かった！」

捕縛用の縄は兵士が持っている。ヴァロに遅れること数分で現場に到着した。上空からでも「ひぃひぃ」言ってるのが分かる。肩の上下がすごい。急階段を走ったらそうなるか。お疲れ様です。なんだけど、申し訳ない、もう次の目標物を発見してしまった。

「あー、今度は4区。3人連れの兵士さーん！　ちが、1人だけ太っちょの人がいるグループです。そう、あなた！　そこから西へ百歩の距離にシュティーアが2頭います」

「2頭っ？」

無理だという声も聞こえたけれど、応援の兵士が集まってきたから大丈夫でしょう。ヴァロは縄での捕縛を兵士に任せ、次に向かって走った。そのうちに、傭兵ギルドや荒事が得意そうな一般人も出てきて包囲網を狭《せば》める。

その時、僕の伝声器に連絡が入った。

「こちら、クラウス＝サヴェラです」

「サヴェラ副班長！」

「はい。わたしが今回の件の陣頭指揮を執《と》ります。兵士全体への指揮はわたしを通して行うので、今から個人チャンネルに切り替えてもらっても構いませんか」

番号を告げられ、こっちが合わせる。双方が許可を出せば専用通信に変更だ。

「……もう大丈夫ですね。こちらの事情で申し訳ないのですが、あなたの能力については隠しておきたい。フルメ班に知られて横取りされるのも業腹《ごうはら》ですからね」

「横取りって。えっ、成果じゃなくて、僕をですか？　違いますよね？」

「あなたを、ですよ。最初に目を付けたのは自分たちだ、と言い出して取り込もうとするかもしれません。彼等は欲深いんです」

「わぁ」

「それより、久しぶりの会話が捕り物の現場とは思いませんでした。再会を懐かしみたいのですが、先に騎獣の捜索ですね」

「はい」

というわけで、僕は次々と騎獣の居場所を伝えた。駆け付ける人の誘導をしなくて済むので、早い早い。騎獣が移動したとしても、上空からだと簡単に察知《さっち》できる。どんどん確保が進んだ。

6頭目が確保された時には、どれだけの数が放たれたかの情報も入ってきた。となれば残りの目安も立てられる。あと3頭だ。2頭までは場所が分かっている。

残り1頭だなとホッとしたのも束の間、次の問題が起こった。宿屋や騎士団の騎獣鳥舎が襲撃に遭ったと連絡が入ったのだ。

そうか、これが本来の目的だったんだ。預かり所を襲撃して騎獣を放ったのは陽動だ。犯人の本命は最初から騎鳥だったんだ。

サヴェラ副班長から一報をもらった僕は、猛烈に腹が立った。

「信じられない！　しかも、訓練を受けていない騎鳥は夜の移動を怖がるんだよね？　さっきヴァロに聞いた。それなのに無理矢理連れて移動するなんて許せない」

「カナリア、落ち着きなさい」

「でも――」

言いかけて、止まる。僕は唖然として、西方向に目を向けた。

「どうしました？」

「空を飛んでる」

「誰でしょう。うちの騎士団からはまだ誰も出ていないはずです。……まさか」

「飛び方がおかしい。あっ、まただ、何頭も飛んでいます！」

「どちらに向かっていますか」

「南西側です。奴等、王都を出るつもりだ！」

「カナリア、騎獣はもうほとんど見付けましたね？」

「あっ、はい！」

「今の会話中に移動した騎獣は？」

「ま、待ってください。ええと、大丈夫。大体は同じところをウロウロしてます。残りは1頭、あっ、見付けた！　ホルンベーアだ。東地区に走っていきました。え、待って、誰かが外に出てる。なんでだよ、警報が鳴ったら屋内に避難するのがルールじゃないの。周りに兵士は、あー、いないじゃん！　くそっ、助けに行きます、いいですか！」

「構いません。優先すべきは人の命です」

慌てまくった僕の滅茶苦茶《めちゃくちゃ》な報告を、サヴェラ副班長は冷静に受け止めてくれた。伝声器の向こうで、南西側に人をやるための指示が出される。西に配置していた兵士も動かすみたいだ。盗まれた騎鳥も確かに心配だけれど、今は獰猛な騎獣に襲われるかもしれない人の方がもっと心配。僕はチロロを急行させた。

その男の人はお酒を飲んでいたんだろう。酔っ払い特有の顔をしていた。たぶん、お酒で気持ちが大きくなっていたか、暑くなって涼《すず》もうとしたんじゃないのかな。とにかく外に出てしまい、そこでホルンベーアとバッタリかち合った。僕が上空から到着した時には、互いが目を合わせたまま膠着《こうちゃく》状態だった。

一般人が自分より大きな獣を前に動けなくなるのは分かる。オジサンも立ち竦んでいた。僕が逃げろと言ったところで動けないだろう。となれば、ホルンベーアを動かすしかない。僕とチロロは滑り込むように割って入った。同時にチロロから飛び降り、指示棒をサッと取り出す。チロロにはオジサンを隠す盾《たて》になってもらった。

「君も可哀想だよね、興奮剤を使われてさ。だけど、ごめん、少しの間我慢して」

向きを変えたホルンベーアに、指示棒を使って興味を引く。シュティーアじゃなくて良かった。牛タイプは真っ直ぐに走る癖《くせ》があるらしいからだ。熊タイプも似てるそうだけど、まだマシ。とにかく、間違ってもオジサンの方には行かせないよう、体の向きが横になったところで仕留めに掛かった。もちろん拘束するだけだ。

興奮冷めやらぬホルンベーアに向かって走り、ぶつかる直前で飛び上がった。上空で一回転し、ホルンベーアの上に乗った瞬間に魔法を放つ。【沈静】と【拘束】だ。ホルンベーアがどすんと音を立てて石畳に倒れ込んだ。

オジサンは腰を抜かして、その場に崩れ落ちた。チロロが慌てて体で支える。そこに、近所の人たちが出てきた。最初は恐る恐るといった様子だったのに、もう大丈夫だと分かると騒ぎ出す。そんな中、オバサマ方がオジサンに説教を始めた。

「アンタ、何やってんだい。警報が鳴っていただろうに！」

「そうだよ、まったく！　警報で仕事が早上がりになったから、飲んでいいとでも思ったのかい。あれは警戒しろって意味だよ」

そのあとを追うように旦那《だんな》さんたちが出てきて、オジサンに注意する。

「騎士様に迷惑を掛けるんじゃないぞ」

「そうだそうだ。おや、あんた、見回りの子じゃないか？　見たことがあるよ」

「そういやそうだ。傭兵ギルドの警邏担当だろ。いやぁ、すごい手際だった」

その間にオバサマたちがオジサンに水を飲ませて落ち着かせてた。連携すごい。

それに、警邏を担当してた日は数えるほどなのに、ちゃんと覚えてもらえていたことに驚く。すごいよね。やっぱりチロロとアドの可愛いアピールが功を奏《そう》したんだ。

と、喜んでいる場合じゃなかった。僕は急いでホルンベーアを縄で縛ると、近くの男性に「もうすぐ兵士が来ますから」と声を掛けた。サヴェラ副班長にも連絡を入れる。

最後に、集まった人たちへ声を掛けた。

「あの、町に放たれた騎獣はほぼ捕まえたと思います。だけど、この騒ぎに乗じて騎鳥が狙われたみたいなんです。襲撃犯も全員が捕まったわけじゃない。まだ警戒は続けてください。僕は今から盗まれた騎鳥を追います」

「そんなことになっていたのか。分かった。頼んだよ」

「そういや、ここ最近、立て続けに事件があったねぇ。関係あるんじゃないのかい」

「お嬢ちゃんみたいな小さな子まで駆り出されるなんて、騎士団や兵士は何をやってるんだか」

「仕方ないさ。奴等は貴族のためなら一生懸命働くが、俺たちの生活には頓着《とんちゃく》しない」

「まあまあ、それは今、関係ないだろ。花祭り目当てにやってきた不審者を捕まえてくれる兵士もいるんだ。悪い例ばっかり挙げるのは可哀想ってもんだよ」

「そうさね。そんな話は酒場でやりな」

「とにかく気を付けてな」

「そうだそうだ。お嬢ちゃん、無理は禁物《きんもつ》だ」

矢継《やつ》ぎ早《ばや》に話し掛けられる。皆、元気だ。僕がチロロに乗れば声援まで飛び出る。アパートの窓から何人もが顔を出していた。「鳥さん、頑張れ~」と、子供の声も聞こえる。

「チロロ、頑張れだって」

「ちゅん！」

「ありがとう！　悪い奴を引っ捕まえてくるね！」

手を振る間に、チロロが夜空へと飛び上がった。こんな暗い中を飛ぶ騎鳥は見たことがないんだろう。皆の「わぁ！」という歓声が響く。

なんだか、ふつふつと力が漲《みなぎ》ってきた。応援してもらえるってこんなに嬉しいんだ！

チロロも嬉しくなったみたい。いつも以上に速度を上げ、南西に向かった。

◆◇◆◇◆

サヴェラ副班長は最初、僕1人が先行するのを渋《しぶ》っていた。今すぐ夜空を飛べそうな騎鳥乗りがいないからだ。しかも、向かう先は王都の外にある森だ。森を包囲するには兵士の数が足りない。そもそも森には魔物がいる。ましてや夜だ。誰も入りたがらない。

盗んだ奴等には秘策か奇策があるんだろう。逃げる算段もあるはず。そこに、一般人の僕だけで行かせたくない。だけど、僕は腹が立っていた。騎鳥が傷付くのは可哀想すぎる。騎獣だってそうだ。興奮剤なんか使われてさ。騎鳥に至っては無理矢理に知らない誰かを乗せられたんだ。そして暗い中を強引に飛行させられている。

そんな僕の気持ちを、サヴェラ副班長は受け止めてくれた。しかも、騎士団第8隊の中でもマシな班や、応援に別の部署の人を駆り出してくれたみたい。

あ、フルメ班は先日の出張の件で「有給休暇申請」を出して休んでいるそうだよ。事件を知って勝手に出張ってくる可能性もあるけれど、とにかく先んじて事件を片付ければいいと、シルニオ班長もゴーサインを出してくれた。

というわけで、王都上空を突っ切って王都の外に出る。緊急事態だからね。門は通らないし、チェックを受けなくてもいい。僕は堂々と森に向かった。


まずはダメ元で魔法を放つ。使ったのは【追跡】だ。「森にいる騎鳥を追跡」という曖昧《あいまい》な指示だから精度は落ちる。僕が一度でも騎鳥たちに会っていたらイメージを強く込められた。残念だけど、これぱっかりは仕方ない。ついでに【探知】も掛けた。こちらも広範囲すぎてやっぱり精度が良いとは言えない。でも何もやらないよりはマシだ。

せめて敵が明かりの1つでも使っていればなー。もう先を行きすぎて見えないや。もしかしたら地上に降りているのかも。とにかく飛び回るしかない。僕らは森の上空をぎゅんぎゅん飛び回って気配を探った。

ふと、首筋がチリチリする。

「なんだろ、変な感じ……」

「ちゅん？」

「み！」

慌てて前後左右、真上に視線を向けて警戒を強める。でも何もない。不思議に思って首を傾げる。さっきのチリチリは、ぞわっとした恐怖というよりも風が変わったような感じだった。

神の山の頂《いただき》を見て、たまに「なんか変」って思ったのと同じだ。母さんは「神の山だからかもしれないわねぇ」と笑い、父さんは「山の天気は変わりやすいんだ、きっと風のせいだよ」と微笑んだ。

そういえば、2人は僕に何度も言い聞かせた。「よく風を読め」と。空を飛ぶ人間が一番最初に学ぶのが風読みだ。

「……チロロ、風向きが変わってる。北から冷たい風だ」

「ちゅん」

「こっちの匂いが相手にバレる」

「ちゅん！」

「上空旋回、南東に移動」

「ちゅん」

敵はもう地上にいるだろうから、僕らは木々に触れないギリギリのラインを警戒飛行していた。それを止める。もし、木のてっぺんに罠を仕掛けられていたら危険だ。風向きが変わった今は特にまずい。

「あっ、あそこ、光った。やっぱり何か仕掛けてる。なんだろう、糸か網《あみ》かもしれない。チロロ、気を付けて」

「ちゅんちゅん」

「み、みみっ、みー！」

突然、ニーチェが鳴いた。近くで騎鳥が困っている、だから助けて、と言っているようだった。言葉というよりも焦ったような感情が流れ込んでくる。ニーチェの能力のすごさは気になるけれど、今はそれどころじゃない。

盗まれた騎鳥が傷付けられているかもしれないんだ。僕は気合いを入れた。

「よしっ、やるぞ。森の中に突撃だ！」

「ちゅんっ！」

「みっ！」

僕が指差した場所は光った場所のすぐ近く。人間が隠れられそうな木の枝に向かってだった。

罠を張って待ち構えていた男は、飛び込んできた僕らに驚いて足を踏み外した。まさか突っ込んでくるなんて思わないよね。バキバキと音を鳴らしながら枝ごと落ちていく。

チロロは罠が仕掛けられた枝に当たらないよう、速度を抑えながら隙間を縫うように飛んだ。

僕は途中で枝に飛び降りる。ニーチェは僕の首に巻きついていたから一緒だ。この子の能力に頼るつもりで連れてきた。

「ニーチェ、騎鳥たちがどこにいるか分かる？」

「みぃ……！」

上空ではハッキリと分からなかったらしいニーチェが、居場所を特定しようと目を瞑った。僕は一旦、枝の上で立ち止まる。チロロがすいっと飛んで戻ってきた。

「みっ、み、み」

「分かった。あっちだね。チロロ、僕の動きが敵にバレないよう枝当てで飛んで！」

「ちゅんっ」

枝当てとは、わざと体をぶつけて音を出す技だ。魔物を呼び寄せる時に使う。大きい枝だと当たれば痛い。だから痛くない程度の、細い木の枝を見極めながら飛ぶ。これに慣れるまでチロロは満身創痍《まんしんそうい》だった。最初は遊びで始めて、そのうちに母さんがノリノリで鍛えた。もちろん、僕も枝に当たって飛び降りろとスパルタ教育されたっけ。

とにかく、慣れ親しんだ動きだ。チロロは枝と枝の間を擦り抜けたかと思うと右に左に、時折音を立てながら飛び回った。地上では男たちの声が飛び交う。あっちだ、こっちだと騒がしい。その間に僕は枝から枝へと飛び移って移動した。

どれだけ身軽でも重力には逆らえない。落ちていく形での移動になる。僕が体の軽い天族であろうとね。その重力に負けない移動を補うのが魔法だ。森の中、木々の間だろうと風は吹く。特に今日はどんどん風が強くなっていた。これを利用し、ほんの少し上向きになるよう魔法でちょちょいのちょいと弄《いじ》れば、少しの魔力で上にも飛べる。

時折、背中の小さな羽が動くような気がしてムズムズした。ものすごく調子の良い時、そう、今日みたいな良い風に乗った時にこうなるんだ。

天族として「羽」で飛べない僕なのに、やっぱり血は引いているみたい。今更、悔しいなんて思わない。ただ「なんでだよ」とは思う。お前は飛べない羽なんだから動かなくていい。休んでな。そう言い聞かせ、僕はニーチェの指示する場所へと急いだ。


そこは自然の洞窟《どうくつ》で、斜め下に向かって穴がぽっかり開いていた。幾つかあるうちの1つが深そうだ。暗すぎて奥行きがどれだけあるかも分からない。

騎鳥はこの深い穴の近くに集められていた。見える範囲の6頭だけかと思ったら、別の穴にも何頭か見える。どの子もぐったりしていた。もっと前に盗まれてきたと分かる。それだけじゃない。盗賊たちの乗る騎鳥も盗まれた子だ。信頼関係が見えない。

奴等は追っ手に気付いて臨戦態勢だ。「お前ら、気を引き締めろ！」とリーダーらしき男が怒鳴ると、汚い格好をした男たちが「おう」と答える。格好はバラバラだし、とにかく汚い。盗賊らしい盗賊だ。それが逆に不自然だった。僕には全員の動きが揃って見えた。姿勢も悪くない。

「……あ、騎士団と同じなんだ」

シルニオ班の動きと似ている気がした。いや、違うな。騎士ほどシャキシャキしてない。ふと、警備隊に行った時にチラッと見掛けた兵士の訓練風景を思い出す。

「もしかして兵士の経験があるのかな？」

「み？」

「でも、警備隊の人たちは、あんな風に胸に手を当てなかったなぁ」

この国の元兵士ってわけでもなさそう。どこかの貴族のお抱え兵士が盗賊になったのかな？　もしくはリーダーが、指揮官の経験を生かして自分の王国を作っちゃった、とか。理由はどうあれ、やってることはアウトだ。

「ニーチェ、あの子たちを助けよう。僕の言葉を通訳してくれる？」

「み！」

僕はスーッと息を吸って吐いた。指示棒を手に、風の魔法を出す。まだ動かさない。スタンバイさせているのは、これから口にする言葉を別の方向から流してもらうため。

「君たちを助けにきたよ。その前に悪人をやっつけるから協力してくれる？　鳴かずに、首を縦に振って」

「みみみ、みみみみみ！」

魔法の風が男たちを避け、ぐるりと回り込む。声を乗せた風は、騎鳥の集団にピンポイントで届いたはずだ。はたして、まだ元気が残っていそうなアウェスが頷いた。別のアウェスがきょろりと頭を動かしかけるのを、周りの子が慌てて止める。賢い子たちだ。

敵のリーダーが何かを感じ取ったのか、振り返る。騎鳥たちは目を合わせない。中にはぐったりした演技をする子もいた。リーダーは首を傾げ、部下への指示出しに戻った。罠の設置や、王都から騎士団が来る前に「ずらかる」計画を話す。ところどころ、僕には分からない暗号みたいな台詞があった。事前に決めた符丁《ふちょう》なんだろう。

僕はもう一度、声を送った。

「君たちの中に病気や怪我をした子はいる？　動かせない子がいるなら頷いて。もしできるなら、そいつらに聞こえない程度の声で鳴いてくれる？　聞き取ってみるから」

すると、最初に反応したアウェスが頷いた。そして嘴《くちばし》を小さくカコカコ動かす。今度はリーダーは振り返らなかった。本当に賢い子だ。

そのアウェスの言葉を、ニーチェはちゃんと聞き取ってくれた。

「み……」

「動けない子がいるんだね。だから皆で固まっている？」

「みみ」

「守ろうとして、あいつらに殴《なぐ》られたのかな」

「み！」

「うん、分かった。ニーチェ、嫌な話を通訳させてごめんね。でも助かった」

「み」

「まずは、あいつらをこの場から引き離そう」

「み！」

今度はチロロに言葉を流す。

「チロロ、引き付けてくれる？」

「ちゅん！」

返事は、突入後に聞こえた。チロロがすごい勢いで洞窟前の広場に突っ込んだのだ。やることが早い。さすがチロロだ。

リーダーは慌てふためきながらも怒鳴った。

「あれだ！　目立つ色をしてやがる。追え、追うんだ！」

「はっ！」

何人かがアウェスやファルケに乗って飛び上がる。せいぜい頑張って。チロロは捕まらないよ。僕は残ったままのリーダーに視線を向けた。

「あんな騎鳥、初めて見たな。白くて丸い」

「隊長、ありゃ、希少種じゃないですか。この間のシュヴァーンより、ずっと珍しい」

「あれも貴族向けの騎鳥だったな。手入れのされた良い鳥だったが、こっちはちょいと間抜けだ。売れないだろ？」

「ですが、真っ白ですよ。女子供にゃ、こっちの方が気に入られそうじゃありませんかね」

「ふむ。よし、生け捕りにするか」

僕はムカムカしながら聞き耳を立てた。

その前にサヴェラ副班長へ連絡だ。事後報告だけど伝えておこう。場所も教えないとね。で、声が繋がった途端にこう。

「カナリア、連絡が遅いです」

「わ、すみません。奴等を追っていました」

「声が落ち着いていますね。ということは、もう隠れ家を見付けた？」

「はい。騎鳥が何頭も捕まっています。具合の悪い子もいて、心配です」

「分かりました。居場所を教えてください」

「光の矢を打ち上げます」

「それを目指しましょう。シルニオ班長、カナリアが光の矢で場所を教えてくれます。向かってください」

相手の声は聞こえないけれど、了解と答えたんだろう。サヴェラ副班長が今度は僕に「お願いします」と言った。その後に「あなたは撤退《てったい》を」と続ける。でもごめんなさい。

「もう無理です」

「え？」

「チロロが突撃を仕掛けまして」

「はい？」

「敵を４組、翻弄《ほんろう》しています」

「……カナリア？」

「僕も近くに潜《ひそ》んでいます。つまり、光の矢を飛ばした瞬間に僕の居場所がバレると思います！」

「ちょ、待っ――」

ブチッと伝声器を切る。戦いの最中に声なんか聞いてられない。

ついでに収納庫の中に仕舞った。だって、時間帯的に父さんが連絡してくる頃合いなんだ。その時に「カナリア〜、全然連絡くれないけど元気にしてる？」って気の抜けた声が届いたら嫌じゃん。だから物理的に繋がらないよう、封印《ふういん》。ちゃんとした理由だよね。あとで怒られないといいなーと思いながら、僕は光の矢を空に飛ばした。念のため２つ。

魔法を放ったらすぐに移動だ。案の定、リーダーの指示によって男たちがすっ飛んできた。騎鳥に乗っててね。だけど、下手すぎる。慣れていないのが丸分かりだ。騎士団はおろか、輸送ギルドの騎鳥乗りよりも下手じゃない？　どうやら騎鳥に乗り慣れているのはリーダーだけのようだ。僕はリーダーをメインに狙おう。残りは烏合《うごう》の衆だといいな。

「ニーチェ、しっかり掴まっててね。本当は危ないから服の中に入って――」

「みぃっ」

「はい、嫌なんだね」

下草を掻き分け、登れそうな木を見付けて飛びつく。登っている間は無防備だから狙われそうだと思うでしょ？　ふふん。僕にはリス登りという技があるのだ。くるくるっと幹を回りながら登るのである。これには敏捷《びんしょう》さが必要だ。その分、手に怪我を負いやすい。それを知った父さんが専用手袋を作ってくれてから更にパワーアップした。

とにかく木の上まで登ってしまえばこっちのもの。枝から枝へと飛び移り、敵を翻弄する。チロロもこちらの動きに気付いて敵同士をぶつけようと動いた。相手はやりづらいと思う。男たちが右往左往していた。それを見たリーダーはイライラした様子だ。

本当は、リーダーを最初に狙うつもりだった。駆け寄って飛び上がれば一瞬の隙を突けるのではないか、ってね。だけど、僕が光の矢を放った時にリーダーの気配が強まった。その時の雰囲気が傭兵ギルドのベテラン勢に似ていたんだ。強い人の気配っていうのかな。

エスコもそうだった。僕は彼の全力を見たことはない。ただ皆が飲んでいる時、誰かが落としかけた皿をパッと手に取ったことがある。反射神経が良すぎるし、ふっと滲《にじ》み出た気配が「強い」。

敵のリーダーも想像以上に強い可能性があった。僕は対人戦に慣れていない。油断は禁物だ。母さんも相手の実力を見極めるのは難しいと話していた。

だから慎重になろう。そう思っていたんだ。――ニーチェの通訳を聞くまでは。

「ニーチェ、騎鳥たちは何か言ってる？」

「みみみ」

「……動けないどころか起き上がれない子がいるの？　だったら、慎重に戦ってる場合じゃない。やっぱり突撃しよう。最悪、父さんの魔道具をぶつければいい」

父さんの魔道具は最後の手段だ。攻撃力が高すぎて森を破壊するかもしれないからだ。

僕の攻撃魔法も上手とは言い難い。物理で戦って勝てるなら一番良かった。それも時と場合による。優先順位を間違えてはいけない。僕は気合いを入れた。

「よし、行くぞ。ニーチェは――」

「みっ」

「仕方ないなぁ。その代わり【防御】と。僕は【身体強化】で、突撃！」

「み！」

方向転換し、広場に向かって飛び降りる。リーダーがギョッとした顔で振り向いた。慌てていたせいか、奴は剣を抜けなかった。そこに指示棒を叩き込む。

「くそっ、ガルボ、戻れ！　ガキがちょこまかしてやがるっ」

「そ、それが……っ！」

「おいっ、何してる！」

リーダーと僕の間合いが離れた隙にチラッと余所《よそ》見する。騎鳥の動きが変だったのだ。というか、動かない。イヤイヤをしているというより放心してるみたいだった。すると、業を煮やした男たちが「命令に背くな」と鞭を打った。

は？

「何してる、このクソ野郎！」

「みっ？」

ビクッと震えるニーチェを左手で撫で、僕は自分の右手に【身体強化】を重ね掛けした。魔法杖代わりの指示棒を右手に持ったままでも問題ない。役目を終えた指示棒をくるりと回してホルダーに戻す。それから呆然としたままのリーダーに走り寄った。

リーダーは剣を構えたけれど振り下ろせなかった。僕の方が速い。拳《こぶし》がリーダーの右腕に当たる。衝撃で剣が落ちた。残念ながら、音や感触で折れていないと分かる。こいつも【身体強化】を掛けていたみたいだ。さっきも受け止められた。

もちろん、1回で倒せるとは思っていない。だから右手を男の右腕に当てた瞬間に、僕は左手で鞍を掴んでいた。反動を利用して体を回転させる。リーダーの乗るアウェスに悪いと思いながら、羽の上に足を乗せて勢いよく背後に回った。そのままの勢いでリーダーの首に手を回して後ろに仰け反る。身体強化した右手で首を圧迫したのだ。母さん直伝《じきでん》「数秒で大男を落とす方法」である。

リーダーもされるがままじゃない。背後に回った僕を捕らえようとする。まずは左手で撲《ぶ》とうとしたようだ。ただ、本当に攻撃を避けたかったのならアウェスから降りれば良かった。体を離した方が次の行動に移れるからだ。リーダーは僕のことを「素早い」とは思っていても、「自分を倒せる」とは思っていなかったんだろう。

こういう時に、僕の華奢で童顔な見た目が役に立つ。リーダーが舐《な》めてくれたから、背後をあっさり取れたんだ。おかげで意識を刈り取れた。

「ぐぅ……っ」

「よし！　リーダーを討ち取ったぞ！」

殺してはいない。でも高らかに宣言することに意味がある。僕はリーダーをアウェスから突き落とした。念のために【拘束】【沈黙】も掛けておく。そして、もう一度、大きな声で告げた。

「降参しろ！　でないと、次はお前らがこうなる！」

「み！」

ちょ、可愛くて力が抜けるから真似するのやめて。

僕は足を踏ん張って答えを待った。これで降参してくれるなら良かったんだけど、相手は盗賊だもんね。そんなわけなかった。せめてリーダーがやられて精神的に動揺してくれたら、ぐらいの気持ち。あと、できれば騎鳥から降りてほしかった。

僕がまごまごしていたのも奴等が騎鳥に乗っているからだ。降りてくれたら攻撃魔法が放てる。僕はコントロールが良い方じゃないし、父さんほど攻撃魔法が得意でもない。だから攻撃魔法は滅多に使わなかった。【身体強化】で肉弾戦、魔法は防御や補助みたいな使い方ばっかりになる。

なんの罪もない騎鳥たちを巻き込みたくない。なのに、僕の投降を呼び掛ける声に誰も反応しなかった。戦意喪失《そうしつ》もしていない。上空や離れた場所で様子を窺っている。

僕はリーダーが乗っていたアウェスに語りかけた。

「ごめんね、もっと早く解放してあげたかったんだけど」

「ピギャアー」

「み、み！」

「今まで頑張ってたんだね。よし、もう一踏ん張りだ。あいつらをやっつけよう！」

「ピギャアー！」

「み！」

一部の男はやる気がなさそうだった。チロロに振り回されて疲れたらしい。徐々に離れていく気配を感じた。逃げるつもりかな。僕はチロロに視線をやった。それを余所見だと思った男が「好機だ」とばかりに突っ込んでくる。さっきガルボと呼ばれていた。こいつの乗るアウェスは傷を負っている。動け動けと何度も鞭を打たれていたからだ。腹が立つけど、僕はなんとか冷静を装った。反対に、ガルボはニヤニヤと笑って剣を抜く。

「お前、さっきから魔法杖を手に動き回っていたが、攻撃魔法は撃てないんだな？」

そう言って剣を振り下ろす。先端から火矢《ひや》が飛んだ。僕は慌てて防御魔法を口にした。

「【水の盾】」

ていうか、なんで魔剣《まけん》があるんだ。魔剣って高価だから、騎士ですら持てないと聞いた。それに魔力がないと無理だ。普通の人は魔剣を持つだけで倒れる。とにかく魔力食いなんだ。その分、さっきみたいな攻撃魔法が撃てるし、纏わせて斬ると通常の剣よりも破壊力がある。

あれ？　魔力の多い人は引く手あまたのはずだ。盗賊なんてしなくていい。

「弾《はじ》いたか。おい、お前ら、次の隊長は俺だ。指示に従えよ」

「ですが、隊長は――」

「もう死んでるだろ。生きていてもあのザマだ。副隊長の俺がいなきゃ、お前らは帰国できない」

「わ、分かりました！」

どうでもいい話をしているのは、たぶん魔力のチャージに時間がかかるからだ。僕が警戒しているのも分かるから、むやみに剣で斬りかかる真似もしない。

僕らはじりじりと間合いを計った。

間の悪いことに、さっきまで動かなかった騎鳥たちが少しずつ奴等に従い始めた。

僕の方のアウェスは従順だ。こちらを味方だと認識しているし、何よりニーチェが通訳している。いざという時は向こうよりも動けるはず。とはいえ、慣れ親しんだチロロとの連携じゃない。期待しすぎは禁物だ。


その時、遠くで音が聞こえた。「キェェェー」「ギャオォォォ！」という魔物の声だ。

「ちっ、魔物かっ」

「魔物避けを焚いていたのに！」

「騒ぎすぎたんだ。くそっ、森を燃やすか？」

奴等の言葉に、思わず口を挟んだ。

「はぁ？　バカじゃないの！」

森を燃やしたら自分たちだって痛手《いたで》を負うだろうが！　煙に巻かれたら死ぬよ。そもそも王都の近くにある森を燃やしたらどうなるか――。

待って、もしかしてそれが目当て？

ガルボを凝視したら、ニヤリと嫌な笑いで返された。

「お前らがどうなろうと知ったことか。王都にも火が届くなら願ったり叶《かな》ったりさ」

「……やっぱり、ただの盗賊じゃないのか」

「おっと、そろそろ始末するか」

「ガルボ副隊長、向こうの奴等も全員撤退させますか」

「おう。あと、俺は隊長だ。間違えるな」

「はあ。じゃ、あっちの森にいる奴等と連絡を取ります。ここの騎鳥は薬をもう一度使いますか」

「ああ。それと、サロワに早く戻れと連絡しろ。こいつらを調教し直せ」

「はい」

指示が終わるとガルボがこっちを見た。魔剣を嬉しそうに見せつける。チャージができたらしい。その間に僕も事は済ませている。こっちはちゃんと小声で、ニーチェに通訳を頼んでいた。あとはアウェスに合図すればいいだけだ。

「次は大きいぞ。勿体ないが、アウェスごと燃えちまえ！」

「今だ」

アウェスは僕の作った土壁に走り飛んで隠れた。詠唱なんてなくていい、魔法杖も要らない。父さんの魔道具で作った土壁だ。地面や地下にある物質から作り上げるので、強度にばらつきがある。それでも水や火を防ぐぐらいなんてことない。

アウェスを大きな火の矢から守るためだけに作った防壁《ぼうへき》を、僕は駆け上がった。【身体強化】の魔法のおかげで火にも強い。念のため【盾】魔法も掛けている。透明の盾だ。

「うおっ、な、なんだ！」

防壁の天辺《てっぺん》を踏み込んで飛ぶ。普通の人が飛べるような高さじゃない。もっと飛ぶ。強い風が僕の体を後押しした。

「お、おい、もっと上に行け。アウェスだろうが、さっさと動けっ！　うわっ」

「遅いんだよ、ばーか！」

ガルボの近くにいたファルケ乗りの男を踏み台に、更に飛び上がる。

「お、お前、まさか天族なのかっ？」

そんなわけないだろって返せば良かったのに、何も言えなかった。かといって動きが止まるわけもなく、僕はガルボの左側に入り込むと指示棒を振りかぶった。奴の剣が届かない場所だ。

ガルボはアウェスを方向転換させようとしたんだろうけど、無理だった。

僕とチロロならできた。信頼関係があるからだ。騎乗訓練もしている。でも、ガルボと盗まれたアウェスの間には何もない。だから即応できないんだ。

「ぐあっ、痛ぇ、くそ！　もっと上に行け！　森の上から、焼き払ってやる！」

「ピギャァァアッ！」

鞭を打たれたアウェスが痛々しい姿で上を目指した。僕は近場の木の枝に飛び移ると、足場にしてまた飛び上がった。風が吹く。すごく強い風だ。それでも、森の上空ともなると僕１人の力では飛び続けられない。そこに、チロロがすいっと飛んできた。

「チロロ！」

「ちゅん！」

木の枝を飛び移りながら、チロロが飛んでくるであろう場所を狙って突っ込む。チロロも分かっているから、体を少し斜め横にして僕の体を受け止めてくれた。

飛び乗りは何度もやった。訓練というよりは遊びでだ。とにかく楽しかった。朝から晩まで何パターンも練習した。落ちるだとか失敗するだなんてことは頭にない。

「チロロ、あいつを追って」

「ちゅんっ」

「みっ」

「腹立つよね。せめて騎鳥から降りてくれたら、いくらでも存分に魔法をぶち込んでやるのに」

ニーチェの通訳で分かったことだけど、盗賊の乗る騎鳥たちには無理な調教がされていた。たぶん、洗脳に近い方法が使われている。合わなかった騎鳥は衰弱《すいじゃく》した。体を壊した子や調教がまだの子が、あの穴の近くに詰め込まれている。おそらくだけど、反抗した子には虐待《ぎゃくたい》もあった。ニーチェが「いや、したら、いたたされた」と言ったからだ。

早く治してあげたい。なのに、てこずっている。それが悔しい。

焦る気持ちのまま、森の上へと飛び出た。チロロが凄まじいスピードで追う。あっという間に肉薄すると、ガルボがギョッとした顔で振り返った。慌てた様子で剣を振る。

「させるか、っての！」

「ちゅん！」

「みぃっ！」

チロロが軌道を変えて突撃した。直前で急転回。僕は背中に足を置いていたので、片足でチロロの背を蹴った。指示棒はもうホルダーに戻してある。腕輪型の魔法収納庫から取り出したのは魔力封じの網だ。父さんが作ってくれた魔道具になる。それをガルボに投げつけた。小さな丸い球に入っていて、当たれば広がる。

本当は使いたくなかった。ノーコンの僕でも使えるように網は大きく広がるタイプだからだ。つまり、アウェスにも引っかかる。するとどうなるか。アウェスも落ちる。

だけど賭けに出た。アウェスは、チロロやクレーエみたいな小型の騎鳥と違って魔力なしでも自力で結構飛べる。もちろん普通の鳥とは違って巨体だし、鞍や人を乗せていたら長くは飛べない。怪我も負っているから不安はある。だからといって騎鳥の心配ばかりしていたら、いつまでたっても捕まえられない。

「ごめん！」

「みみみっ」

「通訳ありがと」

ガルボは網に絡まり魔力を奪われた。体勢を崩してアウェスの上から落ちる。どうやら途中でアウェスから降りるつもりだったのか、安全用の綱を外していたらしい。しかも網ごと落ちてくれた。魔力封じがアウェスに影響したのは短時間だ。アウェスはよろよろしながらも地面に降りた。なんとか無事に着地したようでホッとする。

僕はガルボに軌道《きどう》を読まれないようチロロから飛び上がっていたので、そのまま森に落下していった。枝を利用しながら地面に降り立つ。ガルボは怪我をしながらも逃げようとしていた。容赦《ようしゃ》なく昏倒《こんとう》させ、網も回収する。

チロロにはアウェスの方を頼んだ。怪我がないか確認して、慰めているようだった。

この調子で残りの奴等も片付けていこう。と思っていたら、相手の方からやってきた。しかも、僕が1人で立っているのを見て騎鳥から降りた。飛んで火に入る夏の虫だ。たぶん、僕、すっごい笑顔だったと思う。向こうも走ってきたけど僕も走って向かった。

魔法を撃とうとした奴もいる。でも当たらなきゃ意味ないよ。魔法杖を出すのも詠唱も遅い。ここに父さんがいたら「のろくさい」と怒鳴られていたんじゃないかな。

「【土槍】」

「もうそこにはいないっての」

「ぐあぁぁっ！」

「はい、1人アウト！」

「このアマ！」

「お前は口がアウトなんだよ！」

「ぐふっ」

指示棒を全力で振ると、口の悪い男が吹っ飛んだ。最初の1人は蹴り倒したので後頭部をまともに打ってると思う。3人目には、さっきの男が詠唱途中で中途半端《はんぱ》になった魔法の完成版を見せてやった。

「【土槍】」

「うぐぁっ、い、痛ぇよぉ～！」

様子を見に下りていた仲間も次々に倒した。騎鳥たちはこれを好機だと思った。首や体に鎖《くさり》を巻かれて辛いだろうに、騎乗者を振り払おうと左右に揺れる。何人かは落ちた。そこを拘束していく。父さんが構築した魔法の【拘束】は解除が難しい。暴れれば暴れるだけ締め付けるので刃向《はむ》かう気力も失う。どのみち盗賊たちの意識は刈り取ってある。

中にはロデオが得意な奴もいた。暴れる騎鳥をなんなくやり過ごし、鎖を引いて騎鳥を痛めつけようとする。止めたのはチロロだ。男の蛮行《ばんこう》に気付くやいなや、体当たりした。男は弾け飛び、繋がったままのロープのせいで宙ぶらりんだ。乗せていたファルケは、わざと木の枝に当てながら高度を下げる。

「えらい！　チロロもよくやった！」

「ちゅん～」

胸を膨《ふく》らませてチロロは益々まん丸になった。

◆◇◆◇◆

大方は捕らえられた。逃げた盗賊もいるだろう。だけど優先順位は騎鳥だ。少なくとも、洞窟に集められていた騎鳥はこれで全部らしい。ボス的存在の騎鳥が教えてくれた。彼は盗賊の指示に従わず、見せしめとして痛めつけられたようだ。まずは鎖を外す。

幸いと言っていいのかどうか、羽や脚を切られるような重大な虐待は受けていない。

ぐったりしている子は盗まれた際の強引なやり口で怪我をしたり、病気だったりのよう。病気は専門外だから不安だ。一応、怪我を治す薬の「ポーション」はあるんだ。心配性の父さんに持たされた。ただ、父さんや母さんの持論《じろん》で「よほどの大怪我でなければ使わない方がいい」と言われている。ポーションは生き物が持つ元々の力を利用して治すからだ。それも最大限に。だから反動が来て、治ったはいいけど逆に体調を崩す場合もある。ちゃんとしたお医者さんと様子を見ながら使った方がいい。

僕自身にならともかく、他の子に使うのは勇気が要る。

とりあえず、具合の悪い子にはポーションを薄めて飲ませた。僕の経験上、これぐらいなら大丈夫かな。薄めているから完全には治らない。反動が来るよりはマシ。あとは塗《ぬ》り薬で補完する。汚れや血を水で洗って拭い、魔法で【清浄】にしてから治療した。

ほとんどの子は良くなった。鎖で雁字搦《がんじがら》めだったボスのアウェスも動ける。

病気の子は起き上がれないままだ。体力がかなり落ちている。こんな状態で原液のポーションなんて絶対に飲ませられない。早く専門家のところへ連れていきたいのに、運ぶためのシートに乗せようとしても動かせなかった。それだけ弱っている。

「ピギャァァ……」

「みみ、み、み」

「ここに連れてこられた時に悪化したの？」

「ピギャッ」

「キャ」

「みっ、みみみみ！」

「置いていけるわけないじゃん。もうちょっとだよ。諦めないで頑張ろう？」

「キャ……」

「ピギャァー！」

「み、みっ」

「ほら、ボスもそう言ってる。主のところに戻りたいんだよね？」

「キャ、キャ、キャー」

「でもでもじゃないんだよ！　会いたいなら会いたいって言おう！　僕が絶対に連れていって

あげるから！」

「キャ……！」

「そうだよ、頑張ろう！　大丈夫、大丈夫なんだから！」

まるで自分に言い聞かせるみたいに叫んだ。ボスのアウェスも、病気のファルケを励ました。

ニーチェも心配そうに「み、み」と応援する。

その時、周囲を警戒していたチロロが甲高《かんだか》く「ちゅんっ！」と鳴いた。

ハッとして、騎鳥たちが振り返る。暗い木々の間から、光る目が幾つも見えた。洞窟前の明かりのせいで周囲の森はより暗く感じる。その中に、確かにいるのが分かった。魔物だ。


まだ全員が動けるか確認もしていない状況で魔物に囲まれてしまった。

戦えそうな騎鳥は少ない。とりあえず洞窟内に避難してもらう。最悪の場合は洞窟を土壁で塞いでシェルター代わりにする。その場合は病気で動けないファルケが表に残される。ボスのアウェスは迷ったようだ。もちろん見捨てやしない。僕には父さん印の結界用魔道具がある。ただし1人用だから、騎鳥だとギリギリ1頭が限界なんだ。大型テントも結界は効くけれど、動けないファルケを中に入れられないから却下。

とにかく守れさえすればいい。その間に僕が魔物を倒す。ただ、数が多かった。

具合の悪いファルケを早く連れて帰りたいと、気持ちばかりが焦る。シルニオ班長はまだだ。

風の匂いにも乗らない。僕の予想では、良くて森の端っこに着いた頃かな。夜目が利かない騎鳥での移動だから早く飛ばせないのは分かる。

騎獣も同じように夜の移動を嫌がるはずだ。彼等も夜は見えづらい。徒歩でやってくるであろう兵士たちも、きっと恐る恐る進んでいるだろう。期待はできない。

僕は頬を叩いた。大丈夫、騎鳥に乗った人間よりも戦いやすい。魔物狩りは僕の得意とするところ。任せておけってんだ！

と、気持ちを奮《ふる》い立たせたものの、やっぱり数が多い。

「多少、木が燃えても許してもらえるかな」

「ちゅん……」

「みっ」

チロロは「大丈夫？」と不安そうで、ニーチェは「やっちゃえ」的な応援だ。大人のチロロと赤ちゃんニーチェの違いよ。

「あー、とはいえ、難しい！　魔法で火矢をバンバン撃ちたいよー」

魔物は魔力封じの網を使っても地力があって動けちゃうからなぁ。僕の攻撃魔法がもうちょっとコントロールが利いたら延焼《えんしょう》の心配もないのに。

これは母さんいわく「シドニーのせいね」らしい。魔力が豊富で超大型攻撃魔法が使える父さんは、精度にこだわらなくなった。だって広範囲に被害を及ぼせるのに、細かい部分を狙う必要はない。昔はちゃんとしてたんだって。でもそのうち、大規模戦に駆り出されるようになって面倒になったんだとか。

僕は父さんの悪いところに似てしまったのだ。たぶん、性格も少し。……そう、サヴェラ副班長に怒られるのが怖くて伝声器のスイッチを入れたくないとか、そういうところが。いやいや。魔物と戦うのに必死だからだよ。決して「応援を待たずに動いたことを怒られるのが怖い」からじゃない。だって、ほら、騎鳥の具合が悪かったんだもん。

言い訳を考えながら、僕は指示棒を伸ばして振り回した。自分のやらかしで頭の中が「ワーッ」となる。その煽りを受けたのが魔物だけど、どんな倒し方だろうといい。倒せばいいのだ。倒せば。

僕が一心不乱に魔物を倒していると、洞窟に避難していたはずの騎鳥が数頭出てきた。ギリギリまで土壁で塞がないでおこうとした優しさが裏目に出てる。

「ちょ、何してるんだよ、出てきたらダメじゃん！」

「ピギャァー」

「みみ」

「いやいや、自分も戦うって。もうほとんど見えてないよね？　いくら洞窟周辺が明るいからって、無理だよ」

「ピギャ！」

「みっ」

「あー、もう！」

足手纏いだとは言いたくなかった。ニーチェが「いっちょ、やっちゅける」と、通訳ではなくて「一緒にやろう」と応援するための意思を示したんだ。ダメとは言えなくなった。それに出てきたのは、ボスのアウェスを含めた3頭だけだ。自分たちの力量をきちんと把握している。

僕は皆に、明かりが届かない場所には出ないよう言い含めた。

そうは言っても数に押され始める。小鳥鱗や蜥蜴《とかげ》って素早いんだ。僕とチロロの間を擦り抜け、洞窟に近付こうとする。アウェスたちが脚で踏み付け、嘴で突っついて倒してくれるものの、そろそろ厳しい。

どうしよう。どうすればいい？

ここが辺境の見知らぬ森なら、あっさり焼いた。すぐに延焼を防ぐ魔法を放てばなんとかなるかもしれない。資源がなくなって怒られる可能性はあってもさ。

あ、じゃあ雷撃《らいげき》を落とす？

ただ、前世の雷《かみなり》に対するイメージが強すぎて、火矢よりコントロールが悪い。あっちこっちにバラバラと飛んじゃう。万が一、アウェスたちに当たったらヤバい。

守るべきものがそばにあると、戦いってこんなにも大変なんだ。

誰もいない場所で気儘《きまま》に魔物を倒すってことが、どれほど恵まれていたのか思い知った。魔物がこんなにも大量に集まってことも知らなかった。これが噂のスタンピードなんだろう。あれほど父さんから聞いていたのに、僕は次の手が打てないでいる。

「父さんの攻撃用の魔道具は強力すぎるし、ちょうどいい感じの魔法も思い付かない」

「ちゅん」

「みぃ」

僕の魔力はね、問題ないんだ。多いから。一晩中戦うことも可能。だけど、誰かを守りながら戦い続けるというのが難しい。

「父さん、呼んじゃうか……」

「ちゅん？」

「み？」

「いや、それは最終手段だ。奥の手だもんね。伝声器で『パパお願い助けて』の合い言葉を伝えたら転移魔法で来てくれるらしいけど、誰が言うんだ。うん、この案はナシ」

そもそも、自立のために家を出た。ちょっと困ったからって助けを求めているようでは鼻で笑われちゃう。まだ、いける。

その時だった。洞窟側でアウェスの鳴き声が聞こえた。

「うわ、怪我してる！　チロロ、応援に行って」

「ちゅん」

見逃したつもりはなかったのに、鰐型魔物がアウェスの脚に噛み付いたようだった。

「なんで、王都の横の森に鰐型がいるんだよ！」

辺境の地に多い魔物だ。僕は文句を言いながら戻った。仕方ない。ここまでだ。

「アウェスたちは洞窟に戻って。ファルケは大丈夫、結界が効いてるから」

「ピギャァー」

通訳されずとも分かる。嫌だと駄々《だだ》をこねているのだ。僕はキッパリ断った。

「ダメだ。今から広範囲の攻撃魔法を放つ。ごめんね、僕の魔法、敵味方関係なくやっちゃうんだよ」

「み、み！　みみみ」

ニーチェにも諭《さと》され、アウェスたちは洞窟に入った。僕は魔法で入り口を閉じた。そして迫ってくる魔物に立ち向かう。

ファルケは弱々しく頭を動かそうとした。嘴も動くけれど、鳴き声は聞こえない。まるで最後の最後まで自分も戦うのだと言っているかのようだ。

「大丈夫。これで仕留める。森は多少まずいことになるかもしれない。でも、命より大事なものなんてない。すぐだ。すぐに王都へ連れていくからね。頑張って」

「み、み、みっ！」

「ちゅん」

指示棒を前に、さあ魔法を放とうと口を開きかけた。

その時、あの不思議な風がまた吹いた。もっと強い、もっと怖い、風だ。

あ、と思った時には真上にいた。

圧力なんてものじゃない。何かすごい力がかかっている。

ああ、これは畏怖《いふ》だ。あまりの強い力に心が耐えられない気がした。胃がひっくり返りそう。何も考えたくない。なのにすごく懐かしくて嬉しくて、全てを受け入れてしまう。

何かが、ふわっと目の前に降り立った。細長くて白いモフモフだ。大型騎鳥として有名なアウェスなんて目じゃない。比較にならないぐらいの大きなモフモフが、僕の目の前にいた。

5章　モフモフは可愛い、可愛いは正義

なんだこれ。

絶対に触《さわ》ったらダメな奴じゃんね。あ、魔物じゃないよ。それは分かる。爬虫類系じゃないっていうのはもちろん、流れてくる気配が全く違うもの。

何よりモフモフだ。白い毛はいかにも柔らかくて手触りが良さそう。僕はフラフラと近付きかけてハッと我に返った。危ない危ない。何かも分からないのに触っちゃダメだろ。ぐるぐる考えていると、僕の首に巻きついていたニーチェが肩に移動した。よいしょって感じで今度は頭の上に登り、てっぺんで踏ん張ると一声鳴いた。

「み！」

『おチビ、元気そうだね』

「みぃ〜！」

『そう、良かった。再会を喜びたいところだが、邪魔物がいるね。少しだけ、お待ち』

「みっ！」

唖然とする僕の頭の上でご機嫌になるニーチェ。と、目の前の巨大モフモフ。

うん。僕は名探偵なので分かったぞ。

という冗談はさておき、前世でそこそこの情報に触れてきて、それなりの書物を読んできた経験から思い至った。

「もしかしなくても親子っ？」

『ふふ。面白い子だ。しかし、その前にこちらを片付けようか』

「みぃ」

どこに顔があるのか分からない巨大モフモフがぷるんと震えたかと思うと、魔物たちが声すら出さずにバタバタと倒れていった。まるで電気ショックを受けたみたいな、あるいは電池が切れたかのような倒れ方だ。

え、なんだこれ。いや本当に「なんだこれ」しか出てこない。

『終わったね。さて、再会の挨拶といこう』

また呆然としていたら、巨大モフモフが動き出した。方向転換してるのかな。狭い場所だからか、ゆっくり動いてる。

でも待って、巻き込まれたら怖い。言ってくれたら僕が動きます。

僕は慌ててニーチェを頭から退けると、抱っこしたまま走った。

「お顔はどこ、どっちかな、僕が行くのでーっ！」

『ははは。では南側から回ってくれるかい』

「南、南ってどっち。右か左か」

ダメだ。慌てすぎだ。落ち着け、僕。

ニーチェは何が楽しいのか「みみみみ！」と笑っている。そうだ、チロロは？

慌てて振り返ると、結界で守っていたファルケが固まっていて、その前にチロロが立っていた。ファルケ同様、チロロも嘴をパカッと開けている。その姿を見て思い出した。

さっき、騎鳥たちが一斉に固まった時があった。あれとそっくりだ。もしかして、あの時も上空に来ていたのだろうか。真相は分からないけれど、固まる以外に異変は見当たらない。なら大丈夫だよね。良かった。

「チロロ、そこで待機。動かないでね。あ、南が分かった、こっちだ」

「みぃ～」

『ふむ』

洞窟を左に見ながら、僕はくるりと回り込んだ。すると、お顔らしきものが見えてくる。

うわー。格好良い！

「モフモフ！」

『ははは。そうだねぇ、君たち人間からすれば全身が毛に覆われているものね』

「あっ、ごめんなさい、心の声が勝手に……！」

格好良いと口にするつもりだったのに、モフモフの印象が強すぎて口から飛び出てしまった。

慌てて自分の口を押さえたら、ニーチェが抱っこから逃れてまた頭の上に移動する。スルスルッとした動きはまるで蛇のよう。

だけど、親である目の前の巨大モフモフを見て分かる。これは「蛇」なんかじゃない。龍《りゅう》だ。本物の龍、というか前世で見知っている龍とも少し違う。あくまでも龍に似た生き物。そして、細長い形の空を飛ぶ生き物に、僕は思い当たる節《ふし》しかない。

そもそも龍の形に似ていてモフモフで白くて神々《こうごう》しい生き物は、他にいるわけがなかった。

「あのぉ、もしかしなくても神鳥様ですか？」

『人間はわたしを神鳥と呼ぶね』

「あわー！」

もうダメだ。僕はおしまいだ。神鳥にモフモフって言ってしまった罪でどうにかなる。いや、人間の偉い人にバレなければセーフかな。どうだろ。とりあえず、神鳥様は怒っていない気がする。

「神鳥様、無礼を許して、くれたりします……？」

『許すも何も、むしろ、礼を言いたいのはこちらの方だ』

「えっ？」

『我が子を拾ってくれただろう？』

「あ、ニーチェ」

「みっ！」

『どうやら、楽しい冒険だったようだ』

「み〜」

頭の上でニーチェが歌うように報告してる。ただ、詳細は分からない。なんだか一鳴きでたくさんの言葉が伝わっているような感じだ。神鳥だから？　だとしたら、すごい。というか、ニーチェってば神鳥様の子供だったのか。えぇ、なんかもう驚きすぎて固まっちゃう。今頃になってファルケやチロロの気持ちが分かった。


ところで、神鳥とはなんぞやって話なんだけど。

この世界では空を飛べる生き物が尊ばれている。人間に害をなす魔物のほとんどが地を這うタイプで、回避するにしろ戦うにしろ、空を飛ぶことで対処できるからだ。

特に人を乗せて運んでくれる大型の鳥「騎鳥」は、人間にとても重用されていた。

そんな騎鳥たちよりも遙《はる》か上の存在が神鳥だ。何人でも乗せられるような大きな体、いつまでも飛び続けられる体力や魔力を持ち、魔物なんてあっという間に倒してしまう。

実際に僕も目の前で見たから分かる。桁《けた》違いの力だ。

他に癒《い》やしの力も持っていた。実は僕もついさっき実感したばかり。それは僕だけじゃなかった。

「ちゅん」

「キャキャーッ」

待機を命じていたチロロが、きっと僕を心配したのだろう。そうっと近付いてきた。病気のファルケも一緒だ。そう、動けなかったあのファルケが歩いていた。

「あの、神鳥様、少しだけお話ししてもいいですか」

『いいよ。それと、カナリア、おチビを育ててくれた養親《ようしん》のお前に敬称は付けられたくない』

「それはちょっと……。『神鳥』と呼び捨てになっちゃいますし」

あれ、僕、名乗ったっけ。ニーチェが教えたのかな。頭の上にいるニーチェを撫でると、しゅるしゅるると巻きついて降りてきた。ニーチェは僕の足元に降り立つと、ドヤ顔で胸を張る。

「み、みっ！」

「え、僕も親なの？」

「み！」

「そっかぁ」

『そういうわけだ。とはいえ、確かに神鳥という呼び方も変ではあるな。最初は名だと思っていたが、どちらかと言えば種族名なのだろう？』

「あー、そうかもしれません。じゃあ、ニーチェと、その親御《おやご》さん？」

あとさ、ちょっと気付いたんだけど、神鳥様って父親なのか母親なのか。声では分かんない。中性的だもん。なんかね、神様～って感じ。

ダメだ、僕、頭の中がパニックになってる。

『その親御さんとやらも、大勢を指す言葉だろう？　わたしにも個としての名を付けてくれるか』

「ひぇっ？」

「みっ！」

「ふぁっ？」

『さあ、カナリア。わたしに名を付けて』

なんという難題、無理すぎる。しかしだ。ニーチェが期待に満ちた目で見ているし、神鳥様もお髭《ひげ》をぷるっと震わせて待っていた。明らかに楽しそう。

ていうか、神鳥様は龍型なんだよな。龍型ってだけで、お顔は厳めしくない。普通に可愛いモフモフ顔だ。ニーチェがイタチのようなオコジョのような形に近かったから、てっきり親もそういう系統だと思っていたのに、どっちかというと猫のような顔に見える。いや、狐《きつね》かな、もしくは犬？　類似生物が思い付かないや。チンアナゴほど細くもない。神鳥様には手足もあれば角もあるしなぁ。やっぱり龍だよね。

ダメだ、頭の中がぐるぐるしちゃう。落ち着いて考えよう。

「うーん、どう見ても『龍』だよねぇ。『龍』にちなんだ名前と――」

『リューか。響きが良いな』

「えっ」

こうして、安易な僕の独り言のせいで神鳥様の呼び名はリューに決まってしまったのである。

神鳥様は僕からすれば龍タイプなんだけど、この世界の人間的には「鳥」になる。

なのに、僕が付けた愛称はリュー。本人（鳥）がそれでいいって言うからいいんだろう。もう知らない。

大体、人間も人間だぞ。空を飛べる生き物に「鳥」って付けるの、安易すぎない？　天族に「天」って付けたのも他の人間だ。空を飛べる生き物へのリスペクトが重すぎる。

「考えるのやめよ」

『どうした、カナリア』

「難しい話は置いといてですね」

『ふむ』

「この子たちがお礼を言いたいそうです」

チロロがファルケに寄り添いながら、前に押し出す。ファルケはその場にひれ伏した。騎鳥も神鳥へのリスペクトが重い……。

「キャキャーッ」

「ちゅんちゅん」

『礼など要らんよ。わたしの魔力はどうも漏れやすい。お前たちの怪我や病気を治したのはただの偶然だ』

「それでも助かったんです。ありがとうございます。僕の傷も治りました」

擦り傷だったけど、森の中を縦横無尽《じゅうおうむじん》に走り回って飛び続けたのだ。僕もチロロも軽傷を負っていた。ファルケは言わずもがな。動けないほど弱っていたのに、すっかり良くなっている。落ちた体力までは戻っていないようだけれど、大丈夫。チロロが寄り添ってでも自力で歩けたのだ。

不思議なのは魔物に癒やしの力が流れないこと。たぶんだけど、悪しき存在に神鳥の善なる力は効かないのだろう。盗賊たちも僕の魔法で拘束されたままだ。物理的な縄でも縛っているけれど、魔法の拘束がなければ暴れてうるさかっただろうと思うから助かった。

そうか、でもだから「神鳥」と呼ばれるのかもしれない。

人間がリューに「神」と名付けたくなるのも分かる気がした。確かに神々しい気配は感じるし、圧《あつ》もある。ただ、それは魔力の多さのせいだろうと思うんだ。誰だって自分より強い奴が目の前にいたら震えるじゃん。

そう、リューは強いんだよ。今まで出会った生き物の中でも桁違いだ。とてもじゃないけど敵う相手じゃない。リューが敵じゃなくて本当に良かった。

チロロとファルケはお礼を言えてホッとしたようだ。リューも気さくだし、安心したんだろうな。ファルケはその場に蹲った。

『ふむ。あまり長居しない方が良いか』

「え、どういうことですか」

もうすぐシルニオ班長が着くはず。彼等がリューを見たらお祭り騒ぎになるよ。本物のお祭りももうすぐあるし、絶対に喜ぶと思うんだけど。

リューの様子からも、人間が嫌いってことはない。僕とも気さくに話してくれるんだ。不思議に思って首を傾げた。

『良い力でも強すぎると毒になる。陽の光ばかりでは生き物も萎れるだろう？』

植物が育つには雨も必要だ。鬱陶しいな困るなと思っていても、雨はやがて飲み水になる。人間にだって必要なものだ。必要なのに、多すぎると困る。

『わたしは1つところに留まれない。だから常に世界を巡っているのだ』

神鳥の恵みは1つの場所に集中させてはいけない。世界を巡ることで恵みが分散される。神鳥は風ももたらす。風は淀《よど》みを吹き飛ばす力だ。空を飛ぶのにも必要な要素である。神と名付けられた空を飛ぶ生き物は、風と共に「強い力」を運んでくる。

『わたしは魔物を排除できるが、人間にとっては獲物でもあるのだろう？　そこそこに間引《まび》くぐらいでちょうどいいと、以前教わったのだよ』

「はい。さっきみたいに集まりすぎたら困るけど、良い素材になるので適度に狩れるのはありがたいです」

でもそっか。シルニオ班長はリューの姿を見ることができないんだ。

それだけじゃない。僕は足元でチョロチョロと動くニーチェを見下ろした。

「ニーチェともお別れなんだね……」

そういえば、初めて出会った時も空気が変だった。リューとニーチェが森の上にいたんだろうな。だからあの時も風の動きが妙だったんだ。ニーチェは自力で飛べない。リューの上にいたのかな。そして落っこちたのかもしれない。

……あれ、待って。普通は我が子がいなくなったら慌てない？

いや、捜したのかもしれないけどさ。その割には再会後の会話がのんびりしすぎてる。神鳥ってこんな感じなの？　分からない、分からないぞ。常識ってなんだろう。

僕が内心でぐるぐるしていると、ニーチェがよじ登ってきた。

「みっ」

「はい？」

「み、み！」

「待って、どういう意味？」

ニーチェは「いっちょ」と言った。お別れって何？　と、聞いてくる。

「だって、リューと、親と会えたんだよね？　まだ子供のニーチェは親に付いていくものじゃないの？　そもそも、はぐれたんだよね。あんな森の中でどうしてって思うけどさ」

「み！」

「そんな元気いっぱいに『おちた』って言われても」

『末っ子は小さいし軽すぎてな。落ちてもしばらく気付かなかったのだよ。ははは』

「えぇ、そこ笑うところ？」

『少し早い独り立ちと思えばいい』

「えっ、じゃあ、連れていかないの？」

『末っ子もわたしと行く気はないようだ』

「み！」

『ほらね。15番目にして初の、幼体《ようたい》で独り立ちだ。頑張りなさい』

「み〜」

「いや、軽いな。そんな感じでいいの？　僕の父さんなんて、独り立ちを許してくれるまですごく時間がかかったのに！」

『人間は過保護のようだからねぇ』

「神鳥がサラッとしすぎなのでは……」

リューはまた笑った。その振動で風が激しく動くのに、僕の体は揺らがない。不思議な風だ。

僕の背中の小さな羽が嬉しそう。いつもは肩甲骨《けんこうこつ》に寄り添う形で仕舞われているのに、勝手にピコピコ動いてる。なんだよもう。飛びたいの？　羽のせいで僕の気持ちまでソワソワしちゃう。それを誤魔化すように、僕はリューに言質を取った。

「じゃあ、ニーチェと離れなくてもいいのかな。僕はこれからもニーチェと一緒に暮らしてもいい？」

「みっ！」

『末っ子も、いや、ニーチェもそう望んでいる。カナリア、わたしの15番目の子ニーチェをよろしく頼む』

「あ、はい。大事にします。チロロもニーチェも僕の家族だから」

『ふふ、そうかい。この子はまだ幼体だけれど、成体になれば人を乗せられるようになるだろう。ああ、そうだ。わたしほど力を使えるようになるのは遥か先になる。カナリアの生きている間は一緒にいても問題はないよ』

「あ、はい」

ちょっと安心した。ニーチェもリューのような存在になったら、僕らは離れるしかない。一緒にいられなくなるのは寂しいもんね。でもどうやら、ニーチェが「神鳥」になるのはまだまだ先のよう。それこそ僕が生きている間は神鳥とは呼べないみたい。

『カナリア、またいずれ会おう。お前の風の扱い方は見ていて心地良い。今回もそれに惹かれて飛んできたのだよ』

「え」

『天族の子よ、あの山で修行を積んだのかな。昔は多くの天族が風を学ぶために励んでいたものだ。わたしもよく覗きに行った。乗せてあげたこともあるのだよ。カナリアはまだまだ修行が足りないが、ニーチェの養親でもある。次は乗せてあげよう。ではな』

「みみっ！」

「え、ちょ、待っ――」

リューは、ふわっと浮かんだかと思うと一瞬で消えるように飛んでいった。僕はただただ呆然と見送るしかない。

ふと我に返った。ニーチェ、そんな軽い感じのお別れで良かった？

なんだよ「にーちぇものる」って。僕と「一緒に乗りたい」って感じだった。んもう。今度は落ちないようにね！


あっさりした親子の別れを眺めていたら、チロロとファルケが深い溜息を吐いた。上位の存在がいなくなって初めて息ができた、ってところかな。

「やっぱり、本物の神鳥なんだなぁ……」

「ちゅんちゅんちゅん！」

「キャキャーッ」

「みみみ」

「あ、はい。偉いのね、うん、分かった。確かにすごく強かったし、圧も半端なかったね」

僕もテンパってたから言えないけど、２頭とも畏《おそ》れ多くて気持ちがいっぱいいっぱいだったらしい。そりゃ、リューも「１つところに留まれない」って言うはずだ。我が子以外とは普通の交流ができないんだもん。それはそれで可哀想な気もする。

まあ、リューが気にしていないのなら僕の考えは無用だ。

「それより、ニーチェとお別れにならなくて良かった。もう二度と会えないのかと思ってすごくショックだったんだから」

「み～！　みっ、みっ、み～っ！」

「ふふ。僕が好きなの？　ありがと。僕もニーチェが好きだよ。チューしちゃう？」

「みっ！」

なんてイチャイチャしてたら、チロロが「ちゅんっ？」と慌ててやってきた。丸い体を押し付けて「ちゅんちゅんちゅん」とうるさい。嫉妬ですか。え、可愛いしかないんですが。

「チロロも好きに決まってるじゃん～」

「ちゅん！」

「……キャキャキャーッ」

ファルケが鳴く。これぐらいは通訳されなくても分かる。呆れてるんでしょ？

ファルケは続けて鳴いた。それをニーチェが「みみみ！」と通訳してくれる。

「そうだね。皆を外に出してあげないと。あ、シルニオ班長もそろそろ着くかな」

辺りに散らばった魔物を見て、さてどうやって説明すればいいのかと腕を組む。

僕はうんうん唸りながら、まずは騎鳥たちのところへと向かった。

◆◇◆◇◆

結果的に、シルニオ班長は僕の語った「真実」を信じてくれた。ただ、報告書にそのまま書けないと言って頭を抱えている。散々考えた末に、魔物が一斉に倒れたのは「賢者の作った魔道具のおかげ」ということになった。ちょうどね、頭痛に悩まされるシルニオ班長を眺めていた時に、父さんから連絡が入ったんだ。

「カナリア～、どうして伝声器を切っているんだい？」

「ちょっと忙しかったんだ。ていうか、オフにしていたのになんで繋がるの？」

「そこはほら、俺が緊急用チャンネルを作っていたおかげだね！」

「……そういうの『ストーカー』って言うんだよ。年頃の息子に過干渉すぎない？　もし僕が女の子だったら『お父さんなんて嫌い！』って言うところだよ」

「カナリアッ？　そ、そんなことは、言わないよね？　大事な我が子を心配するのは親として当然のことだよ。あ、そうだ、何か困ったことはないかい？」

という、やり取りがあって、ふと思い付いたわけ。父さんに事情を軽く説明すると、案の定「だったら俺の名前を使ってもいいよ」と言ってもらえた。

「分かった。辻褄《つじつま》を合わせるために、魔物をまとめて昏倒させる魔道具を作ろうね！」

「火や水じゃダメだよ。森の中だから。僕もそれで魔法攻撃を使いあぐねていたんだ」

「よし分かった。うーん、そうだなぁ。音はどう？」

「音だと、近くまで来ていた騎士にも聞こえているよ。それに、あいつら大きな音には怯えないもの」

「そっかぁ。魔物の嫌がる音を出したところで逃げるだけだしねぇ」

「あ、待って。それ、いいんじゃないの？　ほら、前に話したことあるじゃん。人間に聞こえない音域があるって」

「お～、そういや、研究が途中だったな。よし、それで作ろう。とりあえず『秘密兵器を使ったら昏倒した』とでも言っておけ」

「うん。ありがとう、父さん」

お礼を言うと、伝声器から「むふん」と鼻息のような音が聞こえてきた。なんとなくイラッとする。こういう音でも気持ちが左右されるんだから、魔物にだって苦手な音はあるだろうなって思った。

シルニオ班長は真面目な人だから、僕の提案に悩んだ。もっとも数分で頭を切り替えた。神鳥がどうにかしてくれたって話よりずっとマシだと思ったらしい。

あと、賢者の名前はシルニオ班長も知っていた。

「まさか、君のお父上があのシドニー＝オルコット殿とはね」

「僕も父さんが本当に賢者だったんだと分かって良かったです」

軽口を叩き合いながら、僕らは倒れている魔物を確認した。騎鳥も見て回る。

続々とやってくる兵士たちが魔物の山に驚くんだけど、彼等は別の森へと移動するよう言い渡されていた。盗賊の仲間が他にもいると分かったからだ。捕まえた男たちが口を割った。騎士が数人がかりで締め上げていたので間違いない。僕も途中で聞いた話として証言しておいた。

「そうだ、シルニオ班長。あいつらたぶん、兵士の訓練を受けていると思います」

「ああ。隠そうとしても、姿勢の良さや筋肉の付き方で分かるものだね」

さすが、シルニオ班長だ。ちゃんと気付いていた。更に――。

「おそらく、セルディオ国の人間だろう」

「えっ」

「ほんの少し訛《なま》りがある。君が報告してくれた彼等の動きもセルディオの兵士に多い。数人の

「下着が赤色だったのも証拠と言えば証拠かな」

「あ、それで裸に剥いたんだ……」

何をやってるんだろう、もしかして拷問《ごうもん》でもするのかと目を背けていたら、まさかの下着チェック。そういえばセルディオ国って赤色を好むんだったっけ。

「敵国に侵入するのだから変装や演技もしただろうが、下着までは変えなくてもいいと気を抜いたようだね」

「ははぁ、なるほど」

「男は下着で冒険はしないものだ。君も分かるだろう？　慣れ親しんだ形でないとね」

イケメンが下着について語ってる。僕は同意しづらくて、首を斜めに傾げた。

えっ、普通は下着にそこまでこだわりがあるもの？　僕は母さんが用意してくれた下着を穿いているよ。可愛いワンポイント刺繍もあってお気に入りだ。形にはこだわらない。アウターによっては下着を変えるのもアリだと思っているぐらい。

僕はつい気になって、騎士に囲まれている男たちをチラッと見た。あー。赤いふんどしかぁ。それは別にいいんだけど、そうじゃなくて。ヤなものを見ちゃったという後悔が押し寄せる。

「カナリアでもそんな顔をするのだね。確かに、あんな姿の男たちを見るのは嫌だろう。悪かった」

「いえ」

「奴等は騎獣民族だ。騎獣に乗って領土を広げた歴史を持つ。だから騎鳥を輸入して育てようという考えはなかった。ところが、最近は魔物の棲む森が彼《か》の国にも広がっている。騎獣では移動もままならないし、何よりも空からの攻撃がどれだけ楽かを知ってしまったんだ。そこで素直に購入しようと考えれば良いものを、騎獣民族だった時代の名残で奪おうと考えた。あちこちから無理な調達をしているようだよ」

「それで戦《いくさ》になるんですね」

半眼になって答えると、シルニオ班長は「どうしようもないね」と苦笑いだ。

「とにかく未然に防げて良かったよ。幸い、騎鳥たちに怪我はない」

「そうですねー」

「ああ、そうだった、神鳥のおかげで怪我も病気も治ったのだったね。……はぁ。よし、あとのことはサヴェラ副班長に投げよう」

「あはは」

笑ったものの、サヴェラ副班長が鬼の形相になるのを想像して震えた僕だった。

◆◇◆◇◆

王都に戻る道すがら、僕はリューの言葉を思い出していた。

こっそりニーチェに確認したら、僕が天族だとは話していないようだった。ニーチェは僕が天族だと知っている。一緒にお風呂にも入った仲だ。背中の小さな羽を見たし、旅の間にも話した記憶がある。ただ、リューに報告する時間はなかったはずだ。短い再会だったもんね。なのに、リューは僕が天族だと知っていた。

もちろん僕は羽なんて出していない。

きっと不思議な力があるのだろう。なんとなく僕の心を読めている節もあった。コールドリーディングってやつかな。種族が違うから「人の顔色を見て考えを読む」のは難しいか。どちらにせよ、神と名の付く生き物に隠し事はできないのかもしれない。

その神鳥様に、僕は修行が足りないと言われてしまった。母さんなら言われなかったと思うと、ちょっと悔しい。もっと頑張ろう。風読みは褒められたみたいだし、今の訓練で間違いはないってことだ。

僕がやる気に満ち溢れていたら、背中の羽がピコと動いた。まるでチロロの尾羽みたいだ。感情が出てしまう羽に、以前とは違う愛《いと》おしさを覚える。僕も大人になったってことなのかなぁ。

だったら、そろそろ天族とも向き合わなきゃいけないか。

というのも、捕らえた男たちの証言から「天族」の名前が飛び出たからだ。

戦っている最中、僕に対して「お前、まさか天族なのか？」と問うたのも、奴等に覚えがあるからだった。どうやら一味の中に天族がいるらしいのだ。

仲間かどうかは不明。騎士の尋問もそこまで進んでいない。先にやらなきゃいけないことがいっぱいあるからね。まずは別の森に隠れている盗賊の仲間を急襲するため、騎士や兵士の半分以上が向かった。残りは騎鳥を連れて王都に戻る。僕もだ。

シルニオ班長は部下に「カナリアは一般人だから、くれぐれも気を付けて守るように」と指示し、そこで僕と別れた。

王都の門前で待っていたのはサヴェラ副班長だけじゃなかった。ヴァロやエスコもいる。まあ、兵士もいるんだけど、盗賊一味を運ぶ係だろうね。

他にも騎獣鳥管理所の職員さんや調教師さんらしき人たちが集まっていた。彼等は盗まれた騎鳥を大事に連れて帰った。残ったのがサヴェラ副班長たちだ。

真っ先に駆け寄ってきたのはヴァロで、僕を抱き上げてクルクル回した。

「うわ、ちょっ、待って。子供みたいで恥ずかしい」

「少しぐらい我慢しろ！　それよりお前すごいじゃないか！」

「それは分かったからさ。ていうか、目が回る～。エスコ、ヴァロをなんとかして」

「ヴァロ、いい加減にしろ。全く。カナリア、無事で良かった。心配したぞ？」

「う、うん」

下ろされても目は回っていない。三半規管《さんはんきかん》が鍛えられているからかな。僕が3人に囲まれたように、チロロもアドとリリに囲まれていた。首元にいたニーチェによると「夜の空を飛ぶなんてすごいね」「カッコイイ」と褒められているようだった。心なしか、チロロがドヤ顔で可愛い。

僕が笑っていると、サヴェラ副班長が溜息を吐きながら目の前に立った。すかさず、デコピンしてくる。

「いてっ」

「無謀すぎです。途中で伝声器は切るわ、勝手に盗賊と一戦を交え、あまつさえ魔物を狩ってしまうだなんて」

「いやー、あのー」

「カナリアがわたしの部下だったら、今頃は反省文を百枚書けと言い渡していたところです」

「ひゃ、百枚？」

「更に謹慎《きんしん》処分ですね。王都の周囲を何周か走らせる罰《ばつ》も与えていたでしょうか」

「ひぇぇ……」

「や、騎士様よぉ、それはあんまりじゃねぇか」

「そうだな。カナリアは英雄級の活躍だったんだ。罰ってのはないだろ」

「わたしの部下だったら、と言ったはずです。それだけ無茶をしたという話なんです」

「仮定の話をされてもなぁ」

なんか、エスコが言い返してる。ヴァロも僕を庇《かば》うつもりはあるようなんだけど、バチバチやり合う2人を見て後退《あとずさ》っていく。ヴァロ、弱くない？

「うちの未来のエースだ。あまり、上から言うのはどうかと思うがね」

「『うちの』？　カナリア、本気で傭兵ギルドに入るつもりですか。わたしが騎士団に誘ったのを忘れていませんか」

「えーと。サヴェラ副班長たちはまだ王都に戻っていなかったみたいだし、僕も働かないと生活できないでしょう？　部屋を借りるための後ろ盾も欲しかったから……」

「良い部屋を紹介できるとも話しましたよね？　カナリアの好みそうな、可愛い場所も知っていますよ」

「え」

心惹かれたのがサヴェラ副班長にも伝わったらしい。にんまり笑って前に出る。話を詰めようとしたんだろうけど、エスコが割り込んだ。その隙にヴァロが僕を引っ張る。

「横から、かっ攫う真似はやめてもらおうか」

「最初に目を付けていたのはわたしたちです」

2人が言い合うのを横目に、ヴァロが僕をぐいぐい引っ張って端に連れていく。

「カナリア、こっちだ」

「え、でも」

「お前、あんな怖ぇ奴のいるところに入りたいのか？」

「そんなに怖くないよ、たぶん？」

「マジかよ。ていうか、夜通し働いて疲れただろ。あいつらはほっといて帰ろうぜ」

「あ、そうだね」

「ちゅん」

「チロロもお疲れ〜。アドとリリに解放されたの？」

「ちゅん！」

「そっちは平和的解決かー」

こっちはまだまだ平和とはいかない模様。エスコとサヴェラ副班長はまだ言い合っている。顔見知りっぽいし、今までも手柄を取り合ってきたのかな。傭兵ギルドって騎士団ができないような無茶を任されてそう。なんとなく因縁《いんねん》を感じる。

僕はヴァロに従って帰ることにした。そろそろ夜明けだ。

「眠い……」

「そりゃな。あ、そういや今日は休んでいいぞ。ヴィルミからの伝言だ。でも、昼には起きてくれよ」

「え、うん、なんで？」

「お前に礼を言いたい奴がいっぱいいいるんだ」

「そうなんだ？」

「花屋のマリアンナちゃんも心配していたぞ」

「あの子の名前、マリアンナっていうの？」

「お前、あの子とよく世間話《せけんばなし》してたくせに名前も知らなかったのか」

だって、店主さんはマリーって呼んでいたもん。他の人もそう呼んでいた気がする。

「あれ、ヴァロはどうやって名前を知ったの？」

「……ヴィルミに聞いた」

「うわぁ」

「なんだよ！」

「ううん。とりあえず、あの店で毎日花を買えばどうかな」

「毎日？　マリアンナちゃんがいない時もか？」

「そうだよ。マリーがいる時だけだとストーカーじゃん。嫌がられるよ。それを避けるために、毎日買うの。１本だけでもいいんだ。そしたら『あ、この人は花の好きな男性なんだ、素敵』ってなる」

かもしれない。分かんないけど。少なくともストーカーと間違えられることはない。ヴァロは女性へのアプローチに関しては奥手《おくて》だから大丈夫だろうけど。念のためね。

「そ、そうか」

「買った花はちゃんと部屋に飾るんだよ？　その様子を覚えておけば、何かの時に話の種にできる」

「おお、なるほど！」

ヴァロは何度も頷き、マリアンナちゃんへの質問を考え始めた。大丈夫かな。まあ、いっか。

僕は眠いのもあって、送ってくれるヴァロに適当な返事をしながら宿に戻った。

◆◇◆◇◆

サムエルにチロロのお世話を任せると、僕は小さな部屋に急いだ。こういう疲れた日は5階まで上がるのがちょっと億劫《おっくう》で、魔法を使ってしまった。たまにはいいよね。

それからお風呂にも入らず、泥のように眠った。

起きると昼を過ぎていた。目が覚めたのはお腹が鳴ったから。食べに行きたい気持ちもあったけど、とにかくお腹が空いた。収納庫から果物を取り出し、とりあえずお腹の虫を宥《なだ》めてから1階に下りる。

「おはよーございます」

「小さな英雄のお出ましだよ。カナリアちゃん、昨日はお疲れだったねぇ」

「女将さんが昼食を用意してくれているわよ。あら、珍しいこと。髪が跳ねているわね」

「あ、エーヴァさん」

ソファに座っていたエーヴァさんが立ち上がり、僕の寝癖《ねぐせ》を直してくれる。

「いつも綺麗にしているのに、それだけ大変だったのね。本当にお疲れ様でした」

「えっと、はい。ありがとうございます」

「ふふ。さあ、座って。王都は今、盗賊団を捕まえた話で持ちきりよ」

「あ、仲間も捕まったのかな」

「残党狩りなら成功したと、さっき号外が出ていたわ。どこも大騒ぎよ。あなたも外に出るのなら気を付けてね」

「はい」

頷いた僕の前に、女将さんがお皿を置いた。

「まずは食べることさね」

「わぁ！　すごい、美味しそう」

「カナリアちゃんのために、うちの料理人が腕によりを掛けて作ったのさ」

「ありがとうございます！」

がっつく勢いで、僕は皆に見守られながら食べきった。

その間、女将さんが「チロロちゃんのお世話はサムエルがしっかりやっているからね」と太《たい》鼓判《こばん》を押した。エーヴァさんも「あの子も頑張ったチロロちゃんのために精いっぱいブラッシングするんだって話していたわよ」と言う。

皆もう、昨日の事件について知っているみたいだ。どこまで知っているのかな。さりげなく聞いてみると、想像した以上に正確な情報を得ていた。つまり、僕が森まで追いかけた話や、盗まれた騎鳥を救ったってこともだ。

てっきり「盗賊団を捕らえたのは騎士団です」って広報すると思っていた。僕が首を傾げていると、エーヴァさんの口から答えが出た。

「さっき傭兵ギルドのヴァロさんがいらしてね、教えてくれたの。告示では詳細に知らされないだろうからと話していたわ。あなたが頑張ったことを、せめて仲の良い人たちには知っておいてもらいたいそうよ。彼、良い人ね」

僕は嬉しくなって「はい！」と笑顔で答えた。

「そうそう、ヴァロさんからの伝言よ。『食事のあとでいいからギルドに顔を出してほしい』ですって」

「そういえば昨日そんなことを言っていたような」

「本当はあなたが起きるのを待っていたかったようだけれど、仕事があるらしいわ。サムエルを付けるから、落ち着いたらギルドへ行ってちょうだいね」

「僕1人でもいいのに」

「人が集まってくるかもしれないわよ？　森での捕り物を知らなくとも『夜の王都の上空を飛

んだ子がいる』ことは知られているもの」

「あー」

「白くて丸い騎鳥に乗った可愛い少年として、王都中に噂が広がっているわ」

喜んでいいのかどうか。まあ、嫌われるよりはいっか。

僕はエーヴァさんの言う通りにサムエルを連れ、傭兵ギルドに向かった。


傭兵ギルドまでの間に、僕は多くの人にお礼を言われた。

小さな女の子からは「ことりちゃんと、おにいちゃんに」とお菓子までもらった。後ろでニコニコ笑っていた母親が「以前、うちの店で買ってくれたでしょう？　好きだと思って」と付け加えた。僕を覚えていてくれたんだ。確か、小さなお店だった。外観も内装も全部が可愛くて、クッキーも選ぶのが大変だった。アイシングクッキーっていうのかな。細かい装飾が見てるだけでも楽しいんだ。もちろん美味しかった。

お礼を言うと「こちらこそ、王都を守ってくれてありがとう」と笑顔が返ってくる。

他にも顔見知りの人たちに声を掛けられた。それだけじゃない。知らない人もギルド前で待っていて「あの子だ！」とか「小さい子なのにすごいな」だとか話してる。

そして。

「あんな小型の騎鳥が夜空を飛んだのか！」

「いくら乗っている子が小さいからって、勇気があるぜ」

「本当に白くて丸いな」

「なんていう騎鳥なんだろう。小鳥みたいじゃないか」

「小鳥だろうが何だろうが関係ないさ。俺たちのために飛んでくれたんだ」

「ありがとうな！」

チロロが褒められている。それが嬉しい。僕が良かったねってチロロの嘴を掻いてあげると、もふんと胸を膨らませた。より、まん丸になる。チロロの羽に隠れていたニーチェが飛び出てきて、僕の腕を伝って頭の上に乗った。

「ニーチェも頑張ったもんね」

「み！」

「チロロもだよ」

「ちゅん！」

どっちもドヤ顔なのが可愛い。

僕は集まってくれた人たちに手を振ってギルドの中に入った。なんだかアイドルになった気分だ。そう考えると、僕の場所を空けようとして出てきてくれた職員さんがコンサートスタッフに見えて、内心で大笑いだ。

ギルド内に入るとヴィルミさんが待っていた。ギルド長もだ。何故か仁王《におう》立ち。

「カナリア、お疲れ様です」

「えっと、はい」

返事をしながらギルド長を見上げる。顔は知ってても挨拶をしたことはない。近くで見ると首が痛くなるぐらいの大男っぷりだ。その背後から経理担当の奥様が出てきた。

「あなた、もう少し笑顔を」

「うっ、待ってくれ、これ以上は無理だ」

「そこの仲良し夫婦はお静かに」

「ヴィルミ君、だってこの人の顔が怖いせいで何人の若い子が怯えたことか。あなたも知っているでしょう？」

「彼、期待の新人です。問題ありません」

「確かに、あのリボンの件はとても好評だったわ。試験でも堂々としていたのよね？」

「ロッタ、本題を」

「ヘンリクったら、もう少し笑顔で話してちょうだい。さて、カナリア君、いいかしら」

「は、はい」

何を言うのだろうと身構えたら、ロッタさん、めっちゃ笑顔になった。

「王都を守ってくれてありがとう！」

「あ、はい」

「ヘンリク、あなたも、ほら」

「ああ。カナリア、よくぞ1人で頑張った。傭兵ギルドの長として誇《ほこ》りに思う」

「えっと、ありがとうございます」

まだ、本会員じゃないんだけどな。と、思っていたら、背後が騒がしい。

皆が一斉に入り口を見る。そこにシルニオ班長がいた。入ってきたところらしい。

「宿にお邪魔したら、こちらだと聞いてね」

「わー、すみません。ついさっき着いたところなんです。昨日はお疲れ様でした。全員捕まえました？」

「そのつもりだ。もしかしたら数人は取り逃がしているかもしれない。周辺の捜索は続けているよ」

「『隊長』と『副隊長』が捕まってるので少しは安心ですかね」

「君のおかげだ。ありがとう。今日は君にお礼とお願いがあってね」

僕が首を傾げると、シルニオ班長が爽やかイケメンの顔で微笑んだ。

「どうだろう。騎士団に入団する気はないかい？」

僕が何か言う前に、場の空気が変わった。ギルドに残っていた会員の人はもちろん、ギルド長とヴィルミさんの雰囲気がピリッとするんだ。でもたぶん一番怖いのはロッタさん。

「どういうことかしら？」

ぴぇ。

声にならない声が出る。ついでに頭の上にいたニーチェも「みぃ……」と小さく鳴いた。分かる。なんか、すっごい怖いよね。母さんに似た何かを感じるぞ。

それにしても、傭兵ギルドと騎士団が僕を取り合う図。すごくない？

僕は入り口に待たせていたチロロのところに行って「もう少し待っててね」と告げた。ついでに顔見知りの傭兵たちに呼ばれて話をする。だって、僕抜きでシルニオ班長やロッタさんたちが盛り上がっているんだもん。

この場にいる傭兵は待機組だ。今は本当に忙しい時期だけど、それこそ昨日みたいな緊急事態が発生した時に誰も出せないなんてことがないように、ギルドが「準備」しているんだ。一応、お休み期間ではあるから、お酒を飲んでもいい。休みと言いつつも待機させているので賃金も発生するよ。酒代ぐらいだと聞いた。それだと多いのか少ないのか分からないな。ともあれ、先輩方がその酒代で奢《おご》ってくれると言うから遠慮なくジュースを頼んだ。

そして、昨夜の話を聞いた。王都は一晩中そこかしこで騒がしかったそう。警邏のために急《きゅう》遽《きょ》駆り出された人も多く、傭兵ギルドも大変だったとか。

「花祭りに必要な飾りを保管する倉庫が壊されて、俺たちも朝まで片付けに追われていたんだ」

「だからそんなに眠そうなの？」

「おうよ」

「その割には飲むんだね」

「これは目覚まし用だ。ははっ」

いや、そんなわけないよね。呆れるけど、本当に誰も彼も平気そうだ。まあ、眠そうではあるんだけどさ。

「馬車にも仕掛けがされていたってよ。そっちは輸送ギルドや鍛冶《かじ》ギルドが担当だ」

「鍛冶ギルドも？」

「職人ギルドは花祭りの準備で忙しい。金具《かなぐ》に仕掛けがされていたから鍛冶屋が呼ばれたんだろ。そういや魔法ギルドからも誰か来てたらしいぞ。俺たちは捕り物と警邏だ」

「大変だったんだね」

「お前ほどじゃねぇわ。よくもまあ、暗い中を飛び回ったもんだぜ」

「へへ」

頭を撫でるという褒められ方。まるで子供じゃん。しかも「これでも食いな」とジャーキーやチーズをくれる。おやつかな？　いや、酒の肴だった。もちろん育ち盛りなのでありがたく食べましたとも。

すっかり座り込んでいると、話が終わったらしいシルニオ班長がやってきた。

「昨日の今日で申し訳ないが調書を作成したい。お願いできるかな」

「はい。あ、ヴィルミさん」

「なんでしょう？」

「……明日は王都内警邏の仕事になります？」

「明日の仕事を受けてくれるのですか？」

「だってその予定だったし。花祭りまでは仕事を受けるって契約じゃなかったです？」

「そう、でした。カナリア、君は本当に素晴らしい。見た目にそぐわない強い男ですね」

またも褒められ、僕は照れながら頭を掻いた。あっ、チーズを触った手だった。ヤバい。1人で慌てていると、近くで飲んでいた男たちが僕の背をバンバン叩く。やめて、その手は汚れてるでしょ！

僕が手を叩き落としていたら、じゃれていると思ったらしいシルニオ班長が苦笑した。

「君はもうすっかり自分の居場所を作ったようだね」

「え？」

「そうなんです。ですから騎士団の入る隙はありません」

ヴィルミさんがサッと答えると、他の人も続いた。

「そうだそうだ。カナリアは絶対にやらんぞ」

「わたしもカナリア君と一緒に行こうかしら。騎士団に監禁されたら困るわ」

「また蒸《む》し返すつもりですか。さっき話し合ったでしょう？　とにかく、今日はこちらに任せてください。カナリア、もちろん日当《にっとう》は払うよ。報奨金《ほうしょうきん》も出せるようにクラウスが取り計らっているからね」

シルニオ班長が爽やか～に微笑む。僕はサヴェラ副班長の名前を聞いて背中がぞわっとした。ここに来たのがサヴェラ副班長だったら、もっと刺々《とげとげ》しい雰囲気になっていた気がする。シルニオ班長で良かった。ギルドの皆に見送られながら、そう思った。

◆◇◆◇◆

道中、どうしてシルニオ班長が迎えに来てくれたのかを聞いてみた。

「息抜きもあったが、クラウスに『敵の囲い込みが頑強すぎる、役職者が行くべきだ』と尻《しり》を叩かれてね」

「うわぁ。班長をお使いに出すの、すごくないです？」

シルニオ班長は肩を竦め「クラウスはいつもそうなんだ」と諦め口調。どっちが偉いのか分からないな。それが伝わったのか、シルニオ班長が続ける。

「僕の親の爵位がサヴェラ家より上でね。おかげで役に就くのが彼より早かった。クラウス自身は補佐という立場が合っていると嘯《うそぶ》いているよ」

「あれ、騎士団って身分が必要なんですか？　だったら、僕の入団は無理なんじゃ……」

いくら父さんが賢者で有名人だったとしても、貴族じゃない。

「試験に合格すれば平民でも入団はできる。カナリアの場合は若い上に平民だ。騎士学校も出ていないから、準騎士の契約になるね」

「正式加入じゃないんですね？」

「そうだね。その代わり、準騎士ならば副業も可能だよ」

「おお」

「貴族出身の騎士が多いため、ほとんどが従者を連れてくる。彼等の身分は準騎士だ。貴族の屋敷に戻れば従者としての仕事がある」

「なるほど」

従者も大変そう。わざわざ試験を受けて雇い主に付き合うわけでしょ。僕には無理だ。

なんて話をしているうちに騎士団へ到着した。ところが妙に騒がしい。なんだろうと不思議に思っていたら、突き刺すような視線が集まる。

僕がシルニオ班長を振り返ると、いつも爽やかな彼が眉を顰めていた。

「カナリア、何か言われても無視を――」

「おい、そいつが例のガキか？」

あっ。いつぞやの騎士だ。シルニオ班長が能面みたいな顔になった。

「フルメ班長、失礼な物言いはやめていただこう」

「失礼？　貴族でもないガキに何をどうしろって言うんだ」

「身分は関係ない。ましてや、彼は王都を救った英雄だ」

「その話もどうだかな」

ニタニタ笑って感じ悪い。こういう人いるよね。前世の僕ならビクついてたと思う。今は違うよ。今生では鍛えられているからね。つよつよの両親に育てられたって自信が、心を強くしていた。あの2人は、どんなことがあっても僕の味方だ。それが僕を前向きにさせてくれた。そういう背景が僕を冷静にもしてくれる。

フルメ班長と同じだね。こいつも貴族の身分を持っていることが自信になっている。彼との違いは、物理的に鍛えられた分、僕の方が強いってところ。喧嘩を売るなら買うぞ。

「みっ！」

「ちゅんちゅん！」

「いや、待って。なんで僕より先に喧嘩を買おうとするの」

「み？」

「ちゅん！」

やる気満々なんですけど。

横でシルニオ班長が吹き出した。フルメ班長は唖然としたあと、お怒り顔になる。何か言おうとしたんだろうけど、そこに別の人の声が邪魔をした。

「あー、昨日の子か！　お疲れ様！」

「君、傭兵ギルドの所属なんだってな。傭兵ギルドはあんなことができるのか」

「俺はてっきり輸送ギルドかと思っていたよ」

「尋問した奴が話していたけど、お前、高木《こうぼく》の上から飛び降りたんだって？」

「飛行中の騎鳥から飛び降りたらしいぞ」

「頭、どうなってんだ。大丈夫かよ」

ワイワイ話しながら集まってきたのは、昨夜見掛けた兵士や騎士たちだ。フルメ班長を弾き飛ばす形で僕を取り囲む。シルニオ班長は騎士に目配《めくば》せした。その人たちがフルメ班長に何か言って、どこかへ連れていく。連携がすごい。

「とりあえず邪魔者は消えたか。すまないね、カナリア」

「いいえ。ああいう人はキャンキャン吠《ほ》えるだけですから」

僕の返しに、集まっていた人たちから爆笑と拍手が起こった。皆、よっぽどフルメ班長が嫌いらしい。


聴取は、シルニオ班に正式に配属されたニコと、ハンヌ班の班長ケイモ＝ハンヌさんが担当。ハンヌさんも第8隊所属だそう。王都内や国内の大きな犯罪捜査は第8隊がやるんだって。騎士の数も一番多く、班ごとに分かれている。と、聴取前に教えてくれた。

「ニコ、シルニオ班に移籍できて良かったね」

「そうなんだよ。って、世間話してたら怒られる。まずは聴取だな」

わたわたするニコに、ハンヌさんが笑った。

「世間話から入る聴取もあるさ。ところで君たち、仲が良いね」

と言うから、騎鳥盗難事件の際に知り合ったとニコが説明した。ハンヌさんは「ああ、あの話の子か。毎度人助けをするとは偉いねぇ」と笑顔。それから心配そうなニコに「大丈夫、クラウスから聞いている」と頷いてみせた。ニコはホッとした様子だ。

「カナリア、この人はシルニオ班長寄りだから安心していいぞ」

ニコが心配したのは、僕が何度も盗賊の件に関わっているからだ。ただのお節介《せっかい》ならいいけど、万が一盗賊団の仲間だったらと、ハンヌ班長が疑うかもしれない。でもそれも、サヴェラ副班長の口添えがあったおかげで「お節介」の方だと思ってくれたようだ。

僕はただ正直に話すのみ。怒濤の1日について、事実を語った。

すると、2人が頭を抱え出した。僕は「立ち位置や動きが分からないんだな」と、絵を描いてあげた。これが役に立った。立体的な絵だと分かりやすいもんね。上手いとは言い難いけれど、パッと見て分かる形で描いたつもり。ただ、ハンヌ班長はより頭を抱えた。

「こんな恐ろしい真似をする人間が世の中にはいるのか」

「確かにカナリアは変わってるけど、そんなにすか？」

「あの森の木の高さがどれぐらいか俺は見て知っているからな」

「ハンヌ班長は騎獣乗りだから余計に怖いんすよ。俺は元々騎鳥乗りなんで」

「ニコは騎鳥から飛び降りたことがあるのか？」

「……ないっすけど」

2人が同時に僕を見て、それから室内で休んでいたチロロにも目を向けた。

「この子もなぁ。夜空を飛ぶというから、どんな厳つい騎鳥かと思うだろうが」

「昨日の現場に行けなかった奴等が、ファルケの亜種じゃないのかって噂してたっすね」

「それがまさか、こんなに可愛くて小さな騎鳥とは」

褒められたと思ったチロロが「ちゅん」と鳴く。うん、可愛い。ちなみにニーチェはチロロの羽の中にいる。ちょろっと顔を出しては潜り込む。うんうん、可愛いよ。

「よし。聴取はほぼ終わりだな。書類へのサインは後ほど見直しの際にやってもらうとして、先に頼み事の話だ。実は騎士団から君にお願いがあってね」

「はあ、なんでしょう」

「騎鳥乗りの騎士たちに向けて、飛行の様子を見せてやってほしい。もう分かったかもしれないが、君の活躍をいまだに信じていない馬鹿者がいる。目を覚まさせるために、また自分たちの実力がどれだけ低いか分からせるためにも、君の実力を知らしめたい」

「サヴェラ副班長が前に頼んでいただろ。ちょうど良いって言い出してさ。カナリア、嫌かもしんないけどやってくれない？　俺も見てみたい」

「うーん、分かった。あ、日当出る？」

2人が「もちろん」と答えたので、了承した。それから休憩を挟んで調書の見直し。

途中で盗賊の取り調べ状況をチラッと教えてもらった。奴等、馬車定期便でも騒ぎを起こす予定だったみたい。それが失敗に終わり、騎獣の預かり所を急襲したんだそう。騒ぎで兵士が集まるのを待って、目を付けていた騎鳥を盗んだ。

僕が追った空のルート以外にも、実は抜け道が他にもあったらしい。何頭かは別の隠れ家に運ばれた。もちろん、そこも昨夜のうちにシルニオ班長たちが押さえている。

逃げる際の保険として、生きた魔物も運んでいた。結構前からで、魔物は繁殖していた。だからあんなに多かった。いるはずのない鰐型がいたのもそのせいだ。

そして、盗賊の仲間には天族もいると分かった。天族自体が裏切ったとかじゃない。昔、戦争で捕虜《ほりょ》になった天族がいて、手伝わされているらしいのだ。しかも、数人いるとか。その子供が今回の一味にいた。一緒に捕まって調べられている。どういった立ち位置なのかで罪も変わってくるから、慎重になっているそうだ。

僕はどう返せばいいのか分からず、下手な相槌で誤魔化した。

聴取では、僕の背景や事情は話していない。辺境の出であることと名前だけ。父さんの名前も母さんの名前も、ましてや天族の血を引くだなんて話もしなかった。詳しく話すとしても、サヴェラ副班長やシルニオ班長にだ。ハンヌ班長がシルニオ班長寄りだと聞いても、僕との間にそこまでの信頼関係はない。あ、信頼というよりは「強さ」かな。

シルニオ班長やサヴェラ副班長は、感じの悪いフルメ班長に言い返せてた。同じことをハンヌ班長ができるかを僕は知らない。良い人に見えて実は裏で繋がってましたーなんて話はよくある。

そこまで神経ピリピリに考えるのは、天族の件を知ったからだった。僕が天族の血を引いていると知れば、その偶然に驚くよりもなんらかの関係があると疑われそうな気がした。正直に言えば、無関係なのに火の粉が降りかかるのはごめんだと思った。

それにしても天族の捕虜か。となると、結構前だよね。捕虜の交換はなかったのかな。傭兵という形であっても、国からの要請で戦争に赴《おもむ》いているんだ、同じ国の兵士として扱われるはずだった。気になることは多いけれど、変に首を突っ込むと僕の方が困る。忙しい時だし、落ち着いてからサヴェラ副班長に聞けたらいいな。

聴取が終わると、帰りはニコが送ってくれることになった。盗賊の残党が王都内にまだいたとしたら、報復で狙われるのは僕かもしれない。とはいえ、騎士服だと逆に目印となる。僕が断ると、ニコは急いで着替えに戻った。ごめん。

待っている間はハンヌ班長が付き添ってくれた。今度は誰にも絡まれなかった。というより、ほとんどの騎士は良い人ばかりなんだ。声が大きいと目立つって法則だね。

そもそも良い人の方が多い。ニコを待っている間も笑顔で声を掛けられた。昨日のことを知っている人は労ってくれるしね。そこでハンヌ班長が「今度、模範《もはん》飛行をやってもらえることになったから楽しみにな」と言うものだから、盛り上がってしまった。駆け付けてきたニコが「何、何、どうしたの」と騒がしい中を掻き分けてくるぐらい。

僕らは静かになるのを待っていられず、またニコに掻き分けてもらって外に出た。

◆◇◆◇◆

次の日の王都内警邏は、人が集まって仕事にならなかった。褒めてくれるのも労ってくれるのもありがたいけれど、警邏する側としては困るんだよね。結局、たった1日で僕とヴァロは森の見回り担当に逆戻り。花祭りが終わるまでずっとだ。

その日は、ヴァロとエスコが僕を宿まで送ると言い出した。女の子じゃあるまいし、送ってもらうのは恥ずかしいと最初は断った。チロロだっているもの。だけど、うん、人避けとして2人は役に立った。喜んでいいのかどうか分からないけど、強面の男2人が左右に立っていると突撃はされにくいよね。

しかも、宿の前では輸送ギルドの職員が待っていたのだ。最初に僕が話をした受付の女性と、その上司の男性だった。何の話かは分からなくても、僕と相手の雰囲気で「まずい」と思ったらしいエスコとヴァロが帰らずに残ってくれた。

宿の女将さんは集まる人々から隠すように、全員をロビーに招き入れてくれる。そこで話し合いが始まったわけだけど、職員2人の言い分がひどい。

「あなたを正式会員として受け入れてあげようと、わざわざ赴いたのよ」

「会員になりたがっていたもんな？」

さも「ありがたいだろう？」といった上から目線の話しぶりに、一番怒ったのはヴァロだった。僕は顔の中心がギュッとなったままだ。なんかもう唖然。どんだけ厚顔《こうがん》でもコレは言えないぞ。僕が顔を顰めている間にヴァロが「ああっ？」ってドスの利いた声で返したよね。

エスコはと見れば、目が怖い。女将さんは半眼だ。ソファに座る輸送ギルドの職員2人を睨む。僕の背後にはサムエルがいた。「なんだこいつら」と呟いている。エーヴァさんがいたら「宿の従業員としては減点ね」って言いそうだ。もちろん告げ口なんてしないよ。僕のために怒ってくれているからだ。

「な、なんですか、あなた方は」

「そもそも関係ない人たちよね。席を外してくださるかしら？」

「関係はある。俺たちはカナリアの先輩だ」

「そうだそうだ。カナリアは傭兵ギルドに所属している。お前らはお呼びじゃないんだよ」

「はぁ？　試用期間中だろう？　まだ正式会員じゃないはずだ」

「そ、そうよ！　それに彼は最初にあたしたちのギルドへ来たの。この意味が野蛮《やばん》な傭兵ギルドさんには分からないのかしらね」

「ああん？」

「なんだと、このクソ野郎どもが」

僕が「ヴァロ、口が悪いよ」と小声で注意すると、慌てて口を閉じた。

「ほら、見なさいよ。傭兵ギルドなんかにいたらダメになるわ。やめておきなさい。傭兵なんてね、程度の低い人間の――」

「それ以上は名誉棄損《めいよきそん》になりますけど、大丈夫です？」

最後まで言わせない。僕は半眼で言い返した。

「は？　あのねぇ、ボクちゃん」

「前もそう言ってましたね。人を小馬鹿にしたような喋り方で『ボクちゃん』呼ばわりだ。失礼すぎる。程度が低いのはどちらでしょうか」

怒ったのはヴァロだったけど、ぶち切れたのは僕。横目に呆れ顔のエスコが見えるけど、止まらないぞ。ちなみにヴァロは「え」って顔で僕を見ている。

「最初に僕の説明を鼻で笑って『子供は小さなことでも大袈裟に言う』と決めつけたのは、あなただ」

「い、いや、あれは」

「試験を受けさせてくれなかったのも、あなた」

「あの時は君の能力が分かっていなかったからだ。君もきちんと説明しなかったね？」

「説明したし、最後まで聞かなかったのはそちらだ。試験を受ける権利があるのに、その説明もなかった。門前払《もんぜんばら》いだ。それについて問えば『今時の子は』と溜息を漏らした。『子供の戯言』だと言って、他で相談することを止めようともしましたよね」

職員2人は眉を顰め、嫌な表情になった。

「ご安心を。まだどこの機関にも相談してません」

2人は内心でホッとしたんだろう。表情が緩みかけた。でも、残念。僕はね「たった1人」だと握り潰《つぶ》されるかもしれない「相談」を、役所に届けるなんて真似はしません。これだけ横暴なんだもん。癒着してる可能性だってある。エスコからも噂は聞いていた。相手は大物貴族だっけ？

なら、効果的な仕返しは、力のある人に頼めばいい。僕は伝声器を取り出した。

「もしもし、父さん？　うん。その件は急ぎじゃないから。あのさ、前に愚痴った話を覚えてる？　王都に来てすぐ、輸送ギルドで嫌な目に遭ったたっていう。そうそう、それ」

僕はニタッと笑って、向かいのソファに座る職員2人を見つめた。

「あ、なんだ。もう連絡してくれたんだ。いつも来てくれるマヌおじさんにも？　そろそろ王都に着く頃？　父さんの手紙を持って？」

職員2人は分かっていないようだったけど、エスコがピクッと動いた。エスコはマヌおじさんの名前を知っているらしい。マヌおじさんはアウェス乗りの元武官だ。たまに来たと思ったら速攻で飲み会に突入し、その度に父さんと「俺たちは有名なんだぞ」と自慢し合っていた。僕は酔っ払いの戯言だと思って信じていなかった。

だけどほら、父さんが本当に有名な賢者だと分かったばかりだ。マヌおじさんの「俺も怪我さえしなければ将軍になっていたんだぞ」だって本当かもしれない。

「これからは輸送ギルドを通さずに運んでもらうんだね？　うん、分かった」

「な、どういうことだ！」

「輸送ギルドを通さない荷運びだなんて、許されないわ！」

ここにきて我に返った職員2人が吠えるけど、残念。そんな法律はない。輸送ギルドに多くの騎獣鳥乗りが所属しているから、その分配送料がお安くなるだけ。ルートも確立しているしね。でも別に個人で配達したって問題はない。

現に、王侯貴族なんかは自前の輸送ルートや人員を持っている。ただ、輸送ギルドの顔を立てて間に噛ませてるだけじゃん。それだって普通の荷物だけだ。父さん宛ての荷物も輸送ギルドを通して近くの町まで運んでもらってる。重要な案件のみ、特殊ルートを飛べるマヌおじさんが来るのだ。あの山の家に来られるのも腕が良いから。

マヌおじさんは在郷《ざいごう》軍人会所属で、輸送ギルドの会員でもある。仕事をしたという形が欲しいから、あえて輸送ギルドを通しているだけだ。依頼者はマヌおじさんを指名し、荷物を運んでもらう。父さんに魔道具を作ってもらいたい魔法ギルドや、知り合いの貴族たち。彼等に「輸送ギルドは通さないで」と頼めば、ほいほい聞いてくれるよ。輸送ギルドのルートを使わなくたってマヌおじさんは飛べるからね。なんたって本人いわく「伝説のアウェス乗り」だ。

それに、父さんは本当に何か欲しいなら、自分で飛んでこれちゃうんだよなぁ。収納庫もある。わざわざ運んでもらう必要性ってない。つまり、輸送ギルドと付き合いがなくなったって全く問題ないのである。どうだ、分かったか。

父さんはマヌおじさんに「お怒りの手紙」を幾つも預けたそう。あちこちに運んでもらうんだってさ。

「輸送ギルドを使った場合、取引を停止すると連絡するそうです。仕事が減るかもしれませんが『子供は小さなことでも大袈裟に言う』んですよね？　気にしないでください」

持ってて良かった賢者の父。魔法バカでも役に立つ。ありがとう、父さん。僕は虎《とら》の威を借る狐です。

横でエスコが吹き出し、ヴァロは「え、どういうことだ」とまだ分かっていない様子。女将さんとサムエルは分からないなりに、僕がニヤニヤしてるのを見て苦笑い。

職員2人は徐々に顔を青くし、やがてフラフラしながら帰っていった。エスコやヴァロがまだ怒っていたし、粘《ねば》れなかったんだろう。まずはギルドに戻って関係各所に問い合わせ、かな。父さんの口ぶりだとマヌおじさん以外にも連絡を入れてそうだし。

あ、仕返しを長く続けるつもりはない。悪いのは職員であって会員じゃないからだ。彼等の生活にまで響くような嫌がらせはダメ。父さんも分かってるはず。……だよね。あとで確認しておこう。

できれば職員の再教育を求む。強めマシマシで。もしもギルドの内部構造に問題があればそっちも解決するといいな。そう思って笑顔で見送っていると、ヴァロがエスコに意味を教えてもらったらしく、変な顔で僕を見る。

「お前、えげつないな」

「そう？」

「思えば、最初にやり合った時もえげつなかった」

「そうだよな。カナリアはヴァロを絞め落とそうとした前科がある」

「前科って、人聞き悪いな」

半眼で返すと、ソファの背後にいたサムエルが前に回った。

「カナリア、マジで強いんだな」

「へへ。そこそこね」

「謙遜《けんそん》するな。お前は強いよ」

「エスコ、なんかすごい褒めてくれるね」

「そりゃそうだろ。王都内で暴走した騎獣を止めるわ、夜の森での追跡劇と、挙げれば切りがない活躍ぶりだ」

「あ、俺も聞きたい。カナリア、忙しそうだし、俺も仕事があって聞けてないんだ」

しかし、仕事と聞いた女将さんが、はたと気付いた。「サムエル、シーツの追加が必要だよ」と早口だ。サムエルは「うわ、はい、すぐに」と名残惜しそうに僕を見てから裏口に向かった。小さく手を振るので僕も返す。これから益々忙しくなるんだろうな。

僕は女将さんに頭を下げ、ロビーに集まっていた宿泊者にも「お騒がせしました」と謝った。幸い、誰も怒ってない。むしろ、面白い余興《よきょう》を見たと喜んでいる。

「捕り物の話でもしてやればもっと喜ぶんじゃないのか」

と言い出したエスコの言葉で、急遽お話会が始まってしまった。そのまま食事会に突入する。朝のうちに夕飯を頼んでいて良かった。急に増えた人の分は女将さんのご厚意《こうい》で持ち込みＯＫに。エスコとヴァロは屋台飯を手に、外で食べるつもりだった宿泊客も急いで何か買ってくる。まるで祭りの前夜みたいな、騒がしくも楽しい時間だった。

エピローグ

その後の僕は毎日が忙しかった。盗賊団に壊された倉庫や獣舎やあれこれが急ピッチで修理される。その皺寄せは他にも及び、誰も彼もが残業だ。

サムエルだってそう。騎獣鳥のお世話だけでは済まないからね。僕なら騎獣鳥の世話ができるからと、お客さんに許可を取って手伝った。おかげで多くの人と仲良くなれた。

そもそも、この時期の宿泊客は花祭り目当ての人がほとんど。花祭りは神鳥を讃《たた》える祭りで「神鳥に愛された少女」の演劇がメインだ。神様と人間が恋仲になる話らしい。なんで「花祭り」かと言うと、神鳥が花の蜜《みつ》を好むからだとか。ちょっと眉唾《まゆつば》。だって、神鳥の子供のニーチェは好き嫌いがないんだもん。たぶん開催側の都合だね。とにかく、神鳥のお祭りを見に来た人にとって「王都の夜空を自在に飛び回った」話はホットだった。

噂の僕が騎鳥の世話をすると聞いて、「なんてありがたい！」と喜ばれたぐらい。チップももらえた。もちろんサムエルと山分けだ。ちゃんと女将さんにも報告してある。

とにかく毎日がめまぐるしい日々だった。

幸い、花祭りの期間中に大きな事件はなかった。小さなトラブルはあってもそれは毎年のこと。人が集まれば問題も起こるよね。それは警邏中の兵士や僕らで対処できた。

大きな事件を警戒していたのは盗賊団が何か仕掛けているかもしれないからだ。花祭りを無事に成功させたい面々は戦々恐々だった。結局、何事もなく終わった。本格的な厳しい取り調べはこれから始まる。上層部も張り切っているらしい。

なんでそんなことを僕が知っているのかと言えば——。

「えー、僕、準騎士になっちゃいました」

「やったじゃん、カナリア！」

「ありがと、サムエル」

「くそぉ、試験に受かったのはスゲーが、カナリアを騎士団に取られるのが腹立つ」

「傭兵ギルドの仕事も続けるよ？　副業ＯＫって言うから試験を受けたんだもん」

「マジか！」

というわけで、試験に受かった僕を祝ってくれる会で、傭兵ギルドのアルバイトも続けると宣言した。ヴァロは喜び、エスコはやれやれといった感じで笑う。ヴィルミさんが宿までお祝いに駆け付けてきたのをサムエルが迎え、途中でニコとサヴェラ副班長も来てくれた。騒がしくなりそうな予感がする。それもまた楽しい。

ふと、ここが僕の居場所だと実感する。可愛いものを見聞きし、友人もいて、チロロやニーチェと楽しく過ごす。そんな幸せな場所を、僕は作れたようだった。

あとがき

初めまして、小鳥屋エムと申します。この度は「小鳥ライダーは都会で暮らしたい」をお手にとっていただき誠にありがとうございます。

主人公はカナリアという少年で、可愛いものが大好きです。前世の記憶があり、大っぴらに「好きなものを好き」と言えなかった経験から、今世では後悔しないような生き方を目指しています。社会人だった時の記憶もあるため無茶はしません。常識の範囲内です。おそらく、たぶん……！

さて、カナリアには白い雀タイプの相棒チロロがいます。丸っこい鳥に乗った少年が飛び回る姿を書くのは大変楽しかったです。空を飛んで戦うシーンも軸の一つであったため、大きな鷲型に乗っていた方が格好良かったのかもしれません。しかし、カナリアには可愛いもの好きを貫いてほしかった。やはり可愛いチロロが相棒で良かったと思います。チロロだけでなく、襟巻きになっちゃうニーチェや増えていく友人たちとの掛け合い、そして都会で希望通りに暮らそうと奮闘するカナリアの物語を楽しんでいただけると幸いです。

内容についてはここまでとして、イラストについてです。

担当してくださったのは戸部淑先生。実は、別作品でもお付き合いがあります。今作も引き受けてくださって感謝です。長く拝見しておりましたので、またきっと素晴らしいイラストが出来上がるのだろうと安心しておりました。

ところがどうです。予想を遥かに上回る素晴らしさ……！

まず、キャラクターデザインを拝見した瞬間に胸を打たれました。主人公たちが可愛すぎます。カナリアはもちろんのこと、チロロもニーチェも可愛すぎる。悶えました。

そしてカバーイラストや口絵、挿絵です。届いた時はちょうど忙しい最中で、いつものように暑苦しい感想を書けなかったのですが、あっという間に心が癒やされました。

最高に良かったです。戸部淑先生、本当にありがとうございます！

最後に。カクヨムでも公開しておりますが、書籍化という機会をいただいて改稿ができました。編集さんや校正が入ることでよりよくなっていると思います。心より感謝申し上げます。

もちろん、何よりも応援してくださる皆様がいたからこその書籍化でした。

書籍をお手にとってくださった皆様にもお礼申し上げます。

多くの方の助けがあり本になりました。全ての方に、ありがとうございます。

今後も自分なりの精一杯で頑張って参りたいと思っております。どうぞよろしくお願いいたします。

小鳥屋エム

次世代型コンテンツポータルサイト

ツギクル　https://www.tugikuru.jp/

「ツギクル」はWeb発クリエイターの活躍が珍しくなくなった流れを背景に、作家などを目指すクリエイターに最新のIT技術による環境を提供し、Web上での創作活動を支援するサービスです。

作品を投稿あるいは登録することで、アクセス数などの人気指標がランキングで表示されるほか、作品の構成要素、特徴、類似作品情報、文章の読みやすさなど、AIを活用した作品分析を行うことができます。

今後も登録作品からの書籍化を行っていく予定です。

ツギクルAI分析結果

「小鳥ライダーは都会で暮らしたい」のジャンル構成は、ファンタジーに続いて、恋愛、SF、ミステリー、歴史・時代、ホラー、現代文学、青春の順番に要素が多い結果となりました。

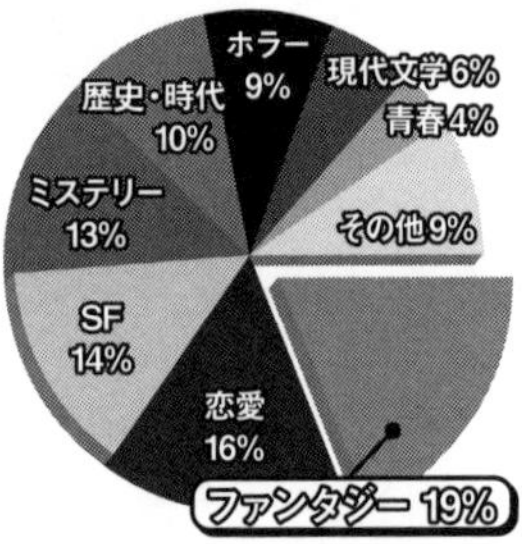

期間限定SS配信

「小鳥ライダーは都会で暮らしたい」

右記のQRコードを読み込むと、「小鳥ライダーは都会で暮らしたい」のスペシャルストーリーを楽しむことができます。ぜひアクセスしてください。
キャンペーン期間は2024年10月10日までとなっております。

社交界の毒婦とよばれる私
〜素敵な辺境伯令息に腕を折られたので、責任とってもらいます〜
来須みかん
イラスト 眠介
はいはいお望みどおり、頭からワインをぶっかけてあげますね！
「小説家になろう」異世界恋愛ランキング 年間1位！（2024/3/14時点）

異世界に転移したら山の中だった。反動で強さよりも快適さを選びました。
1〜13
著▲じゃがバター
イラスト▲岩崎美奈子
カクヨム
書籍化作品
「カクヨム」総合ランキング
累計1位
獲得の人気作
(2022/4/1時点)
2024年10月、
最新14巻発売予定！
勇者には極力
近づきません！
「コミック アース・スター」で
コミカライズ
好評連載中！
花火の場所取りをしている最中、突然、神による勇者召喚に巻き込まれ
異世界に転移してしまった迅。巻き込まれた代償として、神から複数の
チートスキルと家などのアイテムをもらう。目指すは、一緒に召喚された
姉(勇者)とかかわることなく、安全で快適な生活を送ること。果たして迅は、
精霊や魔物が跋扈する異世界で快適な生活を満喫できるのか——。
精霊たちとまったり生活を満喫する異世界ファンタジー、開幕！
1巻：定価1,320円（本体1,200円＋税10%）978-4-8156-0573-5
2巻：定価1,320円（本体1,200円＋税10%）978-4-8156-0599-5
3巻：定価1,320円（本体1,200円＋税10%）978-4-8156-0694-7
4巻：定価1,320円（本体1,200円＋税10%）978-4-8156-0846-0
5巻：定価1,320円（本体1,200円＋税10%）978-4-8156-0866-8
6巻：定価1,320円（本体1,200円＋税10%）978-4-8156-1307-5
7巻：定価1,320円（本体1,200円＋税10%）978-4-8156-1308-2
8巻：定価1,320円（本体1,200円＋税10%）978-4-8156-1568-0
9巻：定価1,320円（本体1,200円＋税10%）978-4-8156-1569-7
10巻：定価1,320円（本体1,200円＋税10%）978-4-8156-1852-0
11巻：定価1,320円（本体1,200円＋税10%）978-4-8156-1853-7
12巻：定価1,320円（本体1,200円＋税10%）978-4-8156-2304-3
13巻：定価1,430円（本体1,300円＋税10%）978-4-8156-2305-0
「カクヨム」は株式会社KADOKAWAの登録商標です。
ツギクルブックス
https://books.tugikuru.jp/

転生少女は救世を望まれる
1~2
~平穏を目指した私は世界の重要人物だったようです~
目指すは
ほのぼの 平穏
異世界暮らし！
……のはずが、私が世界の重要人物！？
蒼井美紗
イラスト：蓮深ふみ

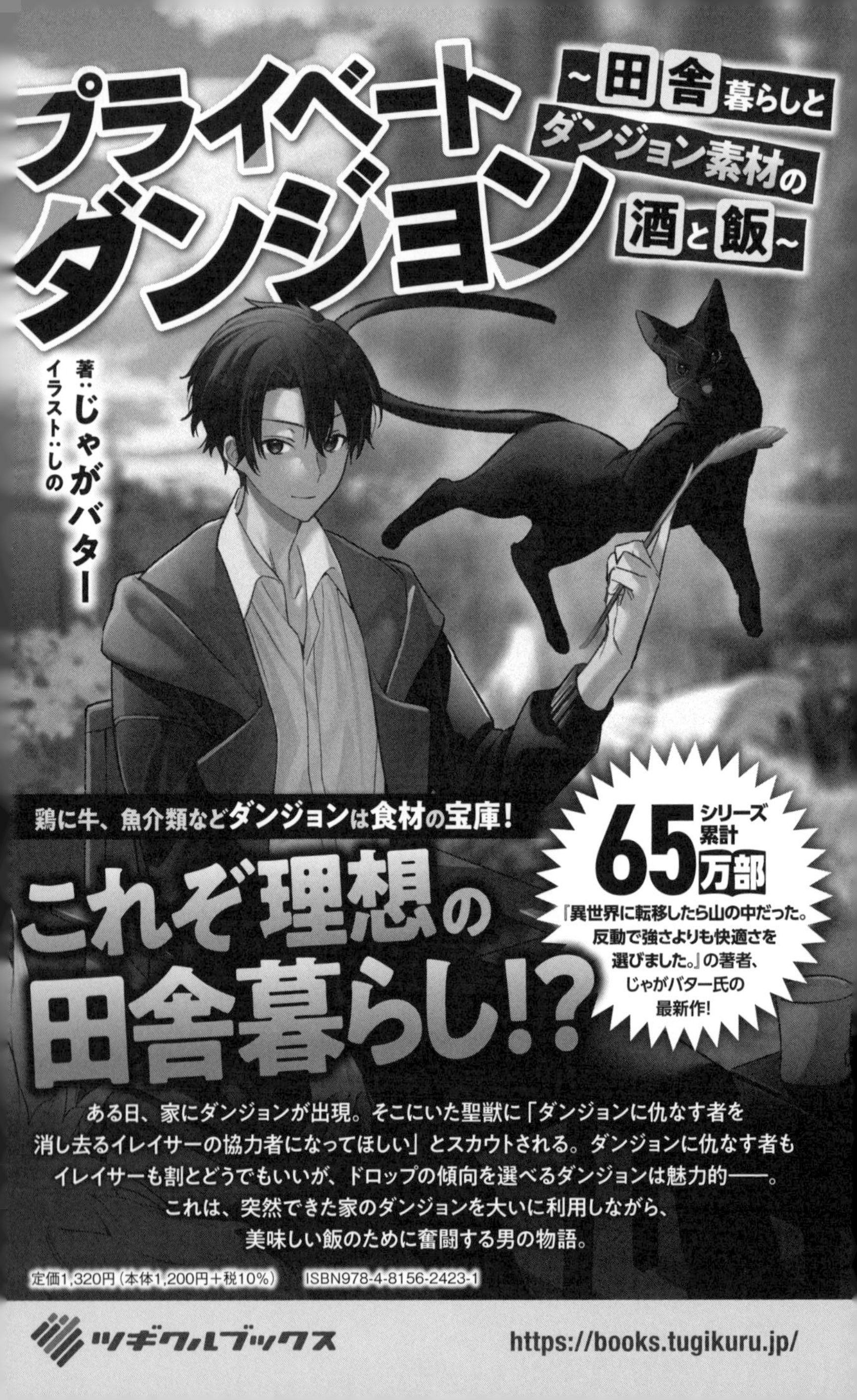
プライベート・ダンジョン
～田舎暮らしとダンジョン素材の酒と飯～
著：じゃがバター
イラスト：しの
鶏に牛、魚介類などダンジョンは食材の宝庫！
これぞ理想の田舎暮らし!?
シリーズ累計65万部
『異世界に転移したら山の中だった。反動で強さよりも快適さを選びました。』の著者、じゃがバター氏の最新作！
ある日、家にダンジョンが出現。そこにいた聖獣に「ダンジョンに仇なす者を消し去るイレイサーの協力者になってほしい」とスカウトされる。ダンジョンに仇なす者もイレイサーも割とどうでもいいが、ドロップの傾向を選べるダンジョンは魅力的――。
これは、突然できた家のダンジョンを大いに利用しながら、美味しい飯のために奮闘する男の物語。
定価1,320円（本体1,200円＋税10％）
ISBN978-4-8156-2423-1
ツギクルブックス
https://books.tugikuru.jp/

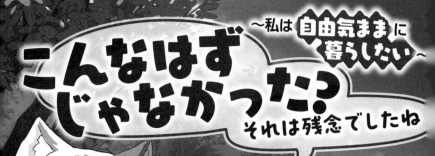

出ていけ、と言われたので出ていきます
1~5
著
枝豆ずんだ
イラスト
アオイ冬子
緑川明
婚約破棄を言い渡されたので、
その日のうちに荷物まとめて出発!
猫と一緒に
二人(?)旅を楽しみます!
イヴェッタ・シェイク・スピア伯爵令嬢は、卒業式後のパーティで婚約者であるウィリアム王子から突然婚約破棄を突き付けられた。自分の代わりに愛らしい男爵令嬢が殿下の結婚相手となるらしい。先代国王から命じられているはずの神殿へのお役目はどうするのだろうか。あぁ、なるほど。王族の婚約者の立場だけ奪われて、神殿に一生奉公し続けろということか。「よし、言われた通りに、出て行こう」
これは、その日のうちに荷物をまとめて
国境を越えたイヴェッタの冒険物語。
1巻:定価1,320円(本体1,200円+税10%) ISBN978-4-8156-1067-8
2巻:定価1,320円(本体1,200円+税10%) ISBN978-4-8156-1753-0
3巻:定価1,320円(本体1,200円+税10%) ISBN978-4-8156-1818-6
4巻:定価1,430円(本体1,300円+税10%) ISBN978-4-8156-2156-8
5巻:定価1,430円(本体1,300円+税10%) ISBN978-4-8156-2527-6

ツギクルブックス

愛読者アンケートに回答してカバーイラストをダウンロード！


愛読者アンケートや本書に関するご意見、小鳥屋エム先生、戸部淑先生へのファンレターは、下記のURLまたは右のQRコードよりアクセスしてください。

アンケートにご回答いただくとカバーイラストの画像データがダウンロードできますので、壁紙などでご使用ください。

https://books.tugikuru.jp/q/202404/kotoririder.html

本書は、カクヨムに掲載された「小鳥ライダーは都会で暮らしたい」を加筆修正したものです。

小鳥《ことり》ライダーは都会《とかい》で暮《く》らしたい

2024年4月25日　初版第1刷発行

著者　　小鳥屋《ことりや》エム

発行人　　宇草 亮
発行所　　ツギクル株式会社
〒105-0001　東京都港区虎ノ門2-2-1
発売元　　SBクリエイティブ株式会社
〒105-0001　東京都港区虎ノ門2-2-1

イラスト　　戸部淑
装丁　　株式会社エストール

印刷・製本　　中央精版印刷株式会社

定価はカバーに表示してあります。

乱丁本、落丁本はお取り替えいたします。

ISBN978-4-8156-2618-1
Printed in Japan